龍鎖のオリⅡ ―心の中の“こころ”―

[著] cadet　[画] sime

CONTENTS

Ryuusa no Ori
Kokoro no
Naka no Kokoro

Presented by cadet
Illustration by sime

龍鎖のオリII

全ての変化は、行動によってもたらされる。
逃避を自覚し、一度鎖を解いても、
自縛の呪いはまだ解けてはいない。
鎖はあらゆる手段で、再び宿主に絡みつき、
縛りつけようとする。時に母のように優しく、
恋人のように蠱惑的に、
そして、時に敵のように残酷に。
自らの不自由さを理解し、決意しながらも、
気がつけば鎖から逃れることを諦めていた。
そんな者は、決して少なくはない。人は痛み、
そして不安に弱く、故に目を閉じて逃避するのだから。
「自分には無理なのだ」
苦々しくも甘い誘惑に負け、いつしか人はまた、
諦観と思考停止の沼へと沈んでしまう。
だが、もし変わりたいと思うなら、腕を動かし、
身をよじりながら、再び絡みついて締めつけてくる鎖の
痛みに抗い続けなくてはならない。
そして必ず踏み込まなくてはならない。
長い痛みを伴う道への、最初の一歩を。

CHAPTER 1 第一章 日常の変化

それはまさしく、悪夢のような光景だった。

悲鳴と怒号が響き、血と炎が舞い散る。

赤黒く染まった風が、まるでなびくカーテンのように故郷の森を飲み込んでいく。

「逃げなさい！」

普段は物静かな父が、似合わない怒声を上げる。

「大丈夫、貴方《あなた》なら生き残れる」

恐怖を押し殺しながら、震える声で母がそう言った。

直後、二人は無残に殺された。無数の紅眼を持つ、黒い獣に。

そして私は姉に手を引かれ、父と母の悲鳴を置き去りにして逃げた。

息を切らし、足が棒になりそうなほど走る。しかし、背後から迫る鮮血の視線は途切れない。

「ここからは一人で逃げるのよ」

最後に残った姉が、握っていた手を離す。

嫌だ嫌だと首を振る私を悲しそうな瞳で見下ろしながら、手を振り、祝詞《のりと》を唱える。

「みんな、ラズワード、妹をお願いね」

Ryuusa no Ori
Kokoro no
Naka no Kokoro

姉の言葉に促されるように集まる光の粒。その光の中心に、瑠璃《るり》色の羽を持つ小鳥が姿を現す。

彼らは、私の一番近い友人にして半身。輝く光は、具現する精霊達の力。

光が強くなるほど、遠くなっていく姉の気配。そして姉の後ろには、紅眼の魔獣が迫っていた。

漆黒の魔獣が口元を歪《ゆが》め、嗜虐《しぎゃく》的な笑みを浮かべる。

「姉さん！」

次の瞬間、姉の体が鮮血に染め上げられ、私は閃光《せんこう》と共に、真っ暗な闇の中に放り出された。

残されたのは私と、半身である瑠璃色の鳥だけ。

「ラズ……」

『ギイイイイイイ！』

バリンと、ガラスが砕けるように、瑠璃色の小鳥は砕けた。私は必死になって消えゆく親友の欠片《かけら》を集めようとするが、舞い散る破片は闇の中に飲まれ、あっという間に消えてしまう。

「あああああ！」

夢の中の私が絶叫を上げる。そして悲鳴の中で私の意識は引き伸ばされ、穴に落ちるように遠くなっていった。

「っ！　はあ、はあ、はあ……！」

反射的に身を起こす。滲《にじ》み出た汗で肌着が張りつき、冷たい空気に晒《さら》される。

外はまだ暗く、部屋はどんよりとした闇に包まれていた。

冷たくなっていく体に身を震わせ、荒い息を吐きながら、私は自分の手を見下ろす。

「また、あの時の夢……」

奪われた故郷と大切だった人達。それを奪った穢《けが》らわしい獣。

毎日のように、何度も何度も見る悪夢に、膝を抱え、奥歯を噛《か》み締める。

胸の奥に刻まれた、決して消えぬ傷の痛みに耐えながら。

†

ソルミナティ学園で行われている授業。その内容は多岐にわたる。

語学、魔法学、数学、歴史学、社会学など。その中でも大侵攻時の記録と、それが各分野に与えた影響などは、重点的に講義が行われる傾向がある。

「であるからして～、ネブラの森陥落以降の各地区での戦いの戦訓から、魔法を使える者達による効果的な火力投射の重要性が増したことを受けて、アルカザムは各国に伝わる秘伝などを収集して画一化、最適化を施し、世に広めているわけです～～」

のびのびとした口調で進む授業。担任であるアンリ・ヴァールの授業に耳を傾けながら、三学年十階級の生徒であるノゾム・バウンティスは、一週間ほど前の出来事を思い出す。

フランシルト邸で行われた友人の誕生会と、そこに乱入してきた闖入者《ちんにゅうしゃ》。

突きつけられた不条理な過去の契約と、それに抗《あらが》おうとした友人達。

友人を助けるためにノゾムもまた戦いに赴き、そして文字通り「死力」を尽くして、闖入者を退けた。

そんな大騒動が起こったにもかかわらず、件《くだん》の話はアルカザムでもソルミナティ学園でも、特に大きな話題にはなっていない。

(結界が張られていたこともあるけど、フランシルト家と学園がどうにかしたのかもしれない)

色々と思うところはあるし、心配は多いが、ただの学生であるノゾムにはどうにもできない。

「また、大侵攻時に魔獣達の勢力下に落ちた土地は、その後の反抗作戦でかなり解放されましたが、奪還が成されていない地もあり、未《いま》だ故郷に戻れない難民との軋轢《あつれき》も……」

そんなことを考えている間に、学園の鐘が鳴る。

「じゃあ、午前の授業はここまで～。午後からの授業にも、遅れないようにね～」

午前の授業の終わりと共に、アンリは手に持った教本を畳み、元気よく手を振って教室を出ていく。

弛緩《しかん》した空気が教室に満ちた。

ノゾムもいそいそと筆記用具を片づけ、席を立つ。

「おいノゾム、昼飯はどうするんだ?」

そんな彼に話しかけてきたのは、同じクラスのマルス・ディケンズである。

短い金髪と恵まれた体躯《たいく》を持つ彼は、この学園でも問題児として見られている人物である。

だが、同時に除け者扱いされているノゾムにとっては、数少ない友人の一人だった。

そして、ノゾムと同じく、先のフランシルト邸の事件に居合わせた人物である。

「とりあえず、適当なパンでも買うよ。マルスは?」

ノゾムの質問に答えるように、マルスは手に持った大きな包みを掲げた。

「随分と大きい弁当だな。でもちょっと待ってくれ、先に俺の分も買っておかないと……」

「必要ねえ。お前の分もあるんだよ」

「俺の分もって……いいのか？」

「店の料理が余ったのさ。ああ、気になるなら、今度店を手伝いに来い」

マルスの家は、このアルカザムの商業区で宿屋兼酒場を経営していた。

ノゾムも何度か訪れたことがあり、マルスの家族とも顔見知りである。

「分かった。手伝えるのは皿洗い程度だけどね」

ノゾムが了承すると、マルスは「行くぞ」とばかりに顎をしゃくる。

その時、廊下からガヤガヤとざわめく声が響いてきた。

「ん？　なんか騒がしいな」

「なんだろう……」

ノゾムとマルスの視線が廊下へ向けられた時、ガラリと教室の扉が開かれた。

「やあノゾム君、マルス君もいたのか、ちょうどいい」

「こ、こんにちは」

教室に入ってきたのは、誰もが目を見張るような美しい容貌を持つ、二人の女子生徒であった。

一人は黒髪姫、アイリスディーナ・フランシルト。

腰に繊細な細工を施されたミスリルの細剣を携え、強い意志の光を宿す瞳と腰まで伸びる長い黒髪をなびかせながら、ノゾム達に向かって歩み寄ってくる。

もう一人は四音階の紡ぎ手、ティマ・ライム。

柔らかな萌黄《もえぎ》色の髪を持ち、どこか遠慮するように身を縮めながら、先の黒髪の少女の陰に隠れるようについてきていた。

二人とも、三学年の最上位階級に属する、学園の超有名人物である。

また、一週間ほど前の事件でノゾム達と共闘した間柄であった。

とはいえ、そんな事情を知らない教室の生徒達は、有名人の突然の訪問にざわめき始める。

「アイリスディーナさん。それにティマさんも……」

「何か用か？」

「いやなに大したことじゃない。昼食を誘いに来たのさ」

「な、なに――――！」

アイリスディーナの一言に、教室が爆発した。

学園生達の憧れの的からのお誘い。しかも、その相手が学園でも最下位の劣等生で、汚点扱いされているノゾムと、超問題児であるマルスである。

彼らを誘ってきた相手が相手なだけに、驚愕《きょうがく》や疑問、困惑等の声が、あちこちで上がり始める。

特に男子勢のノゾムに向ける視線は凄《すさ》まじく、親の仇《かたき》を見つけたかのように殺気立っていた。

「う、うえ……」

四方八方から向けられる殺意に、ノゾムは思わず身を震わせた。

この学園で最下位と蔑まれていたために蔑視や嘲笑、無関心の視線には慣れているが、それでも思わず背筋に冷や汗が流れるほどの圧力である。

「……もしかして、先約があったのか？」

「い、いや、ないです。ないですから早く行きましょう！」

もし断ったら、この針地獄すらマッサージに思えるほどの視線に晒され続ける。そう考えたノゾムは、顔を引きつらせながらアイリスディーナの手を取り、急《せ》かすように教室から出ていった。

「ど、どういうことだよ！」「え、何、私、幻覚でも見ていたの！」「殺す殺す殺す……」

ノゾム達が教室を出た後、十階級の教室で再び喧騒《けんそう》が爆発する。ストッパーのない喧騒は騒ぎを聞きつけた教師が飛び込んでくるまで、怒号や悲鳴を響かせ続けていた。

✝

教室を後にしたノゾム達は、アイリスディーナに誘われるまま、校舎を出て中央公園へと向かった。

一同は公園の広場からはやや離れた林の木陰に、腰を落ち着ける。

ノゾムは先の教室での喧騒を思い出し、午後の授業で教室に戻るのが怖くなったが、もうどうしようもないと無理やり切り捨てた。

「すまない、騒がせてしまったな」

「ゴメンなさい……」

「い、いや、アイリスディーナさんのせいではないですから」

「ああ、気にすんな。騒いでいるのはどうでもいい奴らだ」

マルスは元々一匹狼《いっぴきおおかみ》的な気質が強い男であり、口も悪く、周囲からの視線は気にしない性格だ。

とはいえ、その隔意を含んだ彼の言葉に、ノゾムとアイリスディーナ達の間に微妙な空気が流れる。

「そ、そういえば！　あの事件から、ソミアちゃんの様子はどうなんですか？」

「あ、ああ！　ソミアのことだが……ほら」

「ノゾムさ～ん！　みなさ～ん！」

アイリスディーナが指差した先から、元気一杯の女の子が、満面の笑みを浮かべて駆け寄ってきた。

ソミリアーナ・フランシルト。アイリスディーナの妹であり、先の事件で過去のフランシルト家の契約の代償となっていた少女である。

彼女は、ノゾム達の前で立ち止まると、嬉《うれ》しそうに顔を綻ばせる。

「えへへへ……」

「やあ、ソミアちゃん。よかった、元気そうだね」

「はい！」

ソミアが合流したことで、各々が昼食を取り始めた。

アイリスディーナとソミアは白いパンとハム、新鮮な野菜を挟んだ綺麗《きれい》なサンドイッチ。ノゾムとマルスは大きめのパイ。

ティマは意外なことに、野菜とスライスした腸詰めを挟んだ簡素なパンを二つだけだった。

「……お前、それだけなのか？」

「う、うん。すぐおなか一杯になっちゃうから。マルス君のは、すごい大きいね」

「ただの残りものだ」

突き放したようにそう言うと、マルスはパイに齧《かじ》りつく。

二人の間に流れる沈黙。

その様子を横目で眺めていたノゾムも、彼に続くように手渡されたパイを口に運ぶ。

齧ると少しふやけたパイ生地が破れ、中身が口の中に転がり込んでくる。

時間が経《た》って冷えてはいるし、中の野菜や肉が不ぞろいだったが、口の中に濃厚なソースの味が広がってくる。はっきり言えばすごく美味《うま》い。

「む、マルス、このパイの中身って……」

「ああ、昨日残った肉とか野菜とかを適当に突っ込んでる」

「美味いな。さすがハンナさん」

恰幅《かっぷく》のいいマルスの母親の姿を思い出しながら、ノゾムはパイを平らげる。

「そういえば、ノゾム君達は放課後はどうするんだ？」

食事が終わると、アイリスディーナが放課後の予定を尋ねてきた。

「え？　とりあえず、マルスと鍛練ですかね」

ノゾムの言葉に、隣にいたマルスも頷《うなず》く。

この二人、最近は何かと一緒に行動することが増えている。

鍛練などもよく二人でするようになっていた。刀術の師であったシノが亡くなって鍛練相手がいなくなったノゾムにとっても、ありがたいことではあった。

「ふむ、よかったら少し付き合ってくれないか。お願いしたいことがあるんだ」

「俺達に、ですか？」

「ああ、冒険者ギルドでの依頼を、一緒に受けてほしいんだ」

アイリスディーナの言葉に、ノゾムとマルスは顔を見合わせる。

冒険者ギルド。

街の下水掃除などの雑事から、魔獣の討伐、人間が足を踏み入れたことのない未踏地の探索など、幅広い活動を行っている超国家間組織である。

学生の多くはここから仕事などを受け、日銭を稼いだりしている。

また、冒険者ギルドはソルミナティ学園ともかなり深い提携関係を結んでおり、冒険者ギルドでの成果は学園での成績にも加味される。

また、逆もしかりで、冒険者ギルドにはソルミナティ学園の生徒達の成績が提供され、ランクや依頼時の参考にされている。

元々、ランク制を最初に導入したのは冒険者ギルドであり、それを各国が参考にし、徐々に統一されていった経緯がある。

「冒険者ギルドでの依頼、ですか？　え、ええっと……」

アイリスディーナの頼みに、ノゾムは逡巡《しゅんじゅん》する。

実はノゾムは、ある時期から冒険者ギルドにほとんど顔を出していない。

それは苛烈という言葉が生易《なまやさ》しいほどのシノの鍛練に身を投じていたこともあるし、冒険者ギルドには数多くの学園生が通い詰めていることも理由である。

一年以上全く顔を出していないこともそうだし、ギルド内で学生達から向けられる侮蔑と無関心の視線も、ノゾムを迷わせていた。

「ダメ、か？」

アイリスディーナが上目遣いでノゾムの顔を覗《のぞ》き込んでくる。

ぱっちりとした漆黒の瞳に見つめられ、ノゾムはまるで自分の意識が吸い込まれていくような感覚を覚えた。続けて、心臓がバクバクと高鳴り、顔に熱が溜《た》まってくる。

「わ、分かりました……」

気恥ずかしさから、つい視線を逸《そ》らし、了承の言葉を口にしてしまう。

そんな彼を見て、アイリスディーナはにんまりと意味深な笑みを浮かべた。

「よし！　それじゃあ、ギルドの前で合流だな」

パッと身を離し、あっけらかんとした様子でそう述べる彼女の様子に、ノゾムは自分が乗せられたと理解した。

「アイ……」

「姉様、悪趣味です」

ソミアとティマにジト目で見つめられ、アイリスディーナは恥ずかしそうに頬を掻《か》く。

一方、マルスはあっさりとアイリスディーナの色仕掛けに嵌《はま》ったノゾムを見て、嘆息していた。

「乗せられてどうするんだよ……」

「うるさい」

そうこうしているうちに、昼休みの終わりを告げる鐘が鳴った。

ノゾム達はいそいそと昼食の後始末をして、各々の教室へと戻っていく。

ちなみに、アイリスディーナに誘われたことで、ノゾムは午後の授業の間、男子勢から殺意の視線を向けられ続けることになるのだが、それは甚《はなは》だ余談である。

冒険者ギルド、アルカザム支部。

アルカザムの南部、商業区に設けられたその施設は、数多くある建物の中でも、ひときわ大きな建造物である。

地上五階、地下三階の石造りの建物の中には、受付や解体所、鑑定室などの部署があり、多くの職員が働いている。

とはいえ、学生が使うのは大抵受付くらい。故に、受付がある一階のホールには多くの学生が詰めかけている。

アイリスディーナの誘いで、マルスと一緒に冒険者ギルドを訪れたノゾムだが、久しぶりのギルドの喧騒に、彼はやや緊張した面持ちをしていた。

「おい、珍しい奴がいるぞ」

「なんであいつがいるんだ?」

「さあ、な。まあ、別に気にしなくていいだろ。どうせ碌《ろく》な依頼は受けられないさ」

「どうせ、どこかのパーティーにおんぶに抱っこしてもらいに来たんだろ。寄生虫だな」

冒険者ギルドを出入りする学生の中には、当然ノゾムのことを知っている者達もいる。

彼らはノゾムの姿を見ると怪訝《けげん》な表情を浮かべ、続いて何も見なかったかのように無視して立ち去る。中には視線が合った時に、明らかに馬鹿にしたような態度を見せる者もいた。

仕方ないこととはいえ、彼らのそんな態度に、ノゾムは顔をしかめる。

「ち、うるせえ奴らだな……」

そんな彼らも、隣にいるマルスに睨《にら》みつけられると、そそくさと去っていく。

「お前、なんであんなのを放っているんだよ」

「あそこで殴りかかればいいってもんでもないだろ……」

言外に力で黙らせろよと言ってくるマルスに、ノゾムは嘆息する。

いくら馬鹿にされていたとしても、こちらから殴りかかれば、自分達に批難が向くのは明らかだ。

おまけに、今回はアイリスディーナ達とパーティーを組む予定である。騒動を起こせば、彼女達に迷惑がかかるのは必然。

しかし、ノゾムとしても胸の奥で澱《よど》みが溜まっていくのを感じずにはいられない。

(前は、何も感じなくなっていたんだけどな)

以前は、無意識に目を逸らし、心を閉じていたために感じづらくなっていた痛み。自分の逃避を自覚して以降、ノゾムは以前よりもはっきりと、周囲の声に対して敏感に反応するようになっていた。

それは、彼の眼が少しずつ自分の周囲に向けられ始めたことの証《あかし》であり、同時に目を逸らしていた痛みに向き合い始めた証左でもある。

だが今の彼は、その痛みを自らの変化よるものと自覚しながらも、同時に全てを前向きに捉えられるほど、心穏やかではなかった。

「やあ、待たせたね」

ノゾムが自分の懊悩《おうのう》を自覚している時、涼やかな呼び声が耳に響いてきた。

直後、胸の奥で渦巻いていた懊悩が、すっ……と潮が引くように消えていく。

ギルドのホールに訪れたアイリスディーナが、ノゾムに声をかけてきたのだ。

彼女の隣には、ティマの姿もある。

周囲の生徒達の視線がアイリスディーナ達に向けられ、続いて彼女が声をかけたノゾム達に向けられる。その視線は今日の昼時、教室で向けられたものと全く同じ。疑念と動揺、そして嫉妬と殺意のごった煮であった。

「い、いや、そうでもないよ」

「それで、一緒に受けてほしい依頼ってなんなんだ？」

「それは、受付で話すよ。それじゃあ、行こうか」

「あ、ああ……」

一番多く殺意の視線を向けられているノゾムが動揺する中、アイリスディーナ達は受付へと向かう。

ノゾムも後に続くが、その時、人ごみの横から飛び出してきた影とぶつかってしまった。

「あっと」

「きゃ！」

ノゾムは咄嗟《とっさ》に、倒れかけた影の手を掴《つか》んだ。女性特有の柔らかい肌と、折れてしまいそうなほどほっそりとした腕の感触が手の平に返ってくる。

「ご、ごめん。大丈……夫？」

蒼色のカーテンがノゾムの目の前に広がった。向こう側に見えた少女の姿に、ノゾムは思わず目を見開く。

蒼色の癖のない長髪。髪と同じ色に染まった瞳。そして、驚くほど白く、整った顔立ち。

そして何よりも特徴的なのが、蒼い髪から覗《のぞ》く、尖《とが》った長い耳だった。

「……エルフ？」

エルフ。アークミル大陸に住む知的種族は、大きく人族と亜人族の二つに大別されており、亜人族の中には多種多様な種族が存在する。

エルフはその中でも、ある種特別かつ、神秘的な存在だった。

時に妖精に例えられるほど見目麗しく、森の民として長い時を生き、精霊と直接契約を結ぶことができる唯一の種族である。

本来なら人のいる場所に出てくることはなく、森の奥でひっそりと暮らしているのだが、彼らもまた二十年前の大侵攻で本拠地だった森を失い、大陸中に四散した経緯がある。

学園の制服を身に纏《まと》っていることから、ソルミナティ学園の生徒であることは誰でも分かる。

そしてノゾムもまた、彼女の名前に覚えがあった。

このアルカザムに住む唯一のエルフ。それが彼女だったからだ。

「君は……」

「……大丈夫だから、離して」

「あ、ああ」

抑揚のないエルフの少女の言葉に、ノゾムは握っていた手を離す。

彼女は感情が見えない、冷めた瞳でノゾムを一瞥《いちべつ》すると、踵《きびす》を返して立ち去った。

「ノゾム君、どうかしたのか?」

「いや、ちょっと人にぶつかっちゃって……」

「ああ、シーナ・ユリエル君か。彼女もギルドに用事があったのかな?」

シーナ・ユリエル。それが、この街唯一のエルフの名前。

ノゾムが振り返れば、彼女は既に人ごみの中に消えて見えなくなっている。

「ノゾム君、大丈夫かい？」

「あ、ああ……うん。大丈夫。行こうか」

気を取り直して、手続きに向かう。

冒険者ギルドの受付には横長のカウンターがあり、複数の受付が常に稼働している。

受付に到着すると、アイリスディーナは自分の胸につけられている名札を外し、パリッとした制服に身を包んだ受付嬢に手渡した。

「三学年一階級のアイリスディーナ・フランシルトだ。要請されていた依頼を受けに来た」

名札はソルミナティ学園の生徒であることを示すと同時に、学生証の代わり、ひいてはギルドにおける身分証明書の一つとしても使われている。

「はい、確認しました。こちらが指定依頼の依頼書となります。パーティーメンバーはいつも通り、ティマ・ライムさんとですか？」

「他に二名、追加で参加する。ノゾム君、マルス君」

アイリスディーナに促され、ノゾムとマルスは自分達の名札を外して受付嬢に手渡した。

十階級を示す黒の名札を見た瞬間、受付嬢の表情に一瞬怪訝な色が浮かぶ。

「十階級で、ランクはDとBですか……」

別階級の者達がパーティーを組むということは、全くないわけではないが、割と珍しい。基本は同階級で組む方が多い。理由は気心が知れているし、相手の動きや考えも理解が進んでいるからだ。

しかし、そこはプロ。受付嬢はすぐに笑みを浮かべ、手続きを始めた。

「……はい、承りました。しかし珍しいですね。貴方が指定依頼に他の方を呼ぶなんて」

「頼りになる人達ですから」

「頼りに……ですか」

受付嬢から依頼書を受け取ったアイリスディーナはノゾム達のところに戻ってくる。

「それで、内容は？」

「アルカザムとヴェイン川を繋《つな》ぐ街道付近の探索だ。どうも最近、森の奥から魔獣が下りてくるようになったらしい」

ヴェイン川はスパシムの森からフォルスィーナ王国に向かって流れている川であり、同時にアルカザムに物資を送るための主要交通路の一つを担っている。

このヴェイン川とアルカザムを繋ぐ街道の安全確保は、アルカザムとしては絶対に維持しなければならないことであり、そのため、定期的な魔獣の討伐が行われている。

「しかし、街道の巡回は、衛兵や他の生徒達がやっているだろ」

「ああ、でも魔石持ちと思われる魔獣も、最近多く見かけているらしい。少し気にならないか？」

魔石持ち。

その名の通り、体内に魔石と呼ばれる石を持つ魔獣のことであり、これを持つ個体は、魔法のような特殊能力を持つ。

魔獣の中でも確実に頭一つ分抜けた危険性を持つ存在で、この魔石持ちが魔獣の群れに一体いるだけで、依頼の難度が一気に跳ね上がる。

魔石持ちの目撃例があるからこそ、アイリスディーナ達に依頼が来たということなのだ。

「分かった。でも、俺達でいいのか？」

マルスがアイリスディーナに再確認すると、彼女はおもむろにノゾムに視線を向けた。

「ノゾム君はスパシムの森に詳しいだろ？　適任じゃないか」

「そうなのか？」

「まあ、師匠との修行の影響で……」

とはいえ、街道沿いなら、ノゾムの知見はあまり関係ない。他の生徒も、何度も回っているからだ。

「そもそも、私が背中を預けられるとなると、この学園では限られるし、君達とはあの一件もあるから、信用できるよ」

アイリスディーナの言葉に同意するように、ティマもまたコクコクと何度も頷いている。

ここまで言われたら、ノゾム達としても断る理由はない。四人はその場で、ある程度の打ち合わせを終わらせると、依頼をこなすために冒険者ギルドを後にした。

ギルドの受付嬢は、そんなノゾム達の後ろ姿を見送ると、手元の依頼書の写しに目を落とす。

「マルス・ディケンズにノゾム・バウンティス、ですか……。一応、当たってみましょうか」

学園の最上位生徒が選んだ、変わった生徒。

受付嬢は呟《つぶや》きながら席を立つと、資料室へと向かっていった。

†

ノゾム達が受付をしていたカウンターから少し離れたところで、エルフの少女、シーナ・ユリエルは獣人の少女と人族の少年と話をしていた。

「シーナ、何かあったの？」

「少し騒がしかったみたいだけど……」

獣人の少女は頭部に茶トラ猫を思わせる色の体毛に包まれた耳を持ち、制服のスカートの下からは、同じ色の尻尾がにょきっと生えていた。

腰には二本の短剣を携え、制服の上から最低限の革の装具だけを身に着けている。

スカートからは肉づきの良い太ももが露《あら》わとなっており、身のこなしが軽そうな装いだった。

彼女の名前はミムル・ミディーム。猫尾族と呼ばれる獣人族の一人であり、三学年二階級の生徒である。

もう一人の人族の少年は、胸にミムル達と同じ三学年二階級であること示す、青色の名札をしている。彼の身長はかなり低く、隣の獣人の少女の胸ほどまでしかない。

体の線も細く、大きい額縁のメガネが、少年の貧弱さを強調している。

少年の名前は、トム・デイル。ソルミナティ学園で魔法学や錬金術に精通している学生だった。

「なんでもないわ、二人とも。ちょっとつまずいて転びそうになっただけよ」

そう言いながら、シーナはミムルと呼ばれた少女が受けていた依頼書を覗き込みつつも、その脳裏には先ほど出会った少年の姿を思い返していた。

「ねえ、十階級に東方のサーベル……刀を持っている生徒って知ってる？」

「十階級？　知らな〜い。誰？」

そう言いながら、ミムルは隣のトムにしなだれかかる。

少年のようなトムの腕に縋《すが》りつき、頬ずりする様は、明らかに友人というには近すぎる。

そんなミムルの姿を見て、トムは恥ずかしそうに苦笑を浮かべた。この二人は大陸南方のスマヒャ連合出身の幼馴染《おさななじみ》であり、同時に恋人同士でもあった。

「多分、ノゾム・バウンティス君だね」

「え？　有名な人なの？」

「ま、まあ、有名かな。悪い意味でだけど。ほら、一年の時に一階級のリサ・ハウンズさんと色々あったっていう……」

「あぁ～あ！　あの時の話って確か、一途《いちず》な幼馴染を裏切ったって話でしょ？　元々成績もよくなかったって言うし、まだ学園にいたんだ」

ピクピク動かしていた耳と尻尾をピンと立てながら、ミムルは何度も頷く。

当時、ノゾムの噂《うわさ》は有名な話だっただけに、ミムルも彼の名前は記憶の片隅に残っていたようだ。

「ああ、まあね。それで、シーナ、彼がどうかしたの？」

「いえ、転びそうになった私の手を掴んだ人が、どんな人だったのか気になっただけよ」

「へえ、シーナが他人に興味を持つなんて珍しいけど、ちょっとやめといた方がいいんじゃないの？」

「別にミムルが思っているようなことなんてないわよ。変わった装いの武器を持っていたから気になっただけ。それより、手続きは済んだのでしょう？　行くわよ」

呆《あき》れたように手を振りながら、シーナ達もまた冒険者ギルドを後にする。

彼女に続くように、ミムルもまたトムの腕を引きながら駆け出した。

「それじゃあ、レッツゴ――――――！」

「ちょっとミムル、ゆっくり、もうちょっとゆっくり！」

トムを引きずりながら自分を追い越していくミムルに、シーナは溜息《ためいき》を吐《つ》きながら、おもむろに振り返った。視線の先には、先ほど話題にしていた同級生とぶつかった人ごみがある。

「なんだったのかしら、あの胸の奥がざわつくような感覚……」

このアルカザムに来てから、感じたことのない感覚に、シーナ・ユリエルは怪訝な表情を浮かべた。

だが、答えが出る前に、先にギルドを飛び出していたミムルの大声が響く。

「何やってるのシーナ、早く！」

「ええ、分かってるわ！」

友人に声をかけられた蒼髪の少女は、頭に浮かんだ疑問を思考の片隅に放り投げ、後を追う。

目指すは南門。彼女達が受けた依頼は、街道の巡回。

奇《く》しくもそこは、彼女とぶつかったノゾムとその仲間達が、一足先に向かった場所だった。

✝

アルカザムという都市が建設されて十年。ヴェイン川へと続く街道は完璧に整備されており、規則正しく並ぶ石床の街道が、深緑の森を一筋に切り裂いている。

しかし、街道を一歩離れれば、そこには未踏の森が広がっており、魔獣と人間世界を区分けするような防壁など一切ないこの街道では、時折魔獣による襲撃がある。

そのため、常時アルカザムの衛兵や冒険者ギルドから依頼を受けた学生達によって巡回が行われており、強力な魔獣が現れることはほとんどない。

今回ノゾム達は街道より少し森に入ったところで探索を開始した。

「ん？　これって……」

「どうかしたのか？」

「足跡だ。しかもこれは、かなり数が多いな」

岩や木の根に隠れて見えづらいが、しゃがんだノゾムの足元には、四足の獣が駆け抜けた跡が一直線に残されていた。それも、シカなどの草食の獣ではなく、狼などの肉食の獣の足跡である。

「ふむ、何頭くらいだと思う？」

「列になって走って行っているみたいだから、正確に判別するのは難しいけど、少なく見積もっても二十頭以上……」

「多いな……」

狼やワイルドドッグなどは、パックと呼ばれる血縁関係の群れで行動するが、大抵は五～九頭。これほど大きな群れになることは珍しい。餌の確保、外敵との縄張り争いなど、森の厳しい生存競争を考えれば、その辺りが妥当な数となるからだ。

「逆を言えば、それだけ多くの仲間を維持できるリーダーがいるのか……」

「となると、魔石持ちである可能性がさらに高まるな」

群れの数が多いということは、それだけ突出したリーダーが群れを指揮しているということになる。

「おまけにこの足跡、なんとなくだけど、魔力の残滓《ざんし》があるような……」

「ああ、そうだな。確かに感じる、ティマは？」

「私も感じる。しかも、違う魔力が複数あるような……」

ティマの言葉に、アイリスディーナ達は顔をしかめた。通常、ワイルドドッグなどの低位の魔獣は魔力などを使うことはない。この群れを率いている魔獣が、魔石持ちである可能性がさらに高まった。

しかも、ティマの感覚を頼りにするなら、魔石持ちの魔獣は複数いる可能性がある。

その時、ノゾムが唐突に顔を上げて、明後日の方向に視線を向けた。

「どうしたんだ？」

「何か聞こえる……」

ノゾムの言葉に、アイリスディーナ達は顔を見合わせながらも耳を澄ませる。

しかし、風と木の葉が擦れる音が響くだけで、彼女達の耳には何も聞こえない。

だが、ノゾムの耳には微《かす》かに届いていた。重苦しい獣の唸《うな》り声と、恐怖におののく悲鳴、そして、戦いの喧騒が。

「これは……魔獣が誰かを襲ってる！」

「お、おい！」

当惑していたアイリスディーナ達だが、駆け出したノゾムにつられるように後に続く。

しばらく森を駆けていると、ようやく彼女達の耳にも、遠くから響く獣の咆哮《ほうこう》が聞こえるようになってきた。

「この方向、街道を進む商隊を狙ったのか」

「はあはあ……。みんな、待ってよ～～！」

「おい、速くしろ、遅れてきてるぞ！」

「ティマは体を動かすのが苦手なんだ。持っている魔力が強すぎて身体強化も危険でな……」

「ち、しゃあねえ……」

「きゃあ！」

マルスは面倒くさそうに口元を吊《つ》り上げると、左手でティマの腰を引っ掴んで、荷物を担ぐように肩に乗せた。マルスの突然の行動に、ティマが狼狽《うろた》える。

「ふえ、ふえええ、ふえええええええ！」

「暴れるな、剣も持っているから重くて動きづらいんだよ！」

「私、重くないもん！　標準より軽いもん！」

「別にお前が重いって言ってねえだろ！」

喧騒が近くなってくる。そしてノゾム達が街道に飛び出すと、予想した通り、狼型の魔獣に襲われている一団が目に飛び込んできた。

二頭の馬に荷台を引かせた、乗合馬車。荷台には荷物と一緒に乗ってきた商人や旅人がいる。

その周囲を、狼型の魔獣が取り囲んでいた。

「あれは、ダイアウルフか！」

ダイアウルフ。ワイルドドッグよりも上位のCランクに位置する魔獣。

普通の狼よりも体躯が大きく、容易《たやす》く人間の骨を噛み砕く咬筋力《こうきん》を持つ。

その上、普通の狼と同じく、集団で獲物に襲いかかることから、この森でも要注意の魔獣である。

数にして約二十頭。大方、予想していた魔獣の数と一致していたが、馬車と魔獣達の間には、襲おうとする魔獣たちを遮るように、ソルミナティ学園の生徒が三人立ち塞がっていた。

一人は、茶トラ模様の猫耳と尻尾を持つ獣人の少女。両の手に短剣を携えて気を全身に纏い、軽快な動きで襲いかかってくるダイアウルフ達を翻弄している。

彼女の傍《そば》には土で作り上げたと思われるゴーレムが立ち、彼女の死角から襲いかかろうとするダイアウルフ達を牽制《けんせい》している。

よく見れば、馬車の傍に立つソルミナティ学園の制服を着た少年が、手を突き出し、魔力を高ぶらせている。おそらく、この少年がゴーレムを操作しているのだろう。

そして、特徴的な蒼色髪の少女が、馬車の荷台の上に乗って弓を構えていた。

「あれは、冒険者ギルドにいたエルフの……」

シーナ・ユリエルはすらりとした細身の体に、一本の芯が通ったような綺麗な構えで、次々と弓に番《つが》えた矢を放つ。放たれた矢は風のように宙を飛翔《ひしょう》し、ダイアウルフの眼球や手足に正確に命中した。

「ギャン！」「グォオオオン！」

矢を受けたダイアウルフ達は悲鳴を上げ、苦痛に悶《もだ》えるように暴れ回る。

しかし、群れの他のダイアウルフは怯《ひる》むどころか、むしろ戦意を昂《たか》ぶらせるように唸り声を上げていた。

「仲間が怪我《けが》を受けても引き下がる様子がない。この群れ、相当興奮しているぞ」

「しゃあねえ。おい、呪文の用意をしとけ。馬車と魔獣を引き離す。ノゾムとアイリスディーナはこの群れのボスを探せ、おそらく近くにいるはずだ」

「え、ええ？　えええええぇぇぇ！」

アイリスディーナの言葉に反応して、マルスが気を高めた。

悲鳴を上げるティマを無視して、マルスは同時に気術・瞬脚を発動。ノゾム達がいる草むらから飛び出すと、狼の群れに向かって突撃する。

「土よ、大地の母よ、あぶ！　我が身を糧に、ふべ！　我が意を……きゃあ！」

荷袋のように担がれているティマが振動に悶える中、マルスの突撃に気圧《けお》されたダイアウルフ達が道を開ける。

「おおおお！」

馬車の傍まで駆け寄ったマルスは、気術・塵風刃《じんふうじん》を発動。片手で保持した大剣に風の刃を纏わせ、薙《な》ぎ払う。

風の刃《やいば》が土を抉《えぐ》り、強烈な風と土礫《つちつぶて》を包囲しているダイアウルフの先頭に叩《たた》きつける。

鼻先に叩きつけられた土石と風にダイアウルフがさらに怯む中、マルスは担いでいたティマを乱雑に放り投げた。

「ふえええ！　出でよ、土壁！」

馬車の傍にいた面々が放り投げられたティマを見上げて呆然《ぼうぜん》としている中、彼女は用意していた魔法を発動した。馬車の周辺の地面が隆起し、馬車と魔獣を隔てるように、土の壁が出現する。

発動したのは、『土精操』と呼ばれる魔法。

その名の通り、魔力で土を操作する初級魔法。しかし、ティマほどの魔力の持ち主が使えば、馬車よりも高い土壁を一瞬で作り上げる。

突如として出現した土の壁。追い詰めたはずの獲物を突然出現した防塁で阻まれたダイアウルフは、当惑するように右往左往し始めた。

「あ、あんた達は……？」

前線を張っていた猫尾族の少女、ミムルが、突然飛び込んできたマルスに驚く。

「だ、大丈夫？」

「ううう、酷《ひど》いよう……」

一方、ゴーレムを魔力で操作していたトムは、放り投げられ、尻もちをつくティマに心配そうに声をかけていた。

目に涙を浮かべながら恨めしそうにマルスを見つめるティマだが、生憎《あいにく》と肝心の彼はティマの視線には気づかず、外の気配を探るように、魔法で生み出された土壁を見上げている。

「あ、あの……ちょっといいですか？　うわ！」

トムが微動だにしないマルスに声をかけようとした時、衝撃と共に正面の土壁が弾《はじ》け飛んだ。

崩れた土壁の向こう側には、五頭のダイアウルフが佇《たたず》んでいる。ダイアウルフの口からは、魔法の残滓と思われる魔力光が揺らめいていた。

「魔石持ち。それも五体もいる……」

魔石持ちの魔獣を見分ける特徴の一つとして、魔法を使用するという点がある。

使う魔法は個体により様々だが、魔力を叩きつけるなどの原始的なものであることが多い。

どうやらこの群れの魔石持ち達は、口に魔力を集めて叩きつけることをするらしい。

「なるほど、あれがリーダーか……」

マルスの瞳が、魔石持ちの中でもひときわ大きな体躯を持つダイアウルフに向けられた。

艶やかな白色の体毛と、遠目からでも分かる鋭く大きな牙を持ち、明らかに特別な個体だと判別できる。

「ウオオオオン！」

白色のダイアウルフが咆哮を響かせる。その声に鼓舞されたように、土壁で攻めあぐねていた配下のダイアウルフ達が、一斉に土壁の破孔めがけて殺到してきた。

「ま、一か所から来てくれた方が楽だがな！」

マルスが気を張り、大剣を振り抜く。先行してきた三頭が、一太刀で両断された。

しかし、斬撃の間隙を縫うように後から突入してきた二頭が、マルスの脇をすり抜けようとする。

「よっと！」

「ゴーレムよ！」

その行く手を、ミムルとトムのゴーレムが阻む。

ゴーレムは核となる魔道具と、術者の魔力によって制御される人形だ。

大きさにして大人の一・五倍はある土製のゴーレムが両手を広げて威嚇し、ミムルがダイアウルフの進路に割り込む。

足を止められた二頭は、ミムルの短剣と、返す刀で薙ぎ払われたマルスの大剣に仕留められた。

さらに続こうとするダイアウルフの群れに、今度はシーナが放った複数の矢が殺到する。

「遅いわ」

彼女は複数の矢を弦に番え、一気に放っていた。

放たれた矢は一直線にダイアウルフ達に殺到し次々と命中していく。

命中率は百パーセント。

いくら射線を一か所に集中できたとはいえ、驚くべき連射速度と命中精度である。

瞬く間に仕留められていく仲間の姿に、ダイアウルフ達の足が止まり、そして再び道を開けるように横に逸れていく。

その行動に、マルスやシーナ達の眼が細まる。彼らの視線の先では、リーダーのダイアウルフの口腔に、強烈な魔力光が集まりつつあった。

他の魔石持ちの魔獣達もまた同じように、魔力を口に集めている。

シーナは再び矢を番えると、今度は魔力を注ぎ始める。蒼色の魔力光が、番えた矢に注がれていく。

だが、互いの攻撃が放たれる前に、状況がまた大きく動いた。ダイアウルフのリーダー達の側面から、二つの影が飛び出してきたのだ。

「あの人は……」

シーナの瞳が、飛び出してきた影に向けられる。

その一人は、学園でも有名な才媛であり、ティマ・ライムとパーティーを組んでいるアイリスディーナ・フランシルト。そしてもう一人は、ギルド支部でぶつかった同級生だった。

†

マルスとティマが馬車を守りながら魔獣達の気を引いている間に、ノゾム達は側面から奇襲をかけた。互いに気術と魔法で身体能力を強化し、一気に距離を詰めようと駆ける。

茂みから飛び出した時点で、魔石持ちの狼達はノゾムとアイリスディーナに気づいていた。

リーダー以外の四頭が、奇襲を仕掛けてきたノゾム達を迎撃する。全身から魔力光を放ちながら、向かってくる四頭のダイアウルフ。その速度は通常の四足型の魔獣と比べて、明らかに速い。

「やっぱり速い。魔力で強化しているのか？　俺は露《つゆ》払いをするから、リーダーをお願いします」

「任せてくれ」

前に出たノゾムが腰に携えた刀に気を叩き込み、左手で掲げるように突き出しながら、鯉口《こいぐち》を切る。

同時に右手を柄《つか》に添え、左手で鞘《さや》を引きながら、腰を切って抜刀。飛びかかってきた一頭目の顎の関節部に沿わせるよう、刃を当てる。

「キャン！」

極細の気刃が付された刃によって顎関節が切断され、ダイアウルフの顎が落ちた。

さらに返す刀で跳びかかってきたもう一頭の顎を撫《な》で斬りにする。

「ゲヒュ……ガヒュ！」

二頭目もノゾムの気刃を前に、容易く下顎を落とされた。

痛みと喪失感、そして出血に、二頭は地面に転げ、のたうち回る。

狼型の魔獣の攻撃手段は、その強靭《きょうじん》な顎に依存している。

故に、その手段を奪うだけで、ほぼ完全に戦闘力を奪うことができる。

しかし相手は、魔法を使える魔石持ちの魔獣。ノゾムは油断なく刀を一閃させ、顎を失った二頭の首を斬り落とす。

「グルルル！　ギャン！」

「しっ！」

脅《おび》えずに跳びかかってきた三頭目を、今度は唐竹に振り下ろした刃が斬り捨てる。

ダイアウルフよりも遥《はる》かに大きな体躯を誇るマッドベアーすらも両断する気刃だ。

綺麗に両断され、左右に泣き別れした三頭目の魔石持ちの体が、ドサリと地面に落ちた。

そして、アイリスディーナが最後の詰めを放つ。

彼女のアビリティ『即時展開』が発動。本来必要とする詠唱や魔法陣を要さず、彼女の聡明な頭脳が生み出す術式とイメージに基づき、魔法を展開する。

生み出されたのは、漆黒の大槍《おおやり》。濃密な魔力で構築された槍は、重量を持たぬ存在とは思えぬ威圧感を放っていた。柳のように美しいアイリスディーナの四肢がしなり、破城弓のように左手に持っていた魔法の大槍を射出する。

「ふっ！」

中級魔法・深淵《しんえん》の投槍。

弾かれるように放たれた大槍が、空気を震わせながらリーダーの魔獣に向けて疾走する。

「ウオオオオオオオン！」

リーダーの魔獣が、咆哮と共に待機させていた魔法を発動させた。口腔から放たれた魔力が深淵の投槍と激突する。

魔力の奔流を抉り飛ばしながら突き進む『深淵の投槍』と、押し返そうとする魔力流がせめぎ合う。

だが、その拮抗は横合いから放たれた流星を思わせる光によって斬り裂かれた。

「ギャン！」

「ゴッ……！」

蒼い魔力光を放ちながら飛翔してきたのは、一本の矢だった。

それは、ノゾム達が奇襲を仕掛ける前に、シーナ・ユリエルが用意していたもの。

まるで意思を持つかのように変幻自在に飛び回る矢は、散らばっていた他のダイアウルフ達を次々に貫きながら、リーダーのダイアウルフへと襲いかかる。

「っ⁉」

アイリスディーナの魔法と拮抗状態のダイアウルフのリーダーに、回避する術《すべ》はない。

蒼い矢はリーダーのダイアウルフの頭部を吹き飛ばし、押し止《とど》める抵抗がなくなった『深淵の投槍』が、残っていた胴体を吹き飛ばす。

「クゥウウ……」

残された最後の魔石持ちのダイアウルフは、仲間達があっという間に倒されたことに恐れおののき、踵を返して森の中へと逃げていった。

脅威が去ったことに、アイリスディーナとノゾムは息を吐きながら互いの無事を確認する。

「ふう……」

「大丈夫ですか、アイリスディーナさん」

「ああ、大丈夫だよ。こちらこそ露払いありがとう。魔石持ち二頭の顎だけを正確に斬り落としたり、そのレベルの気刃を一瞬で生み出す辺り、さすがだね」

ノゾムはついこの前まで学園ではいない者として扱われていただけに、アイリスディーナの素直な賞賛と微笑《ほほえ》みに、彼は思わず自分の頬が熱くなるのを感じた。

「い、いえ、アイリスディーナさんもさすがですよ。アビリティがあるとはいえ、あれほどの魔法を即座に発動できるんですから」

「ふふ、鍛えているからね。私としては、屋敷で君が見せた力も気になるんだが……」

「何か言いましたか？」

後半部分を聞き取れなかったノゾムが怪訝な顔をする中、アイリスディーナは誤魔化すように、口元に浮かべた笑みを深める。

「いや、なんでもないよ。それより、ティマ達と合流しよう」

二人は得物を鞘に納めると、魔獣を足止めしていたマルス達の元に向かう。

「マルス、お疲れ」

「おう」

「ティマ、大丈夫か？」

「うう、お尻が痛いよう……」

ノゾムが軽く手を上げて無事を確認し、アイリスディーナが親友の傍に寄る。

軽い調子のマルスとは違い、ティマは杖《つえ》で体を支えながら、まるでお婆《ばあ》さんのように腰をさすっていた。美少女が台無しの光景である。

一方、アイリスディーナがティマの様子を確かめていると、先に商隊を守っていた学生達が声をかけてきた。

「ありがとう、アイリスディーナさん、それに、皆さんも」

話しかけてきたのは、小柄な学生、トム・デイルだった。

外見的には十代前半に見えるが、制服につけられた青い三学年二階級の名札で、ノゾム達は彼が自分達と同級生だと気づく。

トムは小柄な体をすっぽりと包み込めそうなほど大きな外套を身に纏い、制服の腰には大小様々な大きさのポーチが取りつけられたベルトをつけている。

よく見れば、外套の裏側にも数多くのポケットが設けられており、腰のベルトには宝石を編み込んだ木製の人形が引っかけてある。

「いや、たまたま見かけたから助太刀しただけだよ。君達は……」

「三学年二階級、トム・デイル。こっちは、ミムル・ミディール」

「よろしくね！」

ミムルと呼ばれた猫尾族の少女が、パチッとウィンクをしながら、ノゾム達に手を振る。

全身から溢《あふ》れる活気や、態度を見る限り、かなり気やすい性格をしているようだ。

そんな彼女の腰には、二本の短剣が差してある。

見たところ、なんの変哲もない鋼鉄製の短剣のようだが、彼女の体から滲み出る気の残滓が、彼女がノゾムやマルスと同じように気の使い手であることを示していた。

「それから彼女が……」

「シーナ・ユリエル」

最後に紹介されたのが、ノゾムがギルド支部でぶつかったエルフの少女だ。

彼女はトムやミムルよりも一歩引いた位置で、抑揚のない口調で名前を名乗る。

「ああ、知っているよ。アイリスディーナ・フランシルトだ」

「ティマ・ライムです」

「ええ、私も知っているわ」

初めにアイリスディーナとティマがシーナ達に自己紹介する。

シーナも二人の名前は知っている様子だったが、その声色は冷たい清水のように淡々としていた。

次はマルスとノゾムだが、マルスは自己紹介をする気がないのか、腕を組んで明後日の方を向いている。

そんな友人の様子に、ノゾムは困ったように頭を掻きながら、仕方なく自己紹介をする。

「ええっと、ノゾム・バウンティスです。あっちはマルス」

シーナの視線が、ノゾムに向けられる。元々冷たい印象のあったシーナの瞳が、さらに細められた。

懐疑、そして、僅かな嫌悪の色。それは、ノゾムが学園で何度も何度も向けられてきた視線と同じ。

ノゾムは唐突に向けられる視線に少し目を細めつつも、気分が沈んでいくのを感じた。

「へえ、君が……」

一方、そんなノゾムの様子を知ってか知らずか、ミムルがズイッと身を乗り出してノゾムの顔を覗き込んできた。彼女の突然の行動に、ノゾムは面食らう。

「えっと……」

「ねえ、アイリスディーナさん、どうしてこの人と組んだの？　彼、十階級よね？」

戸惑うノゾムを他所《よそ》に、ミムルがアイリスディーナにぶしつけな質問をし始める。

「ああ、でも、彼は強い。見てたんじゃないのかい？」

「ま、そうみたいだけど、それ以上にこの人、色々と言われてるじゃない？」

「……どういう意味かな？」

「ほら、恋人を裏切ったって。確か、紅髪姫。一階級のリサ・ハウンズ……」

ギチリ……。ノゾムは胸の奥で、何かが軋《きし》みを上げるのを感じた。続いて、心臓の鼓動が速まり、手に汗が滲んでくる。気がつけば、奥歯を強く噛み締めていた。

「ミムル……」

「ん？　ああ！　本人の前で言うことじゃなかったね！　ゴメンゴメン！」

「……本人の前とか関係なく、口にするようなことではないよ」

失言をしたミムルを、トムが戒める。

一気に場の空気が悪くなったことにようやく気づいたミムルが何度も頭を下げてきた。どうやら彼女は、相当うっかりしているのか、思ったことをすぐに口にしてしまう性格らしい。

「もう、ノゾム君、ミムルが失礼をしちゃってごめんね」

「……いや、気にしていないよ」

トムのフォローに気にしていないと言いつつも、ノゾムの声色には隠しきれない重苦しさが漂う。

ここ二週間ほど、アイリスディーナ達の存在のおかげで、蔑まれていた今までの環境を忘れられただけに、思い出した苦味は泥水のようにノゾムの心に影を落とす。

「ええっと、そういえば、さっきダイアウルフのリーダーを仕留めた矢は、何か特別な仕掛けでもあるの？」

とりあえず、ノゾムは話題を変えようと、残ったシーナに話を振ってみる。情けないとも思えるが、以前にアイリスディーナにリサのことを聞かれた時は、有無を言わさず立ち去ってしまっている。

そう考えれば、今の彼はきちんと己の感情を飲み込むことができているとも言えた。

「……ええ、矢羽根とシャフトにトムが少し手を加えているわ」

そんなノゾムの様子を察してか、シーナもぶっきらぼうな口調とはいえ、質問に答えてくれる。

「凄《すご》い威力と誘導性だったな」

「へへん、刻印矢っていう、トム特性の矢だもんね。凄かったでしょ」

シーナの淡々とした返答をアイリスディーナが上手《うま》く組み上げ、話を膨らませる。

一方、ミムルは自分のことでもないのに、嬉しそうに満面の笑みで胸を張り、トムは恥ずかしそうに苦笑を浮かべている。

「大した術式は組んでないよ。術者の魔力に反応して軌道を少し変更するだけだから、風や相手の動きを的確に読めないと、上手く当たらない。それに、威力を上げるような術式は組んでいないからね」

「なるほど……つまり、あの矢の威力はシーナ君だからこそということか」

「精霊魔法じゃなかったのか。エルフと言えば精霊魔法が十八番だが……」

トムの術式に興味を覚えたのか、マルスとアイリスディーナが会話に混ざってくる。

一方、ノゾムはマルスが口にした『精霊魔法』という言葉に、思わず息を飲む。

精霊魔法。それは精霊が使う御業であり、人が使う魔法とは一線を画す、より根源的な力だ。

エルフの別名は、精霊に最も愛された種族。

彼らは祭具や複雑な儀式を用いずとも、己の魔力だけで精霊の力を借りることができる。

そして精霊魔法は、ノゾムが取り込むことになってしまった巨龍、ティアマットも使っていた力であった。

「……必要なかっただけよ」

精霊魔法に言及されたシーナは、相も変わらず冷たい表情で淡々とした返事をする。

元々エルフは他種族との関わりが薄く、打ち解けることはほとんどない。

それは彼らが精霊と交信できることが大きい。

幼い頃から言葉を使わずに対話を行える存在が身近にいるという環境は、言葉の必要性を薄める。

さらに同族が少ない希少種であるために、コミュニティが小さいなどの条件が重なる。

必然として、多くのエルフは閉鎖的になり、他種族と関わる時も、言葉数が少なくなってしまう。

その抑揚のない態度は時に傲慢と取られ、他種族とのトラブルに発展することも少なくない。

シーナ・ユリエルもそのような典型的なエルフなのか、ノゾムやマルスはおろか、アイリスディーナ達にもその冷淡な態度を崩さない。

「手を貸してくれたことには感謝するわ。悪いけど、ギルドに報告しないといけないの。それじゃ……」

背を向けて立ち去ろうとするシーナ。ノゾムだけでなくアイリスディーナも何も言えずに押し黙るが、ここで予想外の助け舟を出した人物がいた。先ほど失言を繰り返したミムルである。

「あ、お姫様達はこれからどうするの？」

「お姫様って、私のことか？　まあ、私達もギルドに報告するが……」

「じゃあ、一緒に行こう！　ね、いいよね」

ミムルは微妙な空気が漂う場の雰囲気を無視して、アイリスディーナに一緒にギルドに報告に行かないかと提案してきた。

「ふむ、ノゾム君達はどう思う？」

「俺は、いいですけど……」

ノゾムがチラリとシーナの様子を覗き見ると、彼女は一瞬眉を顰《ひそ》めたものの仕方ないというように溜息を吐いた。

「……いいわよ」

「よし！　じゃあ行こう！」

必死の思いで押し出すように漏らした了承の言葉に、ミムルが歓喜するように両手を振り上げる。

本当にしょうがない、というようなエルフの少女の溜息に、ノゾムはなんとなくだが、二人の力関係が見て取れたような気がした。

振り回す獣人の少女と、振り回されるエルフの少女。そんな二人の様子が、ノゾムには亡くなった師匠と自分の関係に被《かぶ》って見えていた。

（苦労しているんだろうな……）

「何よ……」

「いや、なんでもない」

思わず笑い声を漏らしそうになったノゾムに、シーナがジト目を向ける。

先ほどまで重かった場の空気は、幾分か和らいでいた。

ダイアウルフの群れを倒したノゾム達は、シーナパーティーと馬車を護衛してアルカザムに戻ると、そのままギルドへと報告へ行った。

ギルドへの報告の後は、成果の査定が行われ、報酬が支払われる。

通常、冒険者ギルドでは貢献した成果に応じて評価が高まり、一定以上の成果を収め続けることで、より上位のランクへと昇進する。

そして、冒険者達はより多くの利益や協力を取りつけ、様々な面で援助を受けることができる。

一方、アルカザム支部は、数ある冒険者ギルドの支部の中でも特殊な立ち位置にある。

それは、ソルミナティ学園との連携を想定して、組織運営がされている点である。

アルカザム支部には現役の冒険者はほとんどいない。その依頼内容の大半が、ソルミナティ学園の生徒によって遂行されているのだ。

「それで、ダイアウルフの群れに襲われている商隊を見つけたので、先に駆けつけた者達と協力して、襲っていた群れを排除した」

受付嬢はアイリスディーナの報告を聞きながら、目の前の書類に顛末《てんまつ》を事細かに確認していく。

どのような状況で魔獣の痕跡を確認し、追跡、接敵し、戦闘して排除したのか。

質問を受けるアイリスディーナも、受付嬢の質問に澱みなく返答する。

「なるほど、間違いありませんか？」

「はい、間違いありません。倒した魔獣の証明となる部位もこちらに」

アイリスディーナはダイアウルフから切り取った牙を見せる。

倒した魔獣だが、数が多いために馬車には乗せきれず、魔石持ちだった魔獣以外の大半が現場に放置したままである。そのため、討伐の証明として、最も大きい犬歯だけを切り取ってきたのだ。

とはいえ、残った魔獣の死体も、放置しておくと他の魔獣を誘引しかねないので、早急に処理しておく必要がある。

「確認しました。街道に残っている魔獣の回収はこちらでやります。探索の依頼達成の報酬はすぐに用意します。倒した魔獣の売却に関しては、回収後に……」

「分かりました」

「最後に確認しておきたいのですが、そちらの生徒、ノゾム・バウンティスは、本当に魔石持ち三体を倒したのですか？」

受付嬢の懐疑の色を帯びた目が、ノゾムに向けられる。受付嬢のその言葉を耳にしたギルドにいる他の生徒達が怪訝な視線をノゾムに向け始めた。

「おい、あの最底辺が魔石持ちを倒したってよ」

「はあ、ありえんだろ、黒髪姫の間違いさ。寄生しているんだから」

受付嬢はアイリスディーナ達が依頼を遂行している間、資料室でノゾム・バウンティスの成績を確認していた。

冒険者ギルドは、人種や生まれに左右されない公平な評価を旨とする。そんなギルド職員である彼女もまた、不正を絶対に許さない。

同時に彼女は、受付嬢として人を相手にする以上、虚偽の報告をする者もいることを理解していた。

故に、学園での成績と、目の前に提示された報告との乖離《かいり》に戸惑いながらも、ノゾムを疑っている。

「はい、間違いありません」

「しかし、この倒し方は……。分かりました。正直信じられませんが、認めましょう」

渋い表情を浮かべる受付嬢だが、アイリスディーナの澱みない返答に、渋々といった様子で報告を認めた。彼女はサラサラと依頼書にペンを走らせ、依頼達成の印を押す。

これで依頼は達成。後は換金窓口にこの依頼書を持っていけば、報酬が貰《もら》える。

しかし、受付嬢の視線には、懐疑の色がまだ残っていた。

「ですが、今回の依頼で、ノゾム・バウンティスに加点はありません。理由はお分かりですね？」

受付嬢は印を押した依頼書を差し出しながら、ノゾムに向かって厳しい口調でそう言った。

基本的に依頼達成による評価点は、ギルド内で定められた規定にそって公平に配分される。

しかし同時に、冒険者ギルドは低ランク者が高ランク者に寄生することを認めていない。

そのため、パーティー内のランク格差や依頼の難易度、他にも依頼達成率や学園の成績等、多数の考査項目があり、場合によっては加点や減点がされる。

このような例外規定があるのは、実力の伴わない者が高ランクに上ることを防ぐためでもあるし、ひいてはギルドのランク制度の信頼と信用を失わないためでもある。

そして今回の依頼では、ノゾムには評価点全てを打ち消すマイナスの査定が適用されていた。アイリスディーナ達とのランク格差もあるが、何よりも一年以上ギルドからの依頼を受けておらず、それを補填するような功績や成績もないのが理由である。

とはいえ、この空白期間によるマイナス査定はあくまで今回だけであり、今後定期的にギルドから依頼を受けていれば問題ない。

この規定自体、あくまで怠ける冒険者達を発破にかけると同時に戒めるものであり、ギルド側も必要以上に罰を与えることは不利益しかないことは理解しているからだ。

「……はい、分かっています」

「マルス・ディケンズ、貴方もです。例え力量があっても、問題を起こす者に信用は与えられません」

「うるせえよ、厚塗り。小皺《こじわ》で化粧が割れてるぞ」

「あ、厚塗り……！」

元々跳ねっ返りなマルスの言葉に、ぴしりと受付嬢の額に血管が走った。ついでに歪んだ頬から化粧の粉も舞った。

ノゾムは慌ててマルスの口を塞ぐ。彼女の年頃は二十代後半。女性として色々と複雑な年齢である。

「でも、魔石持ちをその日のうちに四体も倒すあたり、さすが黒髪姫と四音階だよな」

「非情な枯葉耳が一緒にいたんなら、逆に押しつけられた結果かもしれねえけどな」

「……枯葉耳？」

遠くから聞えてきた聞き慣れない言葉に、ノゾムは首を傾《かし》げる。

「っ……」

息を飲む音にふと隣を見れば、硬い表情を浮かべたシーナがいる。

二の腕に添えられた細い手に、ギュッと力が入っていた。

その時、ギルドのホールの扉がバン！　と音を立てて開けられ、大人数の学生がドカドカと入ってくる。

人数は全部で二十人ほど。見たところ、三学年の二階級から四階級の生徒達だった。

これだけ多くの他階級の生徒が一緒になって歩く様は、ギルドの職員や他の生徒達の視線を集める。

そして、その集団の先頭を歩くのは、銀色の髪と尻尾を持つ獣人の男子生徒。

まくり上げられた制服の袖からは鍛え上げられた筋肉に覆われた腕が伸び、金色の瞳には己に対する自信に満ちている。

銀色の体毛の毛先にまで生命力に溢れ、明らかにこの場にいる生徒達とは別格の気配を身に纏っている。

そして、彼の胸には、学年最高位である一階級を示す紫色の名札が光っていた。

ケヴィン・アーディナル。

三学年一階級に属する男子生徒。狼の獣人の中でも銀狼族と呼ばれる希少種族であり、そして三学年の中で五人しかいない、Aランクに値すると認められた人物である。

「アイリスディーナじゃねえか。なんだ、依頼を受けに来たのか？」

「いや、もう終わっている。君達は今から報告か？」

「ああ。おい、依頼を終えた。手続きしてくれ」

気やすい態度でアイリスディーナに声をかけると、ケヴィンは懐から出した依頼書を受付嬢の座るカウンターに放り投げた。

「報告は……」

「カランティ。説明しておいてくれ」

「分かりました！」

報告をパーティーの他の生徒に任せると、ケヴィンはアイリスディーナに向き合う。

一方、報告を任せられた灰色の獣耳を持つ女子生徒は、ハキハキとした様子で受付へと向かっていく。

「で、アイリスディーナはどんな依頼だったんだ？　お前のことだからスパシムの森での指定魔獣の討伐か？」

「いや、街道の巡回だ」

「街道の巡回って、今更か？　お前には役不足すぎるぞ」

明らかに落胆した様子でケヴィンは肩を竦《すく》めると、狼のように鋭い瞳を細めながら、ノゾム達と彼がつけている名札を一瞥する。

「ノゾム・バウンティス、こいつがか……。おいアイリスディーナ、お前は三学年の頭目だろうが。だったら、それに相応《ふさわ》しい戦場と配下を選べ」

ケヴィンはノゾムのことは知っていたようだが、すぐにノゾムに対する興味をなくすと、アイリスディーナにやや強い口調で詰め寄っていく。

一方のアイリスディーナも、笑みを浮かべながら、ケヴィンの文句を軽く受け流す。

「相応しいもなにも、私が彼に頼んで組んでもらっているのさ」

「お前、白昼夢でも見てるのかよ……」

信じられないといった様子で、ケヴィンは額に手を当てて天を仰ぐ。

ノゾムの評価を知っているなら、ケヴィンの反応は当然だ。むしろ、下手に侮辱の言葉をまくし立て続けないだけマシである。

「枯葉耳も一緒とはな……」

しかし、アイリスディーナ達と少し離れた位置にいたシーナの姿を確かめた瞬間、ケヴィンの瞳に蔑みの色が浮かぶ。

ノゾムに対してよりも明らかに強い嫌悪の色に、彼は思わず首を傾げた。

よく見ればケヴィンパーティーにいる獣人達もまた、シーナに対して鋭い視線を向けている。

「プライドが高いだけの嘘《うそ》つきエルフめ」

「毒虫が。アイツらのせいで……」

ケヴィンの取り巻き達が、明らかにシーナに聞こえるような声で罵倒し始める。

(なんだ、この憤りの感情。普通じゃないぞ)

一体、シーナと彼らの間に何があったのだろうが?

ノゾムの頭に浮かぶ疑問符に答えが出ぬうちに、ケヴィンは取り巻き達を放置したまま、シーナを指差し、さらに強い口調でアイリスディーナに詰め寄っていた。

「アイリスディーナ。お前、こいつとも組んだのか?」

「魔獣を撃退する時に共闘した。それで、君は一時とはいえ、私達と共闘した仲間を侮辱しに来たのか?」

一方、アイリスディーナも、共闘した相手を明らかに侮辱するケヴィン達に苛立《いらだ》ちを隠せない様子だった。

静かな、しかしながらはっきりと軽蔑の色を帯びた声と共に、ケヴィン達を睨みつけている。

「いや……。ただ、こいつと組むのだけはやめとけ。エルフなんて信用できんし、そもそもこいつは

エルフとしても出来損ないだ」

（出来損ない？）

「いい加減にしろ。君はここで騒動を起こしたいのか？　私に主席としての自覚を持てというのなら、君こそ自らの言動を顧みろ」

「ふん、俺は自分の言動を否定する気はない。だが、お前が言うなら今日は帰るさ。じゃ、またな」

そう言うと、ケヴィンは報告を行った生徒から報酬を受け取り、パーティーメンバーを連れて立ち去っていった。

ケヴィン達がホールの扉から姿を消すと、張り詰めていた室内の空気がようやく緩む。

しかし、ノゾム達とシーナ達の間には、何とも言えない、気まずい空気が流れていた。

「私は帰るわ。それじゃ……」

「あっ……」

数秒の沈黙の後、シーナは一言だけ別れの言葉を述べると、視線も合わさずにスッと背を向ける。

「シーナ、待って！　ゴメン、アイリスディーナさん、それじゃ……」

「ありがとう。助かったよ」

去っていくシーナの後を、ミムルとトムが慌てて追いかけていく。

事態をよく把握できなかったノゾムは、何とも言えない気分を抱えながら、去ってく蒼髪の少女の背中を、ただ見送ることしかできなかった。

CHAPTER 2

第二章

裏路地『キョウソウ』曲

ギルドへの報告を終えたノゾム達は、シーナ達と別れると、そのままマルスの実家である牛頭亭へと向かった。

いつもならノゾムだけだが、今回はアイリスディーナ達も一緒である。

理由は、初パーティーの任務達成のお祝いだ。

また、誰も言葉にしないが、依頼達成報告の際の嫌な気分を払しょくするためでもあった。

「と、いうわけで、乾杯！」

「か、乾杯」

「おう……」

アイリスディーナの音頭に合わせて、ノゾムも杯を掲げる。中に入っているのは酒ではなくジュースだ。マルスが注文しようとしたら、彼の妹であり、この酒場の看板娘であるエナに止められたのだ。

「お兄ちゃんにお酒なんて絶対ダメ！」

どうやらマルスは以前、酔っていた時に店の料理についてあれこれ文句を言っていた客に絡んだことがあるらしく、それ以来、家では酒を飲むのを禁止されていた。もちろん、酔った状態で家に戻るのもダメである。

Ryuusa no Ori
Kokoro no
Naka no Kokoro

「そういえば、アイリスディーナさん。聞きたかったんですが、あの執事さんの一件、どうなったんですか？」

「対外的には魔道具の暴走ということになっているが、完全に隠しておくわけにもいかない。ある程度は学園側に説明したよ」

「……大丈夫なんですか？」

「正直、あまり良くはない。しかし、ジハード先生が生徒である私とソミアには責はないということをおっしゃってくれたからな」

「良かった……」

アイリスディーナの言葉に、ノゾムはホッと胸を撫《な》で下ろす。

ルガトが襲撃した際、フランシルト邸には結界魔法が張られ、邸宅内で戦闘が行われたが、それはあくまでフランシルト邸の敷地内でのこと。街には被害が及んでいない。

故に、大目に見られた部分はあるだろうというのが、アイリスディーナの見解だった。

「そういやノゾム。お前、能力抑圧は解放しなかったな」

マルスの唐突な言葉に、ノゾムの心臓がドキン、と大きく脈打った。

「あ、ああ。その機会も必要もなかったしな……。前にも言ったけど、まだ制御が甘いんだ」

「だが、使ってもよかっただろ。別にすぐ終わるに越したことはねえんだし、一度使えばお前を馬鹿にする奴らも黙るだろ？」

「それは……」

確かに、一度解放したティアマットの力を見せれば、馬鹿にしてくる他の生徒達は黙らせられるだろう。だが、同時にノゾムは間違いなく、この力について詳細な説明を求められる。

そうなれば、ノゾムが抱え込むことになった巨龍の存在についても知られてしまうかもしれない。

恐怖感と激しい動揺が、ノゾムの背筋に走った。

もし知られた時、どのような目を向けられるのだろう。そして、どのような扱いを受けるのだろう。

数百年ぶりの龍殺しの再来。結果として何もかもが順風満帆になると思えるほど、ノゾムは楽観的にはなれない。

さらに言えば、ティアマットはまだノゾムの体内で生きており、意識を向ければ、今でもその強大な存在を感じ取ることができた。

ルガトとの戦いの後も、夢という形で干渉すらしてきている。

故に、ノゾムは龍殺しとなったことで、むしろ様々な厄介事や面倒事、政争や国際問題に発展するという予感の方が大きかった。

「彼の強みは、その極めて緻密な気の制御だからな。普段と違う感覚を嫌うのも、無理はないよ」

「そ、それに、ノゾム君の負担もすごく大きいみたいだし……。前は半日以上も眠っていたんだよ?」

「まあ、そうなんだけどな……」

少し思うところもあるようだが、アイリスディーナとティマの言葉にマルスも頷《うなず》き、それ以上ノゾムを追及することはなかった。

一拍の沈黙。少し気まずい空気を誤魔化そうと、ノゾムは口を開く。

「そういえば、ちょっと気になったんだけど……。どうしてケヴィン達は彼女に対してあれだけ憤っていたのかな?」

「彼女とは、シーナ・ユリエル君のことか?」

ノゾムの質問をアイリスディーナが確認すると、彼は小さく頷いた。

「なんだ、お前知らないのか?」

少し驚いた様子のマルスに、ノゾムは首を傾げる。本気で分からないノゾムに、マルスが呆《あき》れたように溜息《ためいき》を吐《つ》いた。

「シーナ君に対して敵意をぶつけていた生徒は、ほとんどが獣人。全員、スマヒャ連合の人間だ」

「スマヒャ連合……あっ」

アイリスディーナの言葉をきっかけにノゾムは頭に浮かんでいた疑問が一本の線で繋《つな》がった。

スマヒャ連合とは、アークミル大陸南部の国であり、二十年前に起こった魔獣の大侵攻によって国を失った者達が寄り集まって建国された、新興国である。

故に、人族だけでなく、人種の坩堝《るつぼ》と評されるほど、多くの亜人族達が生活している。

エルフもまたスマヒャ連合に属している種族であるが、問題なのは、大侵攻時のエルフ達の行動だった。

エルフは基本、他種族と関わらない。特に彼らの本拠地であるネブラの森には、エルフしか入ることを許さなかった。

ネブラの森は元々、森の中心に聳《そび》え立つ大樹に宿った精霊によって生み出された森である。

また、遥《はる》かな太古にエルフは大樹の精霊と契約を結び、以降、何千年もの間、精霊達と共生してきた。

精霊との親和性が極めて高いエルフと大樹の精霊に守られた森の防御は、まさに鉄壁と呼べるもの。

また、ネブラの森は常時濃い霧に包まれており、精霊と対話ができるエルフぐらいしか、そもそも住むことすらできない。

故に、エルフたちは大侵攻の際も、これまで通り自分達の聖域であるという理由から、他種族の警告を聞かず、助力も受けなかった。

また、他国もネブラの森は魔獣の侵攻に対し、半年は耐えられると踏んでいた。

「でも確か、ネブラの森は魔獣の襲撃を受けてから、一週間ほどで……」

だが、エルフ達の森は予想以上に早く陥落した。理由は、森の中心である大樹がどこからともなく侵入してきた魔獣達に襲われ、大樹と交信を行う『ハイエルフ』達が全滅したかららしい。

さらにネブラの森を落とした魔獣達は、防衛の準備が終わっていなかった隣国にそのままの勢いで攻め入り、これを陥落させた。

そこには当然、エルフに対して警告を行った避難民達もおり、多くの犠牲が出てしまう。

「もちろん、国の防衛体制の不備は、その国の責任だ。だが家族や故郷を失った者達には関係ない。しかも、ネブラの森陥落後、魔獣の侵攻速度は増し、結果として多くの国が崩壊した」

ネブラの森の早期の陥落。その混乱はさらなる混乱を生み、多くの国が連鎖的に崩壊するきっかけとなってしまった。

結果論ではあるが、これがエルフの立場を決定的に悪化させてしまう。

「大侵攻後、生き残ったエルフ達は現在の連合内の領土に逃げ延びたが、他種族の援軍や警告を無視したということで、連合内では未《いま》だにエルフに対して隔意を持つ者達も多い。ケヴィンも、そんな一人だ」

アイリスディーナは目の前のジュースで口を湿らせながら、話を続ける。

「とはいえ、連合内でエルフ達が完全に排斥されているのかというと、そうでもない。侵攻された後の領地奪還においては、エルフの精霊魔法が大きな助けとなったことも事実だからな」

『フルークトゥス作戦』

大侵攻直後から四年かけて行われた、人類最大の反抗作戦である。

第一次から第四次まで行われたこの作戦のおかげで、多くの犠牲を出しながらも魔獣の侵攻は食い止められ、その後、ある程度の領地奪還を成した。

しかし、魔獣達に占領された領地全てを奪還することはできず、この作戦は現在、各国の疲弊から、第五次作戦の途中で無期延期状態になっている。

「あの……トム君とミムルさん。確か二人もケヴィン君と同じ、スマヒャ連合出身の人だよ。しかも、狼《おおかみ》族の故郷はまだ解放されていなくて……」

一方で嫌悪されながら、一方では友人となる。スマヒャ連合が持つ混沌《こんとん》とした情勢を現しているような交友関係だった。

「確か、大侵攻後、魔獣に占領された土地の奪還も……」

「ああ、ネブラの森で止まっている。しかも故国を滅ぼされたにもかかわらず、ネブラの森に警告をしたのは、ケヴィンの親世代である狼族達。そういうことだから、難しい問題なのさ」

「お待たせしました！　穴ウサギのステーキと、鳥の丸焼き、それから、サラダとパンになります！」

そうこうしているうちに、マルスの妹であるエナが、できた料理を次々と運んできた。

酒場らしく大皿にドカンと盛られた料理からは湯気が立ち、食欲を刺激する香りを漂わせている。

「さ、料理も来たことだし、いただこう」

アイリスディーナに誘われるように、そして気分を変えるように、それぞれが料理に手を伸ばし始めた。

最初は少し遠慮気味に食事に手をつけていた一行だが、魔獣との戦闘やそれなりに歩き回ったこともあり、次第にペースが上がっていく。

そして気がつけば、残った料理を巡って、争奪戦が始まっていた。

「おいマルス、それは俺のステーキだぞ！」

「ふん、速いもの勝ちだ」

「じゃあ、私が貰《もら》おう。うん、美味《うま》いな！」

「「あああ！」」

「あ、あははは……」

食べ盛りの男子二人が料理を奪い合い、その争いに乗じてアイリスディーナが横合いからかっさらう。そして三人の争いを眺めていたティマは、乾いた笑いを浮かべる。

いつの間にか彼らのテーブルは、牛頭亭の中で一番騒がしい席になっていた。

「はは！　良い食いっぷりじゃないのさ！」

「もう、お兄ちゃんったら、恥ずかしいなぁ……」

遠目からノゾム達の様子を見ていたハンナが闊達《かったつ》に笑い、エナがトレーを持ったまま溜息を漏らす。

気がつけば、ノゾムは喉奥のつっかかりを忘れ、マルス、アイリスディーナの三人で料理の取り合いに終始する。

その口元には、長い間失われていた笑みが浮かんでいた。

✝

牛頭亭で料理を平らげた四人は、宴が終わると、それぞれ帰路につくことになった。

アルカザムの経済を担う商業区は、日が落ちても明かりが途絶えることはない。

店に掲げられるカンテラの明かりに照らされた道を、四人で歩く。

ちなみに、牛頭亭が自宅であるマルスは本来ならついてくる必要はないのだが、女性二人をそのまま帰すことに怒ったハンナに、無理やりついていかされた。

「うっぷ、食べすぎた……」

グロッギーになっているのはノゾムである。勢い任せに食べすぎた結果、彼の胃袋はストライキを起こしていた。

消化器官が危険だと警告を放ちながら、必死に膨張と収縮を繰り返し、中身を外に押し出そうとしている。

しかし、ここで言うことを聞いたら大惨事になるノゾムは、暴走寸前の胃を宥《なだ》めるようにお腹《なか》をさすりながら口元を押さえ、必死に堪《こら》えていた。

「まあ、うちの料理は基本、量だからな。つい食いすぎる奴らもいる」

「量というが、味もよかったよ。家で食べる料理と違って濃いめの味つけだが、たまにはいいものだ」

一方、ノゾムと同じくらいに食べているはずのマルスとアイリスディーナはケロッとしている。

マルスは元々体が大きいから分かるのだが、体の線が細いアイリスディーナは一体どうなっているのだろうか？

「まあ、実はこっそり魔法を使っていたんだ。身体強化の魔法を軽く内臓にかけていたんだよ」

ノゾムの疑問に答えるように、アイリスディーナは軽く笑みを浮かべる。

強化魔法はその名の通り、様々な身体機能を底上げする。彼女はそれによって、消化器官の機能を向上していたらしい。しかも、詠唱をしていないところを見ると、アビリティ『即時展開』も使っていたのだろう。何とも無駄な魔法の使い方である。

「もう、アイったら。でもその場合、食べたものは消えるわけじゃないから……」

「うん。食べた分、後で動いておかないといけないんだ……」

乾いた笑いを浮かべながら、アイリスディーナは遠くを眺める。

後々の影響が一番大きかったのは彼女であった。特に女性にとっては大問題である。

「自業自得だよ！」

陰を帯びた表情で遠くを見つめるアイリスディーナに、ティマの的確なツッコミが入った。

後先考えない親友の行動に、意外にもティマがツッコミに回っている。普段の凛《りん》として大人びているアイリスディーナにしては、非常に珍しい姿でもあった。

「ん、んん！　まあ、そろそろ夜が更けてきたし、早く帰ろう。ソミアも待っているからな」

アイリスディーナは自分の醜態を誤魔化すようにワザとらしく咳《せ》き込むと、スタスタと先に立って歩いていく。

そんな彼女の様子に三人は溜息を漏らしながらも、後を追う。

「ここはいつもにぎやかだな。夜になっても人通りが多い」

「まあ、商業区だからね」

ボソリと漏らしたアイリスディーナの言葉にノゾムが同意しつつも、四人は並んで道を歩く。

そのうち少しずつではあるが腹の調子も良くなってきたノゾムだが、通りを行く最中、隣を歩いているアイリスディーナに突然腕を引かれた。

「ノゾム君、ちょっと……」

「え？　うわ！」

ノゾムはそのまま、路地の陰に連れ込まれる。一体何事かと当惑するノゾムの目の前に、美麗な黒髪の少女の顔が飛び込んできた。

「ど、どうしたの？」

「少しティマとマルス君を二人っきりにしたくてね」

「……え？」

「知っていると思うけど、ティマは男性が苦手でね。でも、この際だから、慣れてもらおうと思って」

ほら、とアイリスディーナが指差す先では、目を見開いて右往左往しているティマの姿があった。

どうやら、突然マルスと二人になったことでパニック状態になっているらしい。

「かなり混乱しているみたいだけど……」

「ふふ、可愛《かわい》いじゃないか」

先ほどのツッコミの意趣返しなのか、それとも本当に親友を気遣っているのか分からない口調だが、ノゾムにはなんとなく前者のように聞こえていた。

「アイリスディーナさんって変なところで悪趣味だよね」

「む、そんなことはないぞ。ああ見えてティマは怒らせたら怖いんだ」

ノゾムは怒らせたことがあるんだなと思ったが、それ以上口にはしなかった。声に出したら彼女の矛先がティマから自分に向くことが、なんとなく察せられたからだ。

変なところで働く勘に、ノゾムは思わず溜息を漏らす。

「というか、まだ君は私に対してさん付けなのか？」

「え？」

不満げなアイリスディーナの声に顔を上げると、彼の視界にズイッと顔を近づけてくる彼女の姿が映った。

ただでさえ距離が近いというのに、もはや息がかかるほどの距離まで迫ってくる美麗な顔。ノゾムの頬が真っ赤に染まる。

「この際だ。私のことは呼び捨てにしてくれ。私も君をノゾムと呼ぼう」

「え？」

「そうだ、ティマと同じように愛称でもいいぞ」

「い、いや、その……」

「ほらほら」

アイリスディーナの立て続けの攻勢に、ノゾムはしどろもどろと言った様子で言葉に詰まる。

恥ずかしさのあまり、この場から逃げ出したくなる衝動に駆られるが、生憎《あいにく》と今はガッチリと腕をアイリスディーナに掴《つか》まれていて、逃げられそうにない。

「じゃ、じゃあ、アイ……リス」

「う～ん、まだ硬いかな。まあ、その辺りは仕方ないか。追々どうにかしていこう。それじゃあ……夜のデートに行こうか」

「……はい？」

✝

（ふ、二人ともどこに行ったの――――――！）

ノゾムがアイリスディーナにデートに引っ張り込まれている一方、親友の策略でマルスと二人きりにさせられたティマは、顔を真っ赤にしながら声にならない悲鳴を上げていた。

（な、なんで、マルス君と二人きりになってるの――――――！　隣にいたアイやノゾム君はいつの間にかいなくなっていたし！　なんで？　どうして！）

彼女の動揺に呼応するように、心臓はバクンバクンと激しく鼓動する。

どうしたらいいか分からず、緊張の極地に達したティマは、額から汗をダラダラと流し、目を見開きながら、助けを求めるように視線をあちこちに飛ばしていた。

「ノゾム達はどうしたんだ？　いつの間にかいなくなっちまって……逸《はぐ》れたのか？」

「そぅ、そうびゃと、おぅもう……」

マルスに話しかけられるも、ティマの返答は、言葉が体を成していない。

鳥か猿が人真似《まね》したと言われてもおかしくないほどだ。

(な、何話したらいいんだろう！　私、こんなふうに二人きりで男の子と話したことなんてないよ！

アイ、助けて――――！)

心の中でここにいない親友に助けを求めるが、生憎と元凶はその親友である。

当然、彼女を助けに来るはずもない。

「ち、参ったな。この辺りは道が入り組んでいるから逸れたら見つけるのは難しいぞ……。仕方ない、しばらく歩いて見つからなかったら、先に行くぞ。いいな」

「う、うん。お願い……」

そう言ってマルスは歩き始め、彼に続くように数歩後ろを離れて、ティマもついて行く。

無言の時間が流れる。

ティマは顔を伏せたまま、先を行く彼の背中を見つめていた。

初めて会った時は、とても怖かった男性。いきなり睨《にら》まれて、威圧された。足はガクガク震えていて、あの時親友が傍《そば》にいなかったら、腰が抜けていたかもしれない。

しかし、その恐怖感も、気がつけば少しずつ薄まっていた。

緊張はする。現にこうして、顔を見て話すことすらできない。

でも、こうして一緒に歩くことはできるようになっている。

（ちょっと前なら、直《す》ぐに逃げ出していただろうな……）

傍から見ても強面《こわもて》で、手のつけられない不良として悪名高いマルス。そんな彼に対する恐怖感が薄らいでいったのはいつか。考えればすぐに分かった。

（エナちゃんと……それからルガトさんとの戦いの時から）

マルスの妹であるエナは、ティマから見てもしっかりした少女であった。

そんな彼女と喧嘩《けんか》するマルスは、声を荒らげても、普段全身から発していた棘《とげ》のような敵意はなかった。

そして、決定的だったのはあのルガト襲撃事件。

ソミアを守ろうと奮戦するも、力及ばずに倒されそうになっていたティマを助けたのが、彼女を嫌悪していたはずのマルスだった。

当然、ティマは彼が助けてくれるなんて思っていなかった。

『……何呆《ほう》けていやがる。お前は魔法に集中しろ。あの爺《じじい》の魔法は俺がどうにかする』

完全に呆けていたティマに背を向け、吸血鬼の執事と対峙《たいじ》したマルスが彼女に向けた言葉。

それを聞いた時、ティマは自分と彼の気持ちが、確かに一つになっていくのを感じた。

「どうかしたのか？」

「う、ううん、なんでもないよ！」

「……そうか」

ティマの視線に気づいたマルスが振り返る。

緊張の解けない様子のティマに、マルスもそれ以上何も言えず、お互いの間に静寂が流れる。

「…………あの時は悪かったな」

「えっ」

「その……初めて会った時に俺、お前にガンつけただろ。まだちゃんと謝っていなかったからな……」

マルスは頬を掻《か》きながら、初めて会った時に睨みつけたことを謝ってきた。

彼はまだその時のことを気にしていたのか、表情は少し暗く、気まずそうに視線を背けている。

「い、いいよ！　私、もう気にしてないよ。それにあの時、助けてくれたし………」

親友が持つ凛々《りり》しさとは違うが、普段の威圧的な気配がまるでない彼の様子に、ティマは少し驚いた。彼は自分の行動については、絶対に後悔しないし、謝ったりしない人だと思っていたからだ。

そんなマルスの意外な様子が、緊張感で固く閉じていたティマの心を少しだけ開いた。

「わ、私の方こそまだお礼、ちゃんと言っていなかったよね……」

出会ってから少し怖い思いをしたが、それでも彼は一番大事な時に、力を貸してくれた。

「あの時、マルス君が庇《かば》ってくれなかったら、ソミアちゃんを助けられなかったと思う」

事実、マルスがティマを庇わなかったら、ノゾムの救援は間に合わなかっただろう。

動揺に震えていた心臓が、いつの間にかドキドキと甘く高鳴る。

先ほどとは違う、痺れるような緊張感。上げられなかった顔が、自然と上を向く。

「だ、だから……その………ありがとう………」

込み上げる想いと共に、ティマの口が自然と感謝の言葉を紡ぐ。

自分だけに向けられるその言葉に、マルスは言葉を失ったように硬直していたかと思うと、顔を紅《あか》くして目を背けた。

あちこちに視線を彷徨《ほうこう》させながら、まるで窒息寸前の魚のように、パクパクと空気を噛《か》んでいる。

「マルス君?」

返答のないマルスの様子に、ティマの表情が徐々に暗くなっていく。

何か言わねえと!

その気持ちに突き動かされるまま、マルスは必死に肺から空気を絞り出して、喉を震わせる。

「お、おぅ、そうか…………」

しかし、口から出たのは、なんとも間が抜けた返事だった。

まるでアルコールの抜けた酒のように締まらない自分の声に、マルスがあたふたしている中、ティマは安堵《あんど》したように微笑《ほほえ》む。

「よかった、ちゃんと言えた……」

初めて見る、ティマの心からの笑みに、マルスは思考すら止まった。

全身に衝撃が走り、顔だけでなく胸の奥も熱くなっていく。

マルス自身、自分の様子がおかしいことは気づいていたが、それを気取られたくなくて、今度はティマから逃げるように、背を向けてしまう。

だが、そんな自分の行動とは裏腹に、彼は後ろの少女のことが気になって仕方なかった。

「どうかしたの?」

「い、いや。なんでもない。…………そ、そろそろ行こうぜ」

「あっ、う、うん……」

マルスが歩き始めると、ティマは慌てた様子で彼の後についてくる。

再び、お互い無言で歩き続ける。ただ先ほどと違い、気がつけば二人の影は、横に並んでいた。

†

「ありがとう」

その言葉を他人から言われたのはいつ以来だろうかと、マルスは昔を思い返す。

もしかしたら初めてかもしれない。

子供の頃から彼は力が強く、喧嘩では同い年の子供たちは誰も彼に勝てなかった。

当然、喧嘩をすれば周りの大人達が口煩《うるさ》く叱ってきたが、成長するにつれて、正面から彼を叱るのは、家族であるハンナとデル、そしてエナだけになった。

それ以外の人間達は、大人も子供も、誰もが正面からでなく、陰でマルスを罵るようになった。

それがなおのこと、彼の癇《しゃく》に障った。

自分では何も言えないくせに陰でコソコソする奴らも、顔色を窺《うかが》ってヘコヘコする奴らも、そんな屑《くず》共に何も言い返せない弱い奴らも、何もかもが気に入らなかった。

だから、彼はとにかく強くなって、その苛立《いらだ》ちを周りにぶつけ続けた。エナやデル達に迷惑だというのは分かっていたけど、他の奴らの弱さがどうしても認められなかったし、認めるわけにはいかなかった。

それ以外に、彼は自分の気持ちをぶつける方法を知らなかった。

あまりにやりすぎたのか、実力主義のソルミナティ学園ですら手に余り、最下級のクラスに落とされたが、それでも彼は周囲の人間達の弱さを認めようとは思わなかった。

それができなかったのは、『弱かった父親に妹共々捨てられた』という、彼の心に刻まれた傷跡故。

誰かの弱さを見る。その度に、焼けた火箸を腹に突っ込まれたかのような苛立ちが、無尽蔵に湧き上がってきた。

（でも、なんでだ？　こいつのあの言葉だけで、苛立ちが嘘《うそ》みたいに消えていく。それだけじゃなくて、何か……）

マルスはティマに気づかれないように、横目で隣を歩く少女を覗《のぞ》き見る。

小ぶりな顔と大きな瞳、鼻筋の通った輪郭、肩口まで綺麗《きれい》に切りそろえられた萌黄《もえぎ》色の髪の下からは白いうなじが覗いている。

引いたと思っていた熱が、ぶり返してきた。

「そ、そういえばお前、姉妹はいるのか？」

自分でも分からない感情を持て余し続け、どうにかしようと取ってつけたように彼女に話しかける。とにかく何かすることで、彼はこの感じたことのない想《おも》いを誤魔化したかった。

「い、妹はいないけど、弟が一人……」

マルスのなんの捻《ひね》りもない話に乗ってくるティマだが、彼女の様子も変だった。

妙に顔は赤いし、いつにも増して動きがカクカクしている。まるで出来の悪いゴーレムのようだ。

「そ、そうなのか」

しかし、かく言うマルスの様子も、やっぱり壊れたゴーレムのようだった。

声は上ずるし、足取りもおかしく、視線も定まらない。

結局、壊れた人形のような二人は、逸れたアイリスディーナ達のことをすっかり忘れ、ティマの自宅前で別れるまで、終始奇妙な人形劇を繰り広げていた。

✝

ティマとマルス達が甘酸っぱい空気を醸し出している一方、ノゾムはアイリスディーナに連れられて、商業区を闊歩《かっぽ》していた。

「な、なあアイリスディーナさん……」

「………」

返事を返さず、無言で見つめてくるアイリスディーナに、ノゾムは観念したように、肩を落とした。

「ア、アイリス……」

「よし、なんだ？　ノゾム」

「一応、帰るつもりなんだよね？　何だか少しずつ大通りから離れていないか？」

アルカザムは四つの区画に区切られ、それぞれの区画中央を貫くように大通りが建設されている。

その大通りから枝葉を伸ばすように小道が広がっているのだが、今ノゾム達はどんどん大通りから離れ、小道へと足を進めていた。

「こっちの方が近道なんだ。アルカザムの治安は他の都市に比べればかなりいい。小道でも特有の饐《す》えた匂いがしないからな。大丈夫さ」

いくら治安がいいとは言っても、それでもよからぬことを考える輩《やから》はいる。

特に彼女は、アルカザム最大の支援国であるフォルスィーナ王国の重鎮の娘。その身の価値は、ノゾムのような平民には計り知れない。

心配するノゾムの気持ちを察してか、アイリスディーナはくすりと笑みを浮かべると、腰に差した細剣『宵星《よいぼし》の銀翼』の柄《つか》を、指先でトントンと叩《たた》く。

彼女はソルミナティ学園でも屈指の実力者であり、若くしてAランクに値すると評価された才媛だ。

しかも、アビリティの即時展開によって、詠唱せずに魔法を発動できる。

チンピラ程度では手も足も出ず、身体強化の魔法を使えば、訓練された兵士でも文字通り鎧袖《がいしゅう》一触《いっしょく》にされるだろう。

アイリスディーナはそのまま、どんどん先へと進んでいく。その迷いのなさに、ノゾムは彼女がこのような小道を通り慣れていると察した。

「随分と詳しいね。俺はこんな近道、知らなかったんだけど……」

「ああ、時折ソミアと一緒に商業区や市民街に繰り出すからね」

常に模範的な優等生であり、研ぎ澄まされた騎士の剣を思わせる雰囲気とは裏腹に、この少女は意外と無邪気な一面を持つ。その辺りは、彼女の妹とよく似ていた。

「ウアジャルト家との一件もあって、近々お目付け役が来るから、難しくなりそうだけど……」

「お目付け役？」

「私が小さい頃からの世話役さ。屋敷でのあの一件もあって、父様が信頼できる部下をよこすらしい」

あの一件は、やはりフランシルト本家でもかなり重く受け止められているらしい。

「とてもいい人なんだが、色々と厳しい人でね。もしかしたら、ノゾムは目をつけられるかもな」

「それって……」

アイリスディーナはフランシルト家の次期当主である。貴族となれば当然、その友人関係は相応にハイレベルなものを求められるはずだ。

対するノゾムは平民。彼の脳裏に、月のない夜に後ろから刺される自分の姿が浮かんだ。

今更ながら、アイリスディーナとの身分差を思い出し、ノゾムの顔面が蒼白になっていく。

「怖くなったかい？　ふふ、大丈夫だよ。君は私とソミアの恩人だ。実家にも変なことはさせないさ」

「頼むよ、本当……」

自分の言葉に一喜一憂するノゾムが面白かったのか、アイリスディーナはクスクスと笑みを浮かべる。

だが、一方で、彼女はフランシルト邸で彼が見せた力が、やはりどうしても気になっていた。

(気にならないと言えば嘘になる。私もマルス君のことは言えないな……)

驚異的な気の制御力と洗練された刀術。それらは彼と初めてスパシムの森で会った時に、既に知っていた。

ノゾムの気術『幻無』を見た時、彼女は確かに、その技の冴《さ》えに目を奪われた。アイリスディーナが同等の刃《やいば》を生み出そうとしたら、十秒は必要だからだ。

しかし、その後にルガトとの戦いで彼が見せた『力』は、明らかに別格だった。

種族的にも人より遥かに高い能力を持つ吸血鬼。それを、正面から圧倒できるだけの気量と身体能力。打ち上げの場では話を切ったが、興味が消えたわけではない。

（まるでジハード先生のようだった……）

アイリスディーナの脳裏に浮かぶのは、ソルミナティ学園で最強の剣士。学園の最高位にして、二十年前の大侵攻時の英雄だ。

一階級に属している彼女は、この人物と授業で戦った経験があった。

まだ二学年の半ばの頃。今よりも未熟だったとはいえ、ティマと二人がかりだったにもかかわらず、なす術《すべ》なく打ち倒された記憶がある。

ルガトと戦った時もそうだが、ＡランクとＳランクの間には、一言では言い表せないほどの差が存在するのだ。

それほどの壁。簡単に超えられるはずがない。

（彼は言った。『能力抑圧』の『解放』だと。つまり、あれは彼の素の能力ということになる）

そこが、違和感の根源。

（聞きたい、知りたい。その力の秘密を。そうすれば、私は今度こそソミアを守れるように……）

ルガトの一件以降、ノゾムに対する興味は、アイリスディーナの中でさらに大きくなっていた。

卓越した剣技、強大な気量。それと相反するような、どこにでもいる同年代の少年のような性根。

もっと、色々な彼を知りたい。

込み上げるその感情が、コップに水を注ぐように、満ちていく。

(ノゾム。もっと積極的に、その力を見せてみたらどうか?)

喉元までせり上がってきた言葉。それを、アイリスディーナはハッとした表情で飲み込んだ。

脳裏に蘇《よみがえ》るのは、ルガトを倒した『力』について尋ねた時の彼の様子。不安と恐れを押し殺した彼の様子が、アイリスディーナにそれ以上深く尋ねることを躊躇《ちゅうちょ》させる。

その時、静かな小道には似つかわしくない大声が響いた。

「おお、そこの綺麗なお嬢さん。もしよかったら寄っていかないかい!」

「ん?」

突然かけられた言葉に、ノゾムとアイリスディーナは驚き、ビクンと体を震わせた。

二人が声をかけられた方に目を向けると、小道の端にこぢんまりした一軒の露店がある。

店の看板には大きく「占います」と書かれ、台の上には水晶やカード、細い木の棒がたくさん入った壺《つぼ》などが無造作に置かれている。

壁には東方のものと思われる札や、魔除けのためか呪いのためかよく分からない形のアクセサリーが隙間なく掛けられ、さらには何故《なぜ》か山羊《やぎ》の髑髏《どくろ》なんてものもある。

「ワシはゾンネ。見ての通り、しがない占い屋じゃ」

「ふむ、占いか……」

「いや、どう見ても占いって雰囲気じゃないような……」

はっきり言って、占い屋などではなく、怪しい魔術組織か宗教団体の勧誘所と言った方がシックリくる外観だ。

それにノゾムは、老人の纏《まと》う雰囲気にも不穏なものを感じていた。彼がよく知っている人物と同じ気配だったのだ。

「お爺さん。何を占ってくれるんですか？」

「なんでもじゃよ。将来のことから明日の天気、今夜の夕食に恋人の浮気まで、なんでも当ててみせるぞい！」

（占う内容が出鱈目《でたらめ》すぎるだろ！　というか占いで浮気って分かるのか？　そんなので浮気って決めつけられたらたまらないよ！）

いきなりどこから突っ込んだらいいのか分からなくなっているノゾムだが、意外と好奇心旺盛なアイリスディーナは乗り気のようだった。

「まあいいか。面白そうだし、せっかくだからやってみよう。ノゾム君はどうする？」

「え、本気なの？　俺は遠慮……」

「よし！　じゃあお嬢さん、始めようかの！」

ノゾムを一切無視して、アイリスディーナだけに視線を固定し続ける老人に、ノゾムは思わずジト目を向けた。

人の話を聞かない様子が、自分の師と被《かぶ》って見えたからだ。

同時にノゾムは、込み上げてくる文句を飲み込む。この手の年寄りは、何を言ったところでこちらの言うことを右から左に流して、聞きはしないと知っているからだ。

彼としてはあんな自由奔放な人、そうそういないと思っていたが、どうやら世間は狭いらしい。

「じゃあ、手の平を見せておくれ」

アイリスディーナの手を取ると、ゾンネはルーペを取り出して彼女の手を観察し始める。

だが老人の頬はだらしなく緩みきっており、手つきは妙にいやらしい。

「……で、ご老人、結果はどうなのですか？」

「う～ん、もうちょっとかかるかの～」

ニヤケ顔のまま、往来でアイリスディーナの手を撫で回す老人。その所業にノゾムの怒りのゲージもグングン上がっていく。

「う～ん、なかなか見えんの～。どれ今度は反対の手を……」

「天誅《てんちゅう》！」

さらに反対の手も取ろうとしたところで、ノゾムの堪忍袋の緒が切れた。

ゾンネにシノの姿を重ねていたこともあり、手刀を思いっきり老人の脳天に叩き落としてしまう。

（あ、やば、手加減忘れてた……）

「と、年寄り相手に何するんじゃ！」

痛みに跳び上がると、ゾンネは叩かれた頭を抱えて大声を張り上げる。

明らかにセクハラをしていた側なのに文句を言えるあたりが、この老人の性格を物語っていた。

「何言ってんだ、このエロ爺《じじい》！　さっきから占いなんてしていなかっただろうが！」

「何を言うか若造、当然じゃろうが！　こんな極上の華を見てしまったら、触れてみたいと思うのが男の性《さが》じゃ！」

占いなんかしていないというノゾムの主張を、老人はあっさりと認めて開き直る。

「そしてその華を何としても手に入れようとするのが真の男というものじゃ！　どうせお主のような

ヘタレは何もできんじゃろう。お主はもう行っていいぞ、ハナタレ小僧には過ぎた華じゃ！」

「誰がヘタレだ、この歩く猥褻物《わいせつ》！　そんな性分、アンタの入れ歯と一緒に便所にでも捨てちまえ！」

一方のノゾムも、老人に対しては既に遠慮というものを完全に投げ捨てていた。

あーだこーだと互いを罵り合う二人。だが、その喧嘩の間に、冷たい氷のような声が割って入ってくる。

「……ところでご老人、いつまで私の手を握っているつもりですか？」

誰もが聞きほれるほど澄んでいながら、身が竦《すく》むような威圧感を伴う声に、ノゾムは背中に冷や汗が滲《にじ》むのを感じた。

スッとアイリスディーナの表情を窺うと、彼女はピクピクと怒りで頬を引きつらせている。

「あっ……。い、いや、もう終わりじゃよ。ハハハハ……」

彼女の威圧感を正面から受けた老人は、顔は青ざめさせながらそそくさとこの場を退散しようとする。しかし、彼女に手を掴まれているために逃げられない様子だった。

「まあ、私も了承したのです。多少の無礼は笑って見逃すつもりでした……が、いささか不快です」

「ふぉ！」

アイリスディーナが握るゾンネの手から、ミチッと骨が軋《きし》む音が聞こえた。

「痛、痛い痛い。お、お嬢さん、ち、ちょっと痛いんじゃが……」

ミシミシ、ギチリと、まるで万力で締めつけるような音が続く。青ざめていた老人の顔が紫色になってきた。よく見れば、アイリスディーナの手が、魔力の光でほのかに輝いている。

「ちょ、スマンかった！　出来心じゃったんじゃ！　お願いじゃお嬢さん、これ以上はやめとくれ！　さすがにワシの手、砕けちゃうから！」

しかしアイリスディーナは老人の懇願を受け入れない。氷のような笑みを浮かべたまま、握りしめる手にさらなる力を加える。

ミシミシ！　ゴキン！

「あっ……」

「ふぉうおおおおお！」

ゾンネは雷に打たれたように体を震わせると、泡を吹いてその場に崩れ落ちた。

老人は完全に目を回しており、傍から見たら棺桶《かんおけ》に直行しそうな様子である。

(でもこの爺さん。このくらいじゃ絶対懲りないだろうなあ………)

ノゾムは自らの師であるシノを思い出す。彼女は刀の腕は間違いなく最上位だったが、日常生活では妙に子供っぽく、人の話を聞かないところがあった。

唯我独尊を地でいき、こちらが逆らうと癇癪《かんしゃく》を起こすところは目の前で死にかけている老人と同じ。

もっとも、ノゾムの場合、最終的な被害は彼自身に降りかかってきたのだが。

(師匠。いくらなんでも刀を取り上げて森に放置はないでしょう………)

過去の仕置きを思い出し、ノゾムは肩を落とす。

彼は以前、シノと口喧嘩になった際に武器を取り上げられ、スパシムの森に一晩放置されたことがあった。

夜は魔獣の時間である。そんな中、ノゾムは茂みの中で必死に息を殺していた。

もし襲われたら身を守る手段はなく、ひたすら逃げるしかない。そして実際、彼は真夜中に魔獣に襲われ、命からがら逃げ延びたという経験があったりする。

「さあ、イタズラ好きの御老人へのお仕置きは終わったし、そろそろ行こうか」

「あっ、ええ、うん……」

過去のトラウマに沈んでいたノゾムだが、アイリスディーナの声で我に返り、二人は街の中へと戻っていく。

後に残されたのは、色欲で身を滅ぼした哀れ………なんて全く思えない老人だけだった。

✝

ゾンネの占い屋を後にしたノゾムだが、彼は今更ながら恥ずかしくなっていた。

理由は言わずもがな。エロ爺とのくだらない口論をアイリスディーナに見られたからである。

目を逸《そ》らして頭を掻《か》くノゾムの様子に、アイリスディーナの瞳に悪戯《いたずら》を思いついた子供のような色が浮かぶ。

「ふふ、しかし意外だったよ。まさか君があんなに大声を出すなんて……」

「あ、いや。あの爺さん、師匠によく似ていたんだ。そのせいか遠慮する必要がないっていうか、遠慮したらこっちがやられるっていうか……。アイリスこそ。あんな怪しい店に進んで入っていくとは思わなかったよ」

「あ。えっと………」

負けじとノゾムも反撃に出る。彼としてもアイリスディーナがあんな怪しい店に自分から入っていくとは想像していなかった。少なくとも、普通の貴族令嬢の行動ではないだろう。

アイリスディーナも自覚があるのか、恥ずかしそうに頬を赤くして視線を彷徨《さまよ》わせている。

「女性をからかうとか、君もなかなか意地悪な男だな」

「うえ？」

恥ずかしさが一周回って悔しくなったのか、ぷくっと頬を膨らませたアイリスディーナがノゾムをにらみつける。

怖いというより可愛らしいといった印象を抱くその様子は、彼女の妹によく似ていた。

「そういえば、君はソミアへのプレゼントで腕飾りを贈っていたな」

チラチラチラチラと、意味深な視線を送ってくるアイリスディーナに、ノゾムは首を傾げる。

「……えっと、何か？」

「もう、察しが悪いな君は。今はデート中だぞ」

その設定って本気だったのかと思いながらも、ノゾムはデートという言葉にようやくピンときた。

（ソミアちゃんに贈った腕飾りみたいなものが欲しいってことなんだろうけど、突然言われたって……）

理不尽な、と肩を落としつつも、ノゾムは改めてアイリスディーナの姿を眺める。

すらりとした四肢と、くびれた腰。精緻な人形を思わせる容貌。そして艶やかで闇夜のような真っ黒な髪。正直、素材が強力すぎて、何を選んでも、プレゼントが完敗する光景しか見えない。

その時、艶やかなアイリスディーナの髪に、ノゾムの目が留まる。

（そういえば、髪留めとかしていないんだな……）

サラサラと風に舞う黒髪を眺めながら、ノゾムはそんなことを思った。

髪は魔力を溜《た》め込む性質がある。そのため、魔法を使う者、特に女性は髪を伸ばす傾向があった。

「これは、どうかな？」

ノゾムは手近な雑貨を扱っている露店から、親指ほどの大きさの装飾を選んだ。

それは、白いガラス玉がちりばめられた髪留め。淡い色の小玉が、揺らめくカンテラの炎に照らされて輝いている。

「髪留めか。悪くないな」

少し上ずったアイリスディーナの声色。思ったよりも好感触な様子にノゾムはホッと胸を撫で下ろすと、代金を払い、買った髪留めを彼女に差し出す。

手渡された髪留めにアイリスディーナは笑みを浮かべると、軽く前髪を手櫛《てぐし》で整え、髪留めをつけた。

整えられた髪が上げられ、目鼻立ちの整ったアイリスディーナの顔が露《あら》わになる。

ノゾムには普段の凛としながらも近寄り難い雰囲気が和らぎ、親近感が増したような気がした。

「どうだ？」

「似合ってる……というより、髪留めが完全に負けてる。やっぱり素材が違いすぎるんだな」

「ふふ、ありがとう」

ノゾムの言葉に笑みを深めるアイリスディーナ。二人はそのまま、商業区を後にする。

店の窓から差す朱色の光が、白い髪留めをつけた彼女を優しく照らし出していた。

商業区を出た二人は中央公園を通り過ぎ、行政区へと入る。

雑多な喧騒《けんそう》が収まり、街の雰囲気は静かで静寂に満ちたものへと変わっていく。

そうして到着したフランシルト邸。正門の前には、一人のメイドが佇《たたず》んでいた。

伸びた背筋と、鋭い瞳。歳《とし》はおそらく三十代後半から四十代前半。

壮年であることを全く感じさせない力強い空気を身に纏っており、身に着けたメイド服と合わさって、ノゾムに強烈な印象と違和感を抱かせていた。

「おかえりなさいませ、アイリスディーナお嬢様。お久しぶりです」

「メーナ……。もう来ていたんだな」

メイドの姿を確かめたアイリスディーナの表情が、驚きに染まる。

「アイリス、彼女は？」

「ああ、さっき言った。父様がよこしてくれた腹心だよ」

「初めまして、ノゾム・バウンティス様。私、フランシルト家当主、ヴィクトル様のそば付きをしております、メーナ・マナートと申します」

アイリスディーナの紹介に合わせ、メーナと呼ばれた壮年の女性が深々と頭を下げる。

「先の一件では、本当にお世話になりました。我が主《あるじ》に代わりまして、心よりお礼申し上げます」

暗にルガト襲撃の件を匂わせつつも、改めて礼を述べる壮年のメイド。

その声色には、隠しきれない感謝と安堵の色が浮かんでいる。それだけで、彼女がアイリスディーナとソミアをどれだけ心配していたのかが窺えた。

「本来なら、家を挙げて感謝の意を示すところ。しかし、事が事なだけに、このような場でお礼を申すこと、どうかお許しください」

「い、いえ。ソミアちゃんを助けられたのも、たまたま居合わせただけですので……」

とはいえ、こうも畏《かしこ》まられると、ノゾムとしてはいささか困る。年上からこのような態度を取られたことがないからだ。

ノゾムはリサに振られてから、ほとんど他人と関わることを避けてきた。

刀一辺倒の生活は、彼のコミュニケーションの能力をほとんど奪い去っていたのだ。

それに、元々ノゾムは平民。彼自身、自分が敬われるような身分ではないという自覚がある。

「そうだ、もしよかったら、泊まっていくかい？」

「え？」

だが、そんなノゾムの内心とは裏腹に、アイリスディーナは立て続けにノゾムを困らせるような発言をしてきた。

「い、いえ。今日は寮に帰ります……」

「そうか、残念だ。ふふ、君の話をまだ色々聞いてみたかったんだがね」

ノゾムの断りの返答を聞いても、笑みを崩さないアイリスディーナ。最後の最後まで揶揄ってくる彼女にノゾムは乾いた笑いを浮かべる。

「あ、あははは……。それじゃあ、今日はこれで」

「ああ、今日は手伝ってくれてありがとう。あ、そうだ……」

引きつった笑いを浮かべながら去っていくノゾムの背中に、アイリスディーナが思い出したように声をかける。

「もし君がまた学園で上を目指したいと思うなら、冒険者ギルドを上手《うま》く使うといい。あそこは学園外で数少ない、直接成績に影響を与える組織だ」

「……考えておきます」

「ああ、そうするといい。おやすみ」

「おやすみなさい」

小さく頭を下げ、今度こそ寮へと戻るノゾムを見送りながら、アイリスディーナは小さく溜息を漏らすと、傍で見守っていた馴染《なじ》みのメイドへと振り返る。

「改めて、久しぶりだなメーナ。父様はご健勝か？」

「はい、娘に会いたいと煩いくらいには」

「お前のその父様に対する態度も相変わらずだな」

薄笑いを口元に浮かべながらメーナが口にした言葉は、本来ならメイドとして口にするようなものではない。しかし、アイリスディーナは慣れた様子で、肩を竦めるだけだった。

「彼が、ルガト氏との戦いで協力された方ですか。なるほど、相当な実力者のようですね」

「やはり、分かるのか？」

「はい。こう見えて、私も剣士の端くれです。立ち姿一つで、おおよそ剣の腕は把握できます。彼は、お嬢様より繊細で緻密な剣術を扱われるようですね」

「メーナが端くれだと、ほとんどの剣士が端くれ以下になるな……」

メーナ・マナートは、優れたメイドであるが、同時にアイリスディーナの剣の師でもあった。単純な剣術なら、今でもアイリスディーナを超えており、Ａランクに相当する剣士だ。

また、彼女は亡くなったアイリスディーナの母の旧友でもあり、長くフランシルト家に仕えてくれている忠臣であり、アイリスディーナにとっては亡き母の代わりでもあった女性だ。

故に、普通の家臣とは違う距離感が、二人の間には存在する。

「ちなみにメーナ、その懐に持っているものは何だ？」

「こちらですか？　お嬢様のお見合い相手の資料になります。まずはグラズハイム家のグルーザー様に、パトゥン家のベイン様、それから……」

メーナが取り出したのは、分厚い紙束。中にはアイリスディーナの将来の相手として、彼女が選び抜いた貴公子達のプロフィールが、似顔絵付きで記載されている。

「はあ……。そういうのはいいから。私は屋敷に戻るよ」

一方、アイリスディーナはメーナのお見合い推しに、馬耳東風といった様子で踵《きびす》を返す。

そんな彼女の様子に、メーナは嘆かわしいと言わんばかりに天を仰いだ。

「まったく、お嬢様ときたら……次期当主である自覚はおありなのですか？」

「パーティーとかでは上手くやっているだろ？」

「そのお歳になっても男性とのお付き合いがないというのが問題なんです。いい加減、お相手を見定める時期に来ているのですよ？」

「お前はしつこすぎるよ。いざとなれば、養子を取るのもありだろ？」

「お嬢様は、そもそも養子を取る気すらないではありませんか。ソミリアーナお嬢様が一人前になられたら、そのお相手との間の子供に全てを譲る気なのですから」

痛いところを突かれたというようにアイリスディーナは渋い表情を浮かべると、それ以上何も言わずに屋敷へと戻っていく。その時、メーナの視線がアイリスディーナの黒髪に輝く髪留めを捉えた。

「ん？　お嬢様、その髪留めはどうされたのですか？」

「ああ、ちょっと帰る途中で見つけて気になったんでね。買ってみたんだよ」

アイリスディーナはそれだけを言うと、屋敷の中へと消えていった。

彼女が立ち去った後の正門前で、メーナは意味深な笑みを浮かべる。

白い、簡素な髪留め。アイリスディーナの容姿の良さを考えれば、明らかに浮いている品だ。

メーナから見てもアイリスディーナは過剰なおしゃれをする性格ではない。しかし同時に、必要となるなら、しっかりと自分の容姿と身分に合った品を選べる。

そんな彼女が、必要もなさそうな安物の髪留めを大事そうに身に着けている。それだけで、勘の鋭いメーナは全てを悟っていた。

「なるほど、そういうことですか。思った以上に良い影響が出ているご様子……。これは楽しみですね」

持っていたお見合い用の紹介書を懐にしまいながら、彼女もまた主を追ってフランシルト邸へと戻っていく。

剣士として、そしてメイドとして忠実たらんとするメーナの口元には、少女の変化を察し、喜ぶ笑みが浮かんでいた。

†

自室に戻ったアイリスディーナは、ふう……と大きく息を吐くと、腰に差していた愛剣を壁に立てかけ、ベッドに腰かける。

彼女としては、こんなに早くメーナが来るとは思っていなかった。あと一週間くらいはかかると踏んでいたからだ。

「それだけ、心配してくれたということなのだろうな……」

アイリスディーナ自身、父親の愛情を疑ってはいない。そうでなければ、女の身でフォルスィーナ王国の大貴族であるフランシルト家の次期当主になることを、許してくれるはずもない。

とはいえ、同時に貴族として、上に立つ人間としても出来た父親だ。

「彼については、どうするつもりなんだろう……」

ノゾムについて、アイリスディーナは卓越した刀術の使い手であり、能力抑圧を解除できる人物としか報告していない。

ルガトを倒したのも、彼らと協力した結果としか手紙には記しておらず、実質彼一人でSランクにあたる猛者を倒したことも書いていなかった。

本来なら、報告すべきなのだろう。だが、アイリスディーナはそうしなかった。

ルガトを退けた圧倒的な力について尋ねた時に、彼が見せていた僅かな動揺と逡巡《しゅんじゅん》が、彼女を躊躇《ためら》わせた。

「彼は、何か秘密を隠している。おそらく、能力抑圧に関わる何かを……」

ノゾムが話すことを躊躇う何か。その存在に気づいた時、アイリスディーナの中で渦巻く彼に対する興味はさらに加速した。

知りたい、彼のことが。今何を思い、何を抱え、何を悩んでいるのか。

「そういえば、彼の師は亡くなったと言っていた。その時に何かあったのか？」

彼に刀術を教えたといわれている師。その人物について話す時、彼はほんの少しだが、口元に笑みを浮かべていた。

「なんだか、嫌だな……」

知りたいのに知らない。分からないことがもどかしい。それは間違いなく、異性に対する強い興味の発露。

だが、その興味の発露は同時に、彼女を酷《ひど》く焦らせる。

胸の奥の疼《うず》き。それを抑えたくなり、アイリスディーナは反射的に自分の前髪に手を伸ばした。

指先に触れる髪留め。硬く、冷たい感触が、胸の疼きを鎮めていく。

「初めてかもな。こんなふうに、家族以外の男性からのプレゼントを嬉《うれ》しいと思ったのは」

贈り物を貰うこと自体は、彼女は相当経験がある。しかし、その贈り物の裏には、常に何らかの薄暗い感情も込められていた。

故に、彼女は家族以外の贈り物を、手元に残してはない。

アイリスディーナはおもむろにベッドから立ち上がって化粧台に赴くと、髪留めを外して、髪をいじり始める。

何度か髪型を変え、しっくりくる型に直し終えると、再度ノゾムから貰った髪留めで止め直す。

「こんな感じかな？」

柔らかい雰囲気がさらに増す。鏡に映った自分の顔に、彼女は自然と笑みを零《こぼ》していた。

同時に、プレゼントを貰った時のことが脳裏に浮かび、落ち着いていた疼きが蘇る。

「変だな、ドキドキする……」

だが、その疼きは、先ほどとは様子が違っていた。

まるで、冬の暖炉を連想させる柔らかい熱。じんわりと全身に染み込んでくる暖かさと心地よさに、
彼女は自然と胸に手を当てながら、口元に浮かべた笑みを深め、朗らかに微笑んでいた。

CHAPTER 3

第三章

羽をもがれた妖精

Ryuusa no Ori
Kokoro no
Naka no Kokoro

アイリスディーナ達と依頼を受けた翌日の授業の後、ノゾムは図書館を訪れていた。

理由は単純に、今日行った授業の復習と、明日の予習のためである。

ソルミナティ学園の図書館は、本校の校舎とは少し離れた位置にある。

この図書館のそばには大陸有数の研究機関、グローアウルム機関があり、それらの資料も保管されている。

元々ノゾムはシノと鍛練を行っている間は、寮の自室かシノの小屋で勉強をしてきた。比率的には、シノの小屋が圧倒的に多いだろう。

とはいえ、それでもノゾムは可能なら、できる限り図書館を利用していた。

学園の授業についていくためには、地力の理解力だけでは限界がある。故に、本という先人達の知恵を活かそうとするのは当然だった。

「なあアイリス、魔法部隊の運用法で、何か参考になりそうな本はない？」

「ああ、たしかクラウベンの著書に参考になりそうな記述があったと思う。向こうの棚にあったはずだよ」

ちなみに、ノゾムが座っている机には、アイリスディーナやティマ、マルスの姿もある。

彼女達も勉学に励む学生であり、この図書館を利用することは多かった。

その中でマルスが勉強しているというのは少し意外な光景ではあったが、彼も二年末の時のノゾムとの戦いや、ルガトとの戦いで思うところがあったらしい。

今では気術だけでなく、魔法に関する訓練や勉強も積極的に取り組み始めたようだった。

「ぐ、属性の相互関係？　地形や地質の状態が魔法に与える影響？　なんの暗号だ、これは？」

「マルス君、そっちは二年の時にやったはずの内容だよ？」

とはいえ、様子を見る限り、マルスの勉強の調子はよろしくないようだった。

マルスの成績はノゾムとは逆の意味で、実技と座学の差が激しい。実技の評価が非常に高い反面、座学は常に落第ギリギリを低空飛行しているのだ。

「というかマルス、お前あまり勉強しなかったのに、魔法を使えてたのか？」

「俺にはアビリティがあるからな。風属性なら割と適当でもなんとかなってたんだよ」

「なんとかなるって……」

確かにマルスは、気術も魔法も高度に扱える、非常に珍しい人間である。

とはいえ、こうもなんとなくで使えていたと公言されると、魔法が使えないノゾムとしては、ジト目を向けずにはいられない。

「な、なんとかなるからって、勉強しなくていいわけじゃないよ？」

一方、強大な魔力で苦労しているティマとしても、このマルスの言葉には少し思うところがあるようだった。

「分かってる。だからこうして勉強し直してんだよ」

「しかし、どうして今更魔法を？」

「まあ、あの吸血鬼のおっさんの件もあったからな……」

マルスは今まで、授業の時はともかく、戦う時は気術のみを使ってきた。

これは彼自身の気質として、魔法より気術の方が性に合ったというところもあるが、マルスを追い詰めるような相手がいなかったと言った方が正しい。

逆を言えば、彼にはまだまだ成長する余地が残されているともいえる。

ルガトとの戦いで己の未熟を突きつけられたマルスが自分の素質を鑑みて、魔法を学ぼうとするのも当然だった。

「そうだ。魔法の勉強が苦手なら、ティマに教えてもらったらどうだ？」

「……え？」

「……何？」

隣で眺めていたアイリスディーナの突然の提案に、ティマとマルスは面食らう。

「ティマは元々エクロスの生徒だったから、魔法関係の知識は相当なものだ。適任じゃないか？」

「え？　ティマさんって、エクロス出身なの？」

「本当なのか？」

「う、うん。私、七歳くらいの頃に魔法の素養を見出《みいだ》されて、この街に来たから……」

「七歳ってことは、大体十年前……あれ？」

十年前。アルカザムとそれに関連した教育機関が創立されたのも、ちょうどその頃。

ノゾムとマルスの頭の中で、カチカチと計算が進み、一つの答えが導き出される。

「お前、エクロスの第一期生なのか？」

「う、うん……」

エクロスはソミアも通っているソルミナティ学園の下部組織だが、同時に大陸中から特別な才能を持つ子供達を集めて英才教育を施している。

つまりティマは、この街だけでなく、この大陸で近代魔法学を最も長く学んだ生徒の一人なのだ。

「ね、適任だろう？」

アイリスディーナが得意げにティマを指さす一方、肝心の本人は借りてきた猫のように縮こまってしまっている。

確かにティマの経歴を考えれば、魔法を教える上で、これ以上の適任はいないだろう。

「だが、いいのか？」

「う、うん。人に教えることってしたことなかったし、上手くできるか分からないけど……」

「そんなことはないぞ。私も時々世話になるからな」

自信なさげなティマをアイリスディーナがフォローする。

学年一の才媛に教えることができるということだけで、ティマの知識は本物であると裏づけられたようなものだ。

「……頼む」

「あ、うん！」

ぶっきらぼうで、おおよそ人にものを頼む言葉とは思えないマルスの頼みを、ティマは満面の笑みで引き受けた。

ティマの了承を受けたマルスは、教科書をぱらぱらとめくりながら、自分が質問したい内容を確かめていく。

そんな中、二人の様子をアイリスディーナは面白そうな表情で眺めながら、マルスに気づかれないようにティマに近づき、彼女の耳元でボソボソと、何かを耳打ちし始めた。

次の瞬間、ティマの頬が真っ赤に染まる。

「じゃあ、さっそく教えてくれ、まずはこれなんだが……」

「ひゃ、ひゃい！　ええっと、えっと……」

突然に狼狽《うろた》え始めたティマの様子に、ノゾムはアイリスディーナがまた何か変なことを言ったのだろうと察したが、その様子を見ていないマルスは首を傾《かし》げるばかり。

「おい、大丈夫か？　嫌なら別に気にしなくていいぞ」

「い、嫌じゃないから！　全然大丈夫だから！」

「お、おう……じゃあ、頼むわ」

突如として大声を上げたティマに気圧《けお》されながらも、マルスは教科書を差し出す。

「ティマ、図書館では静かにするべきだぞ～」

「っ！　う～、う～、う～～～」

そんな中、元凶であるアイリスディーナが口元に笑みを浮かべながら、再びティマをからかい始める始末。

「やっぱりティマは可愛いな。さて、それじゃあ私は私の勉強に戻ろうかな」

「……俺は参考資料を探しに行くけど、アイリス、いつか痛い目を見ると思うよ」

散々親友をからかった挙句、しれっと自習に戻るアイリスディーナに、ノゾムは溜息《ためいき》を漏らしながらも、席を立つ。

「そうだノゾム、これからのこと考えてみたかい？」

「……一応、冒険者ギルドにもう一度顔を出そうとは思っているよ」

「そう、か……」

席を立ったノゾムは、背中からかけられたアリスディーナの言葉に一瞬逡巡《しゅんじゅん》しながらも返答すると、そのまま資料が置かれた本棚へと向かっていく。

そんなノゾムの背中を、アイリスディーナは横目で見つめる。

その瞳には、彼女自身が気づかないうちに、今までにはない、静かな熱を帯びていた。

✝

「ええっと、魔法兵科全集と、それからクラウベン用兵学概論。それから……」

アイリスディーナ達と別れたノゾムは、目的の本を探そうと、並ぶ無数の本棚を確認していく。

アルカザムの図書館は開架式と閉架式の二つの方式が同時に採用されていて、ノゾムがいるのは開架式のスペースだ。

この図書館にはグローアウルム機関の研究用の資料なども収められており、そちらは閉架式のスペースにある。

閉架式のスペースに入るには専用の通路を通らなくてはならず、当然ながら資料を借りるだけでなく、入るのにも出るのにも許可がいる。

目的の本をとりあえず確保したノゾムは、空いていた机に腰かけて、本を読み始める。

周囲の学生たちもまばらで、誰もが自分の課題に集中している今、聞こえるのは本のページをめくる音と、ペンが走る音だけ。

その静寂がノゾムにはありがたく、同時に少し苦しくもあった。

アイリスディーナの『もしも先を目指すなら』という言葉が、ノゾムを悩ませていた。

彼女の言葉と共に、お前にはこれ以上強くなる必要がないという師の言葉もまた蘇《よみがえ》る。

(師匠は、逃げてもいいと言ってくれた。こうして勉強しようとしているのも、問題の先送りなのかもしれない……)

ノゾムの脳裏に浮かぶのは、去っていった幼馴染《おさななじみ》であり、恋人だった彼女。

この学園に来てから成績の振るわなかった自分をずっと支え続けてくれていたのに、どうしていきなり拒絶されたのか、未《いま》だに理由が分からない。

だが同時に、ノゾムは鉛を飲み込んだような、なんとも言えない重苦しいものが、腹の奥に溜《た》まっていくのを感じずにはいられなかった。

(本当にそうなのだろうか。俺はまだ、何か大切なことに気づいていないんじゃ……)

当時のことは、ノゾム自身、思い出したくないことでもあるし、ずっとシノとの鍛錬に心身をささげていたため、考えることはあまりなくなっていた。

それは彼自身が目を背けていた逃避の形であり、同時に自らの逃避を自覚した今、目を背けることができなくなったことでもある。

(確かに、リサに振られた頃はあまり会えなくなってきていたけど……)

能力抑圧が発現した当時、ノゾムはとにかく鍛錬の量を増やした。

当然ながら、その頃から、ノゾムはリサとは話す機会が減っていった。

だが、幾ら思い返しても、彼女にあそこまで冷たく突き放される理由が分からない。

そして自身の現実逃避を自覚したからこそ、立ち止まっている今がもどかしい。

今の彼は自らの逃避を自覚こそすれど、それに対して自らがどうするべきなのか、答えを出せずにいた。

(こいつも、また元に戻った……)

己の右手を見下ろして目を凝らすと、ボウッ……っと体に巻きつく不可視の鎖が浮かび上がる。

能力抑圧の証《あかし》であり、同時に彼が取り込んでしまった巨龍を封じ込めている生命線。

これまでに何度か千切ってきたが、その後再び出現して、ノゾムの体を縛り続けている。

(アイリス達はこの力について、まだ詳しくは聞いてくる様子はないけど……)

昨日の打ち上げでの会話を思い出しながら、ノゾムは逡巡する。

話すべきなのだろうか？　話さなくて済むなら、それに越したことはないんじゃないか？

沸々と湧き上がる不安と後ろ向きな選択。

だが同時に、話したいという欲求も湧き上がる。

相反する感情は混ぜこぜになって、渦を巻き無数の根拠を脳裏に浮かばせる。

「はあ、ダメだな……」

著しく集中力を削がれたノゾムは、手近の棚に目的の本がないことから、本を探すのをやめて、一旦休憩することにした。

図書館には多くの学生が来ることを想定しており、飲食を行える場所も用意してある。

とりあえずアイリスディーナ達も誘おうかと考え、ノゾムが一度戻ろうとした時、一冊の本が彼の目に留まった。

『精霊魔法と、彼らの寵愛を受けた種族についての考察』

それは精霊とエルフについて書かれた書物だった。

よく見れば、そこの棚には精霊に関する書物が多数置かれている。

（これは……）

ノゾムはおもむろに、その本を手に取ると、パラパラと中身を捲《めく》る。

『精霊とは、大地の龍脈に流れる源素が寄り集まり、意思を持つようになった存在である。故に彼らは、源素だけでなく、気や魔力も自らの糧として取り込むことができる』

『精霊は大きく分けて、微細精霊、小精霊、大精霊に分類される。この中で人が見たことのある精霊の大部分は微細精霊であり、次いで小精霊である』

『大精霊で有名なのは、ネブラの森にいるという大樹の精霊であるが、このクラスの精霊ともなれば国に多大な影響を及ぼすほどの力を持つ』

本の内容は精霊に関する基礎知識から始まり、精霊と他種族との関わりについて書かれていた。

『時に精霊は、気まぐれに肉を持つ存在と契約を交わす。彼らは肉を持つ存在の気や魔力、源素を糧に、契約した存在に力を貸す』

『中でも、特にエルフと精霊の親和性は、他の種族を圧倒している。精霊と契約することは彼らにとって、鳥が空を飛ぶのと同じくらい普通のことであり、力のあるエルフは小精霊との契約すら可能とする』

『逆に、一部の例外を除き、精霊との親和性に乏しいのが人族である。その親和性の低さは虫以下といえるだろう。いや、虫の中には精霊を宿したものもいることを考えれば、虫に失礼というものか』

なんというか、随分と口の悪い著者である。とはいえ、ノゾムとしては『一部の例外』という文言が、非常に気になった。彼自身、望まぬ形でとんでもない精霊を身に宿してしまった人間だからだ。

実際、ルガトとの戦いで能力抑圧を解放した後、彼は夢という形でティアマットの干渉を受けており、かの巨龍の存在は、ノゾムの心に大きな影を落としている。

（もしかしたら、ティアマットや龍殺しに関して、なにか手がかりが……）

ノゾムは息を飲み、次のページを読み進める。

ティアマットも龍殺しも、もはや伝説上の存在であり、ノゾムも一般的に知られているくらいの知識しか有していない。

故に、淡い期待を抱くのを止めることはできなかった。

『一部の例外として有名なのは、龍殺しと呼ばれる簒奪《さんだつ》者であろう。龍という絶大な力を持つ精霊を取り込んだ人間。龍と龍殺しに関しては別の書で記載するが、彼らはとにかく厄介で、災いとなるような存在であろう』

災い。その言葉に、ノゾムの心臓がズクンと大きく拍動する。どうやらこの本の著者は、龍殺しについても研究しているようだった。

だが、ノゾムが手に取った本には、これ以上彼が求める情報は書かれていなかった。

「簒奪者……。本の著者はグリスデン・ハランティード。他にもないか？」

もしかしたら龍殺しについて書かれた著書が棚にあるかもしれない。ノゾムは淡い期待を抱きながら、本棚に並べられた本に目を走らせる。だがノゾムの期待と裏腹に、グリスデンの著書は棚の中にはなかった。

その時、ノゾムの耳に奇妙な物音が聞こえてくる。

「ん？　なんだ、この音」

広い図書館の奥から、微《かす》かに風に乗って流れてきた喧騒《けんそう》。他の生徒達は気づいていないが、スパシムの森で鍛え上げられたノゾムの聴覚が、閉架式のスペースへと続く通路から流れてくる声を、しっかりと捉えていた。

「だから、言いがかりだって言っているでしょ。私は知らないわ」

「どうかしら？　お前はエルフだから、どんな汚い手を使っているかわからない」

どう判断しても、穏やかとは言えない会話。

声のする方に近づいて、そっと通路の陰から奥を覗《のぞ》くと、本を抱えた蒼髪《あお》のエルフを、三人の獣人の女子生徒が取り囲んでいた。

他には一人、三人から離れたところで、緑色に輝く魔力を手に集めている生徒がいる。

間違いなく魔法。距離が近いのに声が聞き取りにくいことを考えるに、おそらくは風の魔法で音を遮っていることが推察できた。しかも、取り囲んでいる獣人の一人は、昨日ケヴィンパーティーに属し、成果をギルドに報告していた女子生徒だ。

「あれは、シーナさん。それにあの獣人達は、昨日の……名前は確か、カランティ、だったか？」

カランティは見る限り、狼《おおかみ》の獣人だ。淡い灰色の耳と尻尾が、頭とスカートの中からぴょこんと生えている。青い名札が胸元にあるところを見ると、彼女は二階級。

背丈はシーナと同じくらいであるが、獣人の身体能力は、見た目に反してかなりものである。少なくとも、林檎《りんご》を素手で握りつぶすぐらいのことは平気でやってのけるだろう。

「どうするか……。魔法を使っている時点で、相当な問題だぞ」

当然ながら、貴重な資料を保管している図書館内では、魔法や気術の使用は禁止されている。

眼前の修羅場にノゾムがどうすべきかを逡巡している中、シーナとカランティの口論は続いていく。

「退《ど》いて。邪魔よ」

「言われて退くなら、初めからこんなことはしていないわ。ああ、猫尾族のミムルに助けを呼んでも無駄よ。あいつは今、自分の恋人のところにいるから」

瞳に怒りを滲《にじ》ませながら、カランティはシーナの腕を捻《ひね》り上げた。腕に走る痛みに彼女は顔をしかめ、持っていた本がバサバサと音を立てて床にバラ撒《ま》かれる。

「っ、離しなさい」

「力ずくで振りほどけばいいでしょ。もしくはお前の友達の精霊達に縋《すが》りつけば？　もっとも、出来損ないのエルフであるお前には無理でしょうけど」

（また出来損ないって……）

「黙りなさい……」

シーナの瞳に、危険な怒気の色が浮かぶ。

明らかに尋常ではない様子の彼女だが、カランティは彼女の怒りに対しておびえた様子は一切見せず、むしろより大きな怒気を振り撒き始める。

「何度でも言ってやるわ。出来損ないエルフ。精霊の加護を失って、見捨てられた者め」

(精霊の加護を、失った?)

ノゾムは驚きつつも、思わず耳をそばだてた。

「それとも、臆病者と言った方がいいかしら? 警告を無視した挙句にあっさり魔獣に負けた上、故郷を守ろうとした家族を置いて自分達だけ逃げたんだから」

「っ!」

感情が振り切れたのか、シーナの体から蒼い魔力が溢《あふ》れ出し始めた。

これはまずい。いくら何でも図書館内で暴力沙汰となれば、どうなるかわからない。停学程度で済めばいいが、場合によっては退学、最悪牢屋《ろうや》行きである。

関わった者、誰もいい目に遭わない。そう自覚した瞬間、ノゾムは反射的に大声を張り上げていた。

「す、すみません! 館員さんいますか――――!」

必殺、権力に頼る。

静かな図書館での大声はとにかく目立つ。すぐに人が駆けつけてくることは間違いない。

「お、おい、カランティ、まずいぞ」

「あいつ、黒髪姫に寄生していた最底辺じゃない! なんで気づかなかったのよ!」

しかし、これでカランティ達もノゾムの存在に気づいた。風の魔法で声は減衰されていても、防音は完全ではない。だからこそ有効だ。

館員達が駆けつけてくると分かれば、カランティ達には、これ以上シーナに絡む時間はない。そして実際、事態はノゾムの思い通りになった。

「ち、仕方ない。ここまでね」

予想外の事態に獣人達に動揺が走る中、カランティは悔しそうにノゾムを睨《にら》みつけると、狼狽える仲間たちに指示を出す。

指示が出れば、獣人達の行動は素早かった。風の魔法が解除すると、持ち前の俊敏さを活かし、ノゾムのいる開架式図書館方向へと向かってくる。

「覚えておきなさいよ、最底辺」

他の仲間達が一目散に逃げていく中、カランティだけはすれ違い様にノゾムに向かって悪態をつく。どうやら、邪魔されたことに相当お冠らしい。

しかし、彼女はすぐにノゾムから視線を離すと、一度立ち止まり、通路に残っているシーナを再び睨みつけた。

「お前たちエルフのせいで、私達狼族は多くの家族を失った。そんな貴様が、ここにいることを、私は絶対に認めない」

最後に絞り出すような恨み節を残し、カランティは今度こそ走り去っていく。

彼女達が本棚の後ろに消えていくのを確かめたノゾムは、恐る恐る通路の陰から出て、シーナの前に姿を現した。

「ええっと……大丈夫？」

「……ええ」

ノゾムの姿を確かめたシーナの瞳に、一瞬驚きの色が浮かぶ。

一方、ノゾムも気まずい現場に居合わせただけに、何を話したらいいか分からず、押し黙ってしまう。そんなことをしているうちに館員たちが到着する。

「なんだ、どうした?」

「え、ええっと、実は……」

怪訝《けげん》な顔を浮かべる館員達にノゾムが説明しようとするが、その前に開架式スペースの方から、二つの人影が姿を現す。

「遅いよシーナ、まだなの……って、どうしたの?」

「何かあった?」

声をかけてきたのは、先日、街道で魔獣と戦った際に偶然共闘したトムとミムルだった。

二人はシーナとノゾム、そして館員達を見渡すと、首を傾げる。

「……なんでもないわ。少し借りてきた資料を落としてしまっただけよ。閉架式の方から借りてきたものだから、彼も少し驚いて声を出してしまっただけ」

「え?」

「すみません、こちらの本、落としてしまったんですが……」

「傷などはついていないから、問題はないでしょう。しかし、気をつけなさい。ここにある物は、どれも貴重な品なんですから」

「はい、申し訳ありませんでした」

ノゾムが茫然《ぼうぜん》としているうちに、被害者であるはずのシーナが何もなかったかのように事態を収めてしまった。

館員達が立ち去ると、シーナはホッとしたように大きく息を吐き、持っていた資料をトムに手渡す。

「トム、探していた本って、これ？」

「あ、そうだよ、ありがとう！」

「シーナ、何があったの？」

「ちょっと元気な犬と戯れただけよ」

元気な犬。それだけでシーナと付き合いのあるミムルは察したのか、不機嫌そうに眉を顰《ひそ》める。

資料を受け取ったトムも、心配そうにシーナを見つめていた。

一方、肝心のエルフの少女は、向けられる憂いの視線を努めて気づかないようにしながら、ノゾムに振り返る。

「それから、一応、貴方《あなた》にもお礼は言っておくわ。ありがとう。でも、助力は要らないわ」

「あっ……」

「トム、ミムル、行きましょう」

これ以上は関係ない。そうはっきりと告げてくるシーナに、それ以上ノゾムは何も言えなかった。

「あ、そうだ。ノゾムって言ったよね。今から時間、ある？」

しかし、そんな重苦しい空気を、隣で見ていたミムルがあっさりと破った。

「は？」

彼女は興味深そうにノゾムの顔を覗き込むと、ニヤァと意味深な笑みを浮かべる。

「ちょっと私達に付き合って。大丈夫、大丈夫！　取って食べたりしないから」

「いや、だけど……」

「あのツンツンエルフは気にしなくていいから。さ、行こう行こう！　トムもいいよね」

「いいよ。ちょっと僕も休憩するつもりだったから」

「ちょ、ちょっと！」

狼狽えるシーナを他所《よそ》に、元気一杯の猫獣人は、ノゾムとシーナの手を取って歩き始める。

有無を言わさぬその行動にノゾムは面食らったまま連れていかれ、エルフの少女は諦めたように嘆息した。

†

ノゾムが連れてこられたのは、図書館の一角にある休憩スペースだった。

正方形の四人用のテーブルに座らされたノゾムの目の前には、お茶と簡単な茶菓子が置かれている。

ノゾムの右隣にはトム、左隣にはシーナ。そして向かいにミムルが座っている。

まるで取り調べを受けているような配置。そしてニヤニヤと面白そうに窺《うかが》ってくるミムルの視線に、ノゾムは居心地悪そうに身を震わせた。

「あ、あの、それで俺はなんでここに？」

「まあまあ、いいじゃん。ちょっと聞きたいことがあったし」

ズイッと身を乗り出すように距離を詰めてくるミムルに、ノゾムは椅子の上で思わずのけ反る。

「き、聞きたいことって、なんだよ」

「別に大したことじゃないよ？　あの黒髪姫とどうやって親密になったとか」

そのことかと、ノゾムは内心納得した。

アイリスディーナ・フランシルトは、三学年の中でも孤高というか、手を出せない高嶺《たかね》の存在である。それが学園の中でも特に劣等生と言われているノゾムとパーティーを組んだとなれば、気にならない方が珍しい。

「臨時にパーティーを組むくらいならわかるけど、昼食まで誘われてたらしいじゃん。それで気にするなって方が無理だよ〜」

もちろん、ギルドからの依頼などで即席パーティーを組むくらいなら、可能性としては十分ある。

しかし彼女は、ノゾムを昼食に誘うために自ら十階級の教室を訪れた。それだけ親しい間柄だと、喧伝しているようなものである。

実際、彼女に昼食に誘われた日の午後の授業中、ノゾムはクラスメート達から向けられる無数の疑惑と殺意の視線に晒《さら》された。マルスがいなかったら、校舎裏に連れ込まれていたかもしれない。

「分かる？　状況証拠だけなら倍満役満ロイヤルストレートフラッシュなんだよ？」

「なに、その聞いたことない言葉。スパシムの森で魔獣と戦っている場所に偶然居合わせただけで……。まあ、あまりに不出来で見てられなかったんじゃないかな？」

立て続けの追及に、ノゾムはげんなりしてきた。

とはいえ、さすがにフランシルト家とウアジャルト家の問題を口にするのは憚《はばか》られる。

一方、煮え切らないノゾムの返答に、ミムルは口元をへの字に曲げて不満な様子。

「え――――。ここは仕方ないなと言いつつ、俺はこんだけ深い関係なんだぜ！　と自慢げに語るところでしょ――――」

「何？　その頭の悪いナンパ男みたいなセリフ……」

「ごめんなさい。ミムルはちょっと頭が残念なところがあって……」

「残念？　残念とはどういう意味だ――――！」

ミムルのあんまりな言動に頭痛を覚えたのか、いつの間にかシーナは額に手を当てて俯《うつむ》いていた。

一方、フォローにならない援護射撃に、ミムルの不満がシーナに向かって爆発。両手を振り上げながら立ち上がるが、その大声に静かに読書をしていた周囲の生徒から、一斉に睨みつけられる。

無数の抗議の視線にシュンと尻尾を丸めたミムルは気まずそうに振り上げた手を下ろして席に着くと、自身の醜態を誤魔化すように、咳《せ》き込み、改めてノゾムに顔を近づける。

「ん、んん！　それに君、世間一般が言うほど弱くないでしょ。昨日の戦いを見ればわかるって」

「分かるもんなのか？」

「まあね。こう見えても一応、二階級でも上位なんだよ？」

椅子の背もたれに寄りかかりながら、ミムルは得意げな笑みを浮かべる。

ノゾムも見る限り、彼女は相当な実力者だろう。

獣人は元々人族よりも高い身体能力を持つが、気や魔法の扱いは粗雑になる傾向がある。

これは高い能力を持って生まれるが故の弊害なのだが、ノゾムが感じる限り、彼女が身に纏《まと》う気はかなり洗練されているように見えた。

「それでノゾムは、黒髪姫とはどんな関係？　恋人？　愛人？　それとも下僕？」

「なんで普通に友達って回答が出てこないのか不思議で仕方ないんだけど……」

「そんなつまらない答え、私が求めていない！」

ただ、そんな高い実力に反して、この猫尾族の少女は性格と言動が残念すぎた。

ゴシップ上等むしろ大歓迎と断言する彼女のセリフに、ノゾムはダメだこりゃと、心の中で両手を上げる。商業区の占い屋の老人といい、この少女といい、ノゾムとしては最近、人の言葉を聞かない人物との縁が多すぎるような気がしていた。

「ミムル、これ以上騒ぐのはダメだよ」

「ふみゃん！」

そんな中、彼女の隣で事の成り行きを見守っていたトムが、ミムルの頭に手を伸ばした。

まるで飼い猫をあやすように彼女のふさふさの耳をつまむと、ミムルの体がビクンと震える。

続いて、先ほどまでイケイケゴーゴー！　とばかり騒ぎ立てていた勢いが一気に緩み、彼女の体はぺちゃんと力なくテーブルに突っ伏した。

ゴロゴロ……。トムが耳を撫《な》でる度に、休憩所にグルーミング音が響く。

「ミムルが騒がしくてゴメンね。遅くなったけど、ノゾム君も、昨日ぶり」

「あ、ああ。確か、トム君、だったよね」

「トムでいいよ。ミムルもシーナも呼び捨てにしているから」

トムは片手でミムルを撫でながら、ノゾムに話しかけてくる。

とはいえ、このトムという少年とミムルの距離は、とても近い。ノゾムくらいの年頃なら、どうしても気になってしまうような距離感だ。

「すまん、不躾《ぶしつけ》な質問なんだけど、もしかして二人は……」

「ああ、うん。一応……」

それだけでノゾムは二人の関係を察した。獣人と人族の恋愛は珍しいが、全くないわけではない。その辺りはノゾムも心得ているし、二人が本当に惹《ひ》かれ合っているのは、この短い間にも察することができた。

ゴロゴロと喜びの表情を浮かべているミムルの様子からも、トムの穏やかな気質も感じ取れるし、彼がノゾムに向ける視線に、嫌悪や隔意はない。

一方のトムも、恋人との関係を囃《はや》し立てたりしないノゾムの様子に、笑みを浮かべていた。

「昨日も見たけど、君は錬金術師なのか？」

少年のような外見の同級生は、今日はあの重そうな外套は身に纏っていない。

代わりに、休憩の間も読むつもりなのか、テーブルの上に借りた本を山積みしている。本の題名を見れば、錬金術に関するものが多い。

「まあね。でも魔法学の勉強もしているし、どっちかっていうと研究者といった方がいいかな？」

錬金術は、主にこの世界に存在するあらゆる物質を研究する学問だ。

元々は石の形から世界の成り立ちに思いを馳《は》せた者達によって開かれ、各国の魔法学と融合することで今日に至っている。

その成り立ち故に、光や闇などの非物質的なものより、土、水など、物質的な側面を持ち、今後の社会に大きく関わっていくことを期待されている学問だ。

「トムはすごいのよ！　この歳《とし》でもうグローアウルムに呼ばれてるんだから！」

「……え！　本当に？」

「あ、ああ。うん。錬金術の活用法とか、新しい魔法術式の開発とかの手伝いをしているんだ。僕自身はまだ成果を出していないから、まだ見習いだけどね」

ミムルに褒められて嬉《うれ》しいのか、トム本人は少し照れくさそうに頬を掻《か》いている。

一方、ノゾムもグローアウルム機関に彼が呼ばれていると聞いて驚いていた。

グローアウルム機関は、アルカザムの根幹を成す研究機関である。アークミル大陸中に散在していた気術や魔法関係の技術を研究し、体系化したのがこの機関だった。

当然、各国から開明的で、明晰《めいせき》な頭脳を持つえりすぐりの人材が集められており、見習いとはいえ、学生の身で席を置いている時点で、彼の優秀さは証明されているといえた。

「いや、全然凄《すご》いじゃないか……」

「ありがとう。それで、ちょっとお願いがあるんだけど、いいかな？」

「ん？」

「ノゾム君が持っているその剣、極東の刀でしょ。ちょっと見せてもらいたいんだけど」

キラキラと好奇心に目を輝かせながら、トムが指差したのは、ノゾムの腰に差さっている刀だった。

「これを？　どうして？　錬金術と関係はないと思うぞ」

元々は師の遺品であり、相当な名刀であるとは思うのだが、その辺りについて、ノゾムはシノから聞いたことはなかった。

片や西の学問、片や極東の武器。ノゾムの頭の中では、錬金術と刀が結びつかなかった。

「そうでもないよ、それって多分、かなり名のある刀でしょ？　東方の刀はこっちの魔法理論じゃ分からない不思議の塊。もしかしたら鬼神を退治した名のある霊刀、もしくは東の王朝に仇《あだ》をなした曰《いわ》くつきの妖刀とかかも！」

「いや、そんなはずないでしょ。というか、なんで曰くつきの部分だけ妙に力が籠《こも》っているのさ」

トムの願望が多分に入り混じったセリフに、ノゾムは思わず冷静に突っ込んでしまう。

とはいえ、ただでさえ少年のような外見の上に、こうも純粋な目で見つめられると、彼としても気持ちが揺らいでしまうのも事実だった。

「まあ、壊したりしないならいいよ」

結局、ノゾムは愛刀をトムに見せてあげることにした。

剣帯からな刀を外して、鞘《さや》に納めたまま、刀の刃を上にするようにして両手で差し出す。

「ありがとう！　じゃあさっそく……」

差し出された刀を、トムは嬉々《きき》として受け取ると、鞘から抜いてみる。

クン……と鎺が鞘口から外れ、流麗な刀身が露《あら》わになる。

「うわ……」

「へえ……」

トムとミムルが、感嘆の声を漏らす。ノゾム自身、こうして師の愛刀の刀身を眺めてみるが、改めて、綺麗《きれい》な刃を持つ刀だと思った。

まるで大樹の年輪を思わせる地肌に、滑らかに波打つ波紋。光にかざせば、刀身に注ぎ込まれた小川のような筋の中で、星を思わせる輝きが万華鏡のように煌《きら》めいている。

「綺麗ね……」

仏頂面で沈黙していたシーナも、ノゾムの刀の美しさに思わず見入ってしまっている様子だった。

「確かに、すごく綺麗な刀だけど……」

「どうかしたのか？」

「気や魔力が宿っている雰囲気はない。でも……」

「トム？」

純粋に見惚《みと》れていたトムの目に、知的好奇心の光が戻ってくる。

ただ、先ほどの子供のような瞳と違い、今の彼の目に映るのは、強烈な探求の意志。

その探求の光に、ノゾムの頭に嫌な予感が浮かび上がってきた。

「一度消された？　だからこんなに……。でもこれほどの武具に宿った意志をへし折れるような人物ってそうそういないと思うんだけど……」

「ね、ねえ、ちょっと、もういいかな？」

トムの瞳に灯《とも》る、ちょっと危険を覚える眼光。そして、その目が向けられている師の遺品。

己の直感に従い、ノゾムは愛刀の回収を試みる。

「でも、魔刀か、その類《たぐい》であったことは間違いない。もしかしたら、その痕跡がどこかに……」

しかし、トムはノゾムに刀を返すどころか、その危険な探求心を宿した瞳のまま、ぐるりとノゾムに振り返った。

ギラつく眼光に射竦《いすく》められ、ノゾムは思わず伸ばした手を止めてしまう。

「ノゾム君！」

「え、な、何？」

「この剣、ちょっと分解させてもらうね！」

「え、あ、おい！」

言うが早いか、トムは瞬く間にノゾムの刀を分解し始めた。抜いていた刀を鞘に戻し、懐から取り出した木槌《きづち》と目抜き棒で目釘《めくぎ》を外す。この間五秒。

ノゾムがその道具をどこに持っていたと思う間に、トムは木槌で軽く柄《つか》を叩《たた》き、柄を外す。さらにこの間五秒。刀のことをあまり知らないはずなのに、驚くべき構造把握能力と分解速度である。

「どこにも製作者の名前がない。名なしの名刀？　でももしかしたら……よし！」

柄を外し、茎むき出しの状態のまま、愛刀をどこかに持っていこうとするトムを、ノゾムは咄嗟《とっさ》に後ろから掴《つか》み止める。

「よし、じゃない！　どこへ持っていくつもりだ！」

「どこって、研究室だよ。ちょっと刀身を折って断面を確認……」

トムのその台詞を聞いた瞬間、ノゾムは気術による身体強化まで使って、全力で刀を奪い返す。

一瞬で興味深い研究対象を奪われ、トムが悲嘆の声を上げた。

「ああ！　凄そうな研究材料なのに～！」

「なにが研究材料だ！　さっき壊すなって言ったばかりだろ！」

どうやらこの少年、探求心が旺盛すぎて、タガが外れると人の話を聞かなくなるようだった。恋人の獣人も人の話を聞かないから、ある意味似た者同士である。

ノゾムがそんな感想を抱きながら、しばらくやいのやいのしていると、知的好奇心で暴走していたトムも、ようやく落ち着きを取り戻した。

「ごめんごめん、ちょっと意外すぎる掘り出し物に思わず我を忘れちゃったよ」

恥かしそうに頭を掻きながらそんな台詞をのたまうトムだが、ノゾムが彼に向ける視線は冷たい。

師の遺品を勝手に奪って研究材料にしようとしたのだから、無理もなかった。

「いや、その……ゴメンなさい」

さすがにトムも自分の行為が非常識だったこと自覚はあるのか、素直に頭を下げてきた。

はあ、とノゾムが嘆息していると、ミムルが改めてノゾムの刀の正体について尋ねてくる。

「……で、この刀ってなんなの？」

「うん、分からない」

あっけらかんと言い切るトムに、その場にいた全員が脱力した。

ノゾムは思わずその場に崩れ落ちそうになり、ミムルは机に突っ伏す。シーナは頭痛に耐えるように、こめかみを押さえていた。

「こういう刀って、柄とかに作った人の名前が刻まれているものだけど、それもないんだよね。僕は刀の専門家じゃないから、刀に宿る魔法効果とかならともかく、刀の銘の特定とか、鑑定は無理だし……」

刀自体、東方由来で珍しい品なのだから、無理もない。

また、トム曰く、この刀にかつて付与されていた魔法効果はすっかり消し飛び、全く残っていないとのこと。

「でも、特別な刀ってことは分かるよ。これは間違いなく、元は霊刀、もしくは妖刀などと呼ばれた、曰くつきのものだ」

聖剣、魔剣、妖刀、霊刀、それらは様々な伝説や英雄譚《たん》に登場する武具であり、通常の魔法を付呪して作られるような魔法剣とは、一線を画す能力を有する。

意志を持ち、持ち主の魔力を際限なく高めるもの、持ち主の肉体や魂を代償に、敵を消滅させるもの、大地の源素を集め、持ち主に精霊の力を与えるもの。

これらの武具の特徴は、それらがなんらかの意思を持つこと。すなわち、生きている武器であるという点だった。

今は全く普通の刀になってしまっているとはいえ、自分の得物が、正確には師の刀が相当な曰くつきのものである可能性に、ノゾムは思わず目を見開く。

「ノゾム君、この刀はどこで？」

「師匠が持っていたものだよ。生憎《あいにく》と、この刀の由来は、俺も何も知らないんだけど……」

「へえ！　お師匠様はどこに？」

「もう、亡くなっている」

「あ、ごめん……」

亡くなっているという言葉を聞いた瞬間、トムの顔に陰が浮かぶ。ミムルやシーナも、どこか居心地悪そうな様子で視線を逸《そ》らしていた。

微妙な空気が、ノゾムと三人の間に流れる。

「いいよ。知らなかったんだから気にしないでくれ」

ノゾムは外れていた柄を戻し、目釘をはめて固定すると、刀を剣帯に戻す。

そこで彼は、かなり長い間話し込んでしまったことに気づいた。

「それじゃあ、俺はそろそろ行くよ」

休憩時間としても、もう十分だろうと、ノゾムはその場を後にしようとする。

だが、立ち去ろうとする彼の背中に、トムが穏やかな声で呼びかけてきた。

「ああそうだ。ノゾム君、シーナを助けてくれてありがとう」

「え？」

唐突に向けられた感謝の言葉に、ノゾムは思わず立ち止まって振り返る。

先ほどまで陰を帯びた顔を見せていたトムだが、いつの間にかその負の陰を感じさせない、明るい笑みを浮かべていた。

「ありがとね！　それにしても、こんなに無愛想で助けがいのないエルフを助ける辺り、噂《うわさ》と違って、君って相当お人よしだね」

ミムルもまた、トムと同じか、それ以上に明るい笑顔を向けている。

どうやら二人は、先の閉架式図書館への通路で、シーナの身に起こったことについて、きちんと察してくれていたらしい。そして、友人を助けてくれたノゾムに対して、純粋に感謝していることも。

「………」

一方のシーナだが、ノゾムが目を向けると、気まずそうに視線を逸らして立ち上がった。

「ほら、私達ももう行きましょう」

「もう、シーナのお礼を言ってるのに」

「いいよ。彼女からはもう、お礼は言ってもらっているから……」

その言葉に、シーナの耳がピクリと動いた。

確かに、ノゾムはシーナから一応、お礼の言葉を貰《もら》っているが、それは素直にお礼と受け取るには、いささか難儀な言葉だった。

ノゾムとシーナ、二人の間に流れる微妙な空気。しかし、シーナはノゾムに視線すら向けることなく、トムとミムルを連れてその場を立ち去ってしまった。

「まったく、一体なんだよ……」

スマヒャ連合のエルフ。なんとも言えない、わだかまりの残る空気の中で、ノゾムは今一度、大きく息を吐く。

感謝してほしかったわけじゃない。よく分からないが、あのように詰め寄られていた光景を目にして、黙っていられなかっただけだ。

だが、無言の拒絶は、今のノゾムには酷《ひど》く堪《こた》えた。

胸の奥に残る傷が、まるで塩水に触れたようにジクジクと痛み始める。

(……痛い)

脳裏に、かつての恋人に拒絶された瞬間が蘇り、ノゾムは思わず胸に当てた手を握り、唇を強く噛《か》み締める。

それからしばらくの間、ノゾムは胸の痛みが治まるまでアイリスディーナ達のところには戻らず、図書館の中を歩き回っていた。

†

「シーナ、どうしたのよ?」

「なんでもないわよ。それより、急ぎましょう。用があるのは確かなんだから」

「それは、そうだけど……」

先に行くシーナに追いついたミムルが先ほどの言動を問い詰める。一方肝心のエルフの少女は、ミムルの問いかけにはそれ以上答えず、持っていた資料の本をトムに手渡す。

元々、他種族に対しての壁が厚いエルフではあるが、ミムルから見ても、ノゾムに対するシーナの言動は、明らかに隔意のあるものであった。

「トムだって、これから研究室に行かないといけないでしょ。はい、これ」

「う、うん、ありがとう」

少々強引なシーナの言動を疑問に思いつつも、トムは彼女が持ってきてくれた資料を受け取る。

「どういたしまして。それから……」

硬い表情だったシーナの目尻が下がり、陰を帯びた。

「分かってる。用意しておくから、明日か明後日にでも研究室に来て。まあ、成功するか確約はできないんだけど……」

シーナ・ユリエルの抱える問題。枯葉耳と揶揄《やゆ》される理由。それは、精霊に愛されたエルフでありながら、精霊魔法を使えないという致命的な問題を抱えているということだった。

その問題を解決することを、シーナはこの学園での目標の一つにしており、そのために錬金術師であるトム達に協力してもらっているのだった。

しかし、彼女達がアルカザムに来て二年ほど経《た》つが、経過は芳しくなく、シーナは未《いま》だに、精霊との再契約はおろか、存在すら感じ取れないというのが現状だった。

「ありがとう……」

協力してくれるトムに礼を言うシーナだが、その顔にはやはり陰が濃い。

「むう……。なんか二人とも仲がいい」

一方、ミムルはそんな二人を眺めながら、機嫌を損ねたように口元を歪《ゆが》める。

「ミムル……」

「ダメだからね！　シーナでもあげないからね！　トムは私のお婿さんだもん！」

呆《あき》れるシーナを他所《よそ》に、嫉妬にかられたミムルは「渡さない！」とばかりにトムを後ろから抱きしめ、威嚇するように尻尾を立てる。

「みむぅむぅ！　むぁむぁみめ！　むめ、むめむぁあ！」

ギュウギュウギュウウウウ！　っと恋人の胸に思いっきり抱きしめられているトム。肺が圧迫されながらも、背中に感じる柔らかくも魅力的な感触に、彼の顔色が瞬く間に青と赤に点滅する。

「分かっているわ。そんな感情はないわよ。それより、そのお婿さんが大変なことになっているわよ？」

「え？　わあああああ！」

「きゅう……」

シーナの言葉に我に返ったミムルが慌てて放すが、トムは完全に目を回してしまっていた。

鬱血した顔色で、蕩《とろ》けるような表情を浮かべるという、少しホラーじみた様相をしている。

「ああ！　トム、ごめんね、ごめんね――――！」

アワアワしながらトムを介抱し始めたミムルに苦笑を浮かべながらも、シーナは先ほどの同級生を思い出し、顔をしかめる。

「なんだったのかしら、あの感覚……」

先日の街道での魔獣掃討の際にも感じた感覚。前回は針が軽く皮膚に触れるようなものだったが、今日は全身がひりつくようだった。

「すごく、怖い。けど懐かしい……。なんでそんなふうに感じたのかしら……」

突発的ではあるが、全身が強張《こわば》るような奇妙な感覚。

だが何よりも彼女の違和感を助長させたのは、その感覚に既視感が伴っていたということ。

春の暖かな風が、何故《なぜ》か肌寒く感じる。

ゾワリと、背筋を這《は》う寒気に、シーナは思わず体を抱きしめるように腕を組んだ。

「ありえないわよね。まるで精霊が怒った時のような……私達の森が燃えた時と同じ感覚だったなんて……」

脳裏に蘇る、故郷の最後。そして、精霊達の断末魔。消しきれない過去の傷を開かれたような感覚に、彼女は気がつけば、強く唇を噛み締めていた。

†

夜の闇に包まれたスパシムの森に、獣の遠吠《とおぼ》えが響き、四足の獣の群れが駆ける。

フロストボア。その名の通り、森に生息する猪《いのしし》型の魔獣。大型化したものは小さな小屋も叩き壊すほどの力を持つ獣だ。

雑食性で旺盛な食欲を持ち、気性も荒く、危害を加えてくる者には容赦なくその牙を突き立てる獰《どう》猛《もう》さから、農家や猟師にとっては天敵ともいえる魔獣だった。

そんな猪達が、命惜しさに我先にと逃げ出している。その背後から迫る、巨大な影から逃げようと。

だが、そんな猪達の必死の逃走を、捕食者は嘲笑う。風を纏《まと》いながら瞬く間に猪の群れに追いつい
た捕食者は、群れの逃走先に回り込むと、その牙で先頭の三頭の猪を纏めて肉塊へと変える。

「ピギィ！」

先導していた個体を失った猪の群れは、一瞬で四散。バラバラになって逃げ延びようと試みる。

散ろうとする群れを前に、捕食者の尾が高々と掲げられた。

月の光に照らされ、灰色の毛に包まれた尾に魔力光が集まってくる。

三秒、四秒、五秒……一閃《いっせん》。

空を切る音と共に不可視の刃《やいば》が四方に飛び散り、散ろうとしていた残りの猪達を屠《ほふ》る。

肉塊と化したフロストボアの群れの中で佇《たたず》む、灰色の捕食者。それはノゾム達が戦った魔石持ちよ
りもさらに一回り大きい、規格外ともいえるような大きさの狼《おおかみ》だった。

全身を包む灰色の体毛。その中で首元だけは、血のように紅《あか》い色に染まっていた。

灰色の魔狼《まろう》は仕留めた獲物を前に、満足そうに咆《ほ》える。

その遠吠えに呼ばれたかのように、森の中から多数のダイアウルフ達が姿を現した。

数にして六十前後。異常な数の狼達は、それぞれがバラバラになったフロストボアの亡骸《なきがら》にかぶり
つき始める。

そんな群れの仲間達を、『灰色』の大狼は満足そうに眺めていた。

ガルム。ガイアウルフよりも高位の魔獣であり、そしてこの群れを率いるリーダーである。

彼らがこの辺りに来た理由は、大きくなった群れを維持するために新たな狩場が必要になったから。

「クゥゥゥ……」

群れが食事に夢中になっている中、一匹のダイアウルフが『灰色』にすり寄ってきた。

それは、先の街道での戦いで逃げのびた、魔石持ちのダイアウルフ。この個体は『灰色』が率いる群れの一匹だったのだ。

戻ってきた配下の憔悴《しょうすい》した様子に『灰色』は怪訝《けげん》な様子で鼻先を擦りつけ、戻ってきた魔石持ちのすすり泣きに耳を傾ける。まるで、何があったのかを尋ねるように。

やがて、配下の報告を聞いた『灰色』の目に、明確な怒りの感情が浮かぶ。

伝えられたのは、群れの仲間の死。

なによりも『灰色』を激高させたのは、殺された仲間に、自分の『番《つがい》』もいたことだった。

『灰色』の感情に呼応するように、彼の体から魔力が吹き上がる。食事をしていた他の狼達も、リーダーの怒気に呼応したように食事を止め、リーダーの方に向き直った。

「ウオオオオオオン！」

悲しみと怒りに染まった遠吠えが、スパシムの森に轟《とどろ》く。

『灰色』の悲嘆と怒りの叫びは、やがて仲間達に伝搬し、終わることのない遠吠えの重奏となって響き渡った。

CHAPTER 4

第四章

かつて逃げた者、未だもがき続ける者

冒険者ギルドを活用したらどうか。

アイリスディーナのその提案に従い、ノゾムは再び冒険者ギルドを訪れていた。目的は当然、依頼の受諾なのだが、ここで少し問題が発生していた。

ノゾムが望んだ依頼を、受付嬢が受諾を拒否したのだ。

「ダメです。認められません」

「ですけど……」

「何度も言いますが、現在の貴方《あなた》のランクはD。スパシムの森での単独探索が認められるのはCランクからです。パーティーを組んでいない状態での森での依頼は許可しません」

ノゾムが受けようと思ったのは、アルカザム近郊での採取。

だが、冒険者ギルドはCランク以下の個人が森での依頼を単独で受けることを許可していない。

そのため、必ずパーティーを組むことを求められる。

この日、アイリスディーナとティマは私用、マルスはハンナさんに捕まって店の手伝いを強制されている。

そもそも、ギルドは高ランクの者に低ランクの者が寄生することを認めていない。パーティー内で

Ryuusa no Ori
Kokoro no
Naka no Kokoro

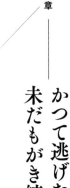

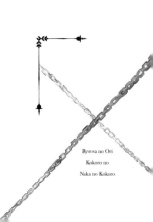

のランク差による評価点の減点を考えれば、ノゾムは自分のランクに近い者と組む必要がある。

だが、生憎《あいにく》と今のノゾムには、Cランク以下の生徒でパーティーを組めそうな人に心当たりがなかった。

「すみません、実のところ、自分と組んでくれそうな人に心当たりがないんです。それに、スパシムの森には何度も一人で入っています。だから……」

「だから単独で依頼を受けることを認めろと？　それは無理です。それに相方が見つからないのはそちらの問題です。資料を見たところ、貴方は三学年。二年以上もこの街にいて、かつ信頼されていないということは、それだけ貴方に問題があるからなのではないのですか？」

「それは……」

「信頼関係を作る能力も立派な力です。人との繋《つな》がりを作り、育むことを怠ったのは、そもそも貴方の責任。時間は無限ではないのです」

ぐうの音も出ない正論に、ノゾムは黙り込むしかない。

実際、ノゾムはシノから鍛錬を受けている間、ほとんど顔を出していない。

受けた依頼も、修行の合間に数度、ドブさらいや荷物運びなどの雑事を一人で受けた程度。

自己逃避に走っていたからこそ人と、特に同年代と会うことを避けてきた。

「それに、今さら森での依頼を受けたいと言い始めたのは何故《なぜ》ですか？」

「それは……」

上手《うま》く言えない。ノゾム自身も、自分がどうしたいかなど分からないのだ。

強くなる理由も、学園に残る理由も、もうないような気がする。何故なら、彼が守りたいと思った女性は、とっくに傍《そば》から離れていったのだから。

押し黙ってしまったノゾムに、受付嬢は溜息《ためいき》を吐《つ》くと、手にしていた依頼書を片づけ始める。

「何もないのなら、終わりです。お引き取りください。他にも控えている学生がいますので」

「待っ……てください」

絞り出すような震える声が、ノゾムの口から漏れる。

弱々しくも切羽詰まった様子の声色に、依頼書を片づけていた受付嬢の手が止まった。

「上手くは言えません。ただ、何かしないといけない。そんな気持ちになるんです」

胸の奥で渦巻く焦燥。それが何なのかはまだノゾムには分からない。むしろ、分からないからこその焦りなのかもしれない。

ただ、それは間違いなく、自らの逃避を自覚したことから生まれたことはノゾムにも理解できた。

だから、少しでも動かないといけない。

「お願いします。何でも構いません。もう一度、チャンスをくださいませんか？」

「……先にも言いましたが、森に入る依頼を許可することはできません。しかし、街の外壁周辺の巡回警備なら、まだ空きがあります。それでもいいですね？」

外壁周辺の巡回は元々、依頼難易度としては低く、評価点も相応しか貰《もら》えない。だが、今のノゾムには、依頼を受けさせてもらえたというだけで、大きな進展だった。

「お、お願いします！」

「よろしい。それではこれを。巡回路はアルカザム周辺となりますので、南門で衛兵と一緒に回ってもらうことになります。よろしいですね？」

「は、はい！」

依頼書を受け取ったノゾムが駆け出していくのを見送りながら、受付嬢は小さく溜息を吐くと、手元に残った書類に手を伸ばす。

彼女としても、言いたくてキツイことを言っているのではない。言わなければいけない立場だから言っているだけだ。

それに、彼女達ギルド側の立場を考えれば、今まで碌《ろく》に顔を見せてこなかったのに、突然戻ってきたノゾムに対する信頼がないことも当然だ。むしろ、いきなり評価を得ようとすることに、反感を抱いてしまう。

それでも依頼を紹介したのは、それが彼女の仕事であり、彼よりも社会にもまれてきた経験が多い故。

（とはいえ、どれほど続けられるのか……）

社会というのはえてして、下に落ちれば落ちるほど、上がるのが難しくなる。一度落ちた成績や評価を取り戻そうと奮闘するも、力及ばず、途中で諦める学生たちを、彼女は何度も目にしていた。

そんなことを考えながら、幾らか書類を片づけ終わったところで、受付嬢は自分が担当しているカウンターに誰かが近づいてくるのを感じた。

手元の資料を再び脇に置き、長年培った笑顔で訪問者を出迎える。

「冒険者ギルドへようこそ。何か御用でしょうか？」

「はい、指名依頼をお願いいたしたく思います」

カウンターを訪れたのは、壮年のメイド。

伸びた背筋と、皺《しわ》一つないメイド服。まるで剣のように鋭い瞳と、女中でありながら気品すら感じされる静かな佇《たたず》まい。

「はい、どちらの方に、どのようなご依頼をされるのでしょうか？」

相当高位な貴族に使える護衛のメイドだと察した受付嬢は、緊張から思わずつばを飲み込みつつも、笑みを崩さず対応する。

また、指名依頼は依頼人がその生徒に一目置いているという証《あかし》でもある。高位貴族の従者をしている人物から指名を受けるような者ともなれば、将来有望に違いない。

「指名相手は三学年十階級、ノゾム・バウンティス様。依頼内容は、フランシルト家次女様の護衛となります」

「は？」

そんなことを考え、身構えながら依頼内容を聞いた受付嬢だが、件《くだん》のメイド、メーナ・マナートが放った次の言葉に、思わず呆《ほう》けた声を漏らす。

ベテランにあるまじき腑《ふ》抜けた顔をした彼女は、数秒後に元凶であるメイドに話しかけられるまで、意識を彼方《かなた》に飛ばしたままだった。

✝

巡回警備の依頼書を手渡されたノゾムは、そのままギルドを後にすると、南門を目指す。

南門に到着し、衛兵の駐屯所を訪れて依頼書を見せると、鋼鉄の鎧《よろい》を着た二人の衛兵がノゾムを出迎えた。

一人は不精髭《ひげ》を生やした壮年の男性。もう一人は二十歳ほどの青年だった。

「おう、確かに。俺はバロッツァ。こっちは同じ衛兵のジビンだ」

「よろしくね」

「ノゾム・バウンティスです。よろしくお願いします」

「聞いているだろうが、今回は都市外周の巡回だ。南門を出てから、東回りに巡回して、北門まで行く。普段は三人一組なんだが、急病で巡回ができなくなってな。代わりに来てもらった」

一通りの挨拶を済ませると、三人は駐屯所を出て、南門を目指す。

門を出ると反時計回りに外壁を回りながら、魔獣の痕跡がないか確かめていく。

アルカザムの外壁周りは、外敵の接近に備えて、木々を全て切り倒してあり、そのため見通しがかなりいい。

街道も整備されているので、森の中を歩き回るのに比べたら格段に歩きやすくなっている。

とはいえ、気を抜いていいわけでもない。

二十メトルほども離れれば、そこは魔獣の跋扈《ばっこ》するスパシムの森だ。

メトルとはアークミル大陸で使われている長さの単位で、大体大人が軽く手を広げたほどの長さである。

そして、魔獣なら二十メトルという距離は、十分に襲撃が可能な範囲である。

もちろん、アルカザムに近づく魔獣はそれほど多くはない。

だが、いつ襲われる可能性がある以上、油断は禁物だった。

三人は外壁沿いに東門を通り過ぎ、北門へと向かう。

「それにしても珍しいな。三学年が巡回の仕事を受けるなんて。お前達くらいにもなれば学友達と一緒に積極的に森に入っていそうなもんだが……」

「ちょっと、手を借りられない状態になってしまいまして……」

「なんだ、喧嘩《けんか》でもしたのか？　それとも、色恋沙汰か？」

「先輩、不謹慎ですよ」

ズケズケと切り込んだ質問をしてくるバロッツァに、ジビンが苦言を漏らす。

「なんだ。お前にとっても、憧れて以前通っていた学校の話だろ？　聞きたくないのか？」

「僕が憧れたのは恋愛とかじゃありませんから」

意外なことに、ジビンは元ソルミナティ学園の生徒らしい。

「僕は、今はこうして衛兵をしているけど、元々はソルミナティ学園にいたんだよ。一年で成績不十分で、退学になっちゃったんだけどね」

退学になったという話にノゾムは思わず言葉を失う。

「えっと、その……」

「ああ、気にしなくていいよ。もう随分前の話だし、退学が決まった時も不思議とくやしさはなかったんだ。今でもいい思い出さ」

屈託なく笑うジビンに、ノゾムは驚きの表情を浮かべる。

長い時間の中で徐々に受け入れていったというなら理解できるが、どうして退学した時から後悔はないなどと言えたのだろうか、不思議だったたからだ。

「どうして、いい思い出なんて思えたんですか？」

「そりゃあ、全力だったからね。思いっきり頑張って、全力でぶつかれた。砕け散ったけど、人生であれだけ頑張れたってことは、とても大きかったよ」

全力でぶつかったから、後悔はない。その感情は、ノゾムもよく理解できる。同じ経験をしているからだ。

シノとの最後。互いに全力で、思いの丈をぶつけ合ったあの戦い。そして最後の言葉は、今のノゾムを支える大きな柱になっている。

「ああ、それは確かに、分かるような気がします……」

「でしょ？　あの学園にいたからこそ、こうしてこの街の衛兵にもなれた。知っている？　この街の衛兵って、結構高給取りなんだよ？」

ノゾムの共感の言葉に、ジビンが笑みを浮かべる。

その笑顔に影は微塵《みじん》もなく、心から彼は青春時代の挑戦は良いものだったと感じている様子だった。

退学させられたことを一切気にせず、むしろ人生の糧としているジビン。そんな彼と立ち止まったままの自分を比較し、ノゾムは少しだけ、彼を羨ましく思う。

「ん？」

その時、ノゾムの五感が妙な違和感を覚えた。

まるで肌に針の先を当てた時のような微妙な圧迫感が、全身のあちこちから伝わってくる。

「どうした、坊主」

突然立ち止まったノゾムに、バロッツァが声をかける。

隣のジビンも、不思議そうな表情で佇んでいた。

「何かいます」

「何かって、なんだよ」

「僕には、何もわからないけど……」

衛兵の二人は気づいていないようだが、ノゾムはどこからともなく向けられる観察の視線を敏感に感じ取っていた。

ねめつけるような視線の中には、微かに敵意の色が混じっている。

全身が粟立《あわだ》ち、心臓の鼓動が速まっていく。

「茂みのさらに奥、ここから百五十メトルほど先です」

「……分かるのか？」

「魔獣の中には、探知能力に長《た》けたものもいます。深い藪《やぶ》の奥からこちらを捉えていても、不思議じゃないですよ」

「いや、そっちじゃなくて……」

明るい場所から暗い場所を見通すことは難しい。しかも整備した外周通路を逸《そ》れれば、すぐに木々が生い茂る樹海が広がっている。

そんな深い茂みの奥、百数十メトル先にいる魔獣を察知するなど、普通の感覚ではない。

自らが感じた視線を警戒し、ノゾムは腰を落として全身に気を巡らせる。

右手は刀の柄《つか》に添え、いつでも最速で抜けるよう体の筋肉を弛緩《しかん》させていた。

隣にいたバロッツァとジビンは、突然纏《まと》う雰囲気を激変させたノゾムに思わず目を見開き、息を飲んで身を震わせる。

一方、ノゾムは森の奥から覗《のぞ》いてくる視線の主に全神経を傾けていたが、やがて唐突に針のような視線が消えた。

一瞬でかき消えた視線の感触。数秒の後、ノゾムは大きく息を吐く。

「……消えました。どうやらこっちが気づいたことで、逃げたようです」

とりあえず、相手が退いたことを確かめ、ノゾムは構えを解くと、おもむろに茂みの方へと足を進め始める。

そして、外壁から百五十メトルほど森の中に入ったところで、三人は複数の魔獣の足跡を見つけた。

「一体なんの魔獣だ？」

「足跡を見る限り、多くはダイアウルフのようですけど……」

あったのは、ダイアウルフの足跡。しかも、足跡の中にはノゾムが見知ったものもあった。

通常のダイアウルフよりも大きめのその足跡は、昨日アイリスディーナ達と一緒に探索していた時に見つけた痕跡と同じものである。

「知っているのか？」

「昨日、街道でダイアウルフの群れに遭遇した時、魔石持ちが五体いました。うち一体が逃走しましたけど……これは」

だが、それ以上にノゾムの目を引いたのは、先の魔石持ちのダイアウルフよりも、さらに大きな足跡だった。

マッドベアーのような大型の魔獣を思わせる足跡。陥没した地面の深さを考えても、重さは逃亡した魔石持ちの倍以上はあるだろう。

「大きい。こんな大きな足跡、見たことないぞ」

「ダイアウルフ……じゃあないですね。おそらくは、ガルム……」

「ほ、本当かい？　Aランク相当の魔獣じゃないか！」

ガルム。

別名は地獄の魔狼《まろう》。首輪のような紅《あか》い体毛を持ち、ダイアウルフと違って、生まれた時から魔力を扱う術《すべ》を持っている、非常に危険な魔獣である。

「多分、ダイアウルフの群れを率いているのはこいつですね」

高い社会性を持つ狼《おおかみ》の群の中には、同族異種が群れに紛れ込む例もある。これも、その類《たぐい》のものであることが推察できた。

Aランクともなれば、もはや並の兵士や学生では到底太刀打ちできない。間違いなく、学園上位者達がパーティーを組んでの討伐となるだろう。

だが、何よりも脅威なのは、そんな危険な魔獣が、街のすぐそばまで来ていたということだ。

「バロッツァさん、直《す》ぐに戻りましょう」

「あ、ああ、そうだな」

もしかしたら襲われていたかもしれない魔獣の強大さに茫然《ぼうぜん》としていたバロッツァだが、ノゾムの声にようやく我に返り、慌てて元来た道を引き返し始める。

この後、三人の報告はすぐさま関係各所に伝えられ、翌日には特別指定討伐依頼として、学園有力者達に依頼が送られることになった。

†

魔獣の報告を終えてギルドを後にしたノゾムは、その足で図書館へと向かった。

目的は、先日見つけた、精霊に関するグリスデン・ハランティードの著書を探すためだ。

だが、ギルドで依頼を受けていたこともあり、ノゾムが図書館にした時には、既に太陽は西に傾き始めていた。

朱色に染まり始めた図書館を歩きながら、本棚に目を走らせ、目的のものを探す。

しかし、肝心の書物はない。別の棚にあるのだろうかと、移動しようとしたところで、ノゾムは声をかけられた。

「あれ？　ノゾム君、また図書館に来ていたの？」

声をかけてきたのはトム・デイルだった。彼は小さな腕一杯に本を山積みにしている。

「あ、ああ。ちょっと調べ物をね」

「何を探しているの？」

「えっと、グリスデン・ハランティードの著書を探しているんだけど……」

「グリスデン？　ああ、知っているけど、珍しいね。何を調べているの？」

持っていた本を手近にある机に置いたトムが、改めてノゾムに尋ねる。

「精霊についてなんだけど……。珍しいってどういうこと？」

「グリスデン・ハランティードは錬金術師で、精霊を研究する研究者でもあったんだけど、かなり独特な人だったらしくてね。その著書はかなり有名だけど……」

グリスデン・ハランティードは、どうやらトムと同じように錬金術師であり、研究者だったらしい。

「そうだ。気になるなら、グリスデンの研究について詳しい人がいるよ。紹介しようか？」

「本当に？　でも、いいのか？」

「うん。この前、カランティに絡まれているシーナを助けてくれたでしょ。ちょっとついてきて」

机の上に置いていた本を持ち直し、トムはノゾムについてくるよう促す。

彼に勧められるまま、ノゾムがついていくと、彼はスタスタと図書館を出て、裏にある小道を進み始めた。

二年ちょっとアルカザムに住んでいるノゾムも、見たことのない道。ノゾムが怪訝《けげん》な表情を浮かべていると、彼の戸惑う気配を察知したトムが、振り返った。

「ここは図書館とグローアウルム機関との連絡通路だよ。研究に必要な資料とかを図書館から借りる時は、いつもこの道を使っているんだ」

「へえ……って、グローアウルム機関？　研究機関だけど、俺が行ってもいいのか？」

「最先端って言っても、研究所では機密ごとにいくつものブロックで分けられていて、一番下位の場所は、訪れるだけなら問題ないよ。それに、グローアウルム機関での研究成果は、国にかかわらず開示されるものだし」

そうこうしているうちに、目的の場所に到着した。

周囲を五メトルもの壁に囲まれた、白い建物。グローアウルム機関の研究施設である。

その敷地面積は、ソルミナティ学園とほぼ同等。大陸を見ても稀《まれ》に見る規模だ。

グローアウルム機関は、非常に公共性の高い研究機関である。

その実績も素晴らしく、大陸各地に散逸していた魔法や気術の技術を体系化し、大陸全土の技術発展に大きく貢献している。

研究施設には裏口はなく、外壁に沿う形で正面ゲートに回り込むと、受付に通された。

トムが受付と簡単なやり取りを行うと、ノゾムは受付から外部来訪者リストという、施設に出入りしたものを把握するためのリストを渡される。

当然、名前を記入しなければ施設に入ることはできない。

ノゾムがとりあえずリストに名前を記入すると、外部来訪者であることを示すプレートを渡された。

プレートには紐《ひも》がつけられ、首から下げられるようになっている。

ノゾムがプレートの裏を見れば、そこには魔法陣が二つ刻まれていた。

「識別と騒音の魔法陣。それにこれ、ミスリルか？」

「そ、魔力を流しやすく、溜め込みやすいミスリル製の警報装置。その一部だよ。きちんと身に着けておいてね。外すと警報が鳴るようになっているから」

トムの忠告に頷《うなず》きながら、ノゾムは彼の後についてグローアウルム機関の施設に足を踏み入れた。

余計な装飾の一切ない、真っ白な石造りの廊下の両側面に、黒塗りの重厚な扉が並んでいる。最新の魔法研究がなされている場所らしく、ソルミナティ学園の施設よりも別の方向で、より洗練された雰囲気を醸し出していた。

とはいえ、ノゾムが広大な研究施設を回ることはなく、目的地には早々に到着することになる。

「ここは？」

案内されたのは、近代的な研究施設とは少し毛色の違う、木製の扉の前。扉には『トルグレイン研究室』と書かれたプレートがはめられている。

「僕の師匠、トルグレイン・ハランティードの研究室」

「ハランティードって」

「そういうこと。ゴメン、ノゾム君。僕、両手が塞がっているから、扉を開けてくれる？」

「あ、ああ……」

ノゾムがドアノブに手をかけたその時、扉の奥から微《かす》かに声が漏れてきた。

「やはり、ダメかい？」

「はい、精霊は私の呼びかけに答えてくれませんでした……」

聞き覚えのある、涼やかな声。しかし、その声色はどこか、落胆と失望の色を帯びている。

「この声……」

ドアノブに伸ばしていたノゾムの手が止まる。精霊、呼びかけ、答えない。その言葉は、扉の奥にいる人物が、彼の知るエルフの少女であることを示唆していた。

「ねえシーナ、感知もできないの？」

「うん……」

扉の奥からはシーナだけでなく、ミムルの声も聞こえてくる。

「ノゾム君、どうかしたの？」

「あ、いや、なんでもない」

トムには漏れてきた彼女達の声が聞こえていなかったのか、ノゾムの背後で首を傾《かし》げながら、暗に早く扉を開けるよう催促してくる。

ノゾムは意を決し、扉を開く。ガチャリという音と共に、室内の視線がノゾム達に向けられた。

「あっ……」

ノゾムの姿を確かめたシーナの視線が驚きの色に染まり、続いて嫌悪の視線に変わる。

何故、こんなにも嫌われているのだろう？　彼女と出会ってから引っかかっていた疑問が、大きく膨らみ始める。

確かに心ない生徒達からは罵詈雑言を向けられことはあるが、大半の生徒達がノゾムに向ける視線は無関心のそれであった。

馬鹿にする者達も、十階級の生徒達のように自分が優越感を得たいがためであることがほとんどで、彼女のように明らかに嫌悪の視線を向けてくるのはリサかカミラなど、一部の生徒に限られている。

そしてノゾムは、つい最近までシーナとの面識がない。

「先生、頼まれていた資料、持ってきましたよ！　あ、シーナも来ていたんだ」

ノゾムとシーナが向き合っている中、トムが資料を抱えて研究室に入ってくる。

「ああ、そこに置いておいて。それよりトム君、そちらの人は？」

トムの声に答えたのは、白衣を着た三十代半ばと思われる男性だった。

背は高いが、体の線は細い。口にはパイプを咥《くわ》え、煙をくゆらせながら、立ち上る煙を光にかざしている。

見た目は三十代ほどだが、思った以上に整った容姿の持ち主であり、人によっては二十代後半にも見えるほど若々しい。

「僕の知り合いです。先生の曽御爺《ひいおじい》さんについて、聞きたいことがあるらしくて」

「ど、どうも、ノゾム・バウンティスです」

「初めまして、トルグレイン・ハランティードです。ここで錬金術の研究をしています。ああ、煙くてごめんね。ちょっと精霊の反応を見るための試薬を焚《た》いていたんだ」

白衣の男性は焚いていた香を消して、パイプを片づけ始める。ガチャガチャと音を鳴らすその手つきは、どこか危なっかしい。

「曽爺さんというと、グリスデン爺さんのことかな？」

「は、はい。精霊について研究していたとのことで、彼の著書を探していたんですけど……」

パンパンと手を叩《たた》いて道具を片づけ終わったトルグレインにノゾムは改めて用件を伝える。

「曽爺さんが書いた本については、幾つかあるけど、正直ほとんど残っていないんだ」

「そう、なんですか？」

「うん、なにせ随分と昔のことだから。図書館にあるもの以外で曽爺さんの書物って残っていないんじゃないかな？」

ノゾムは落胆から、肩を落とす。

「ごめんね、手伝えなくて」

「いえ、ありがとうございました。ところで、さっきは何をしていたんですか？」

「ああ、この煙は精霊草という草を乾燥させて焚いたものでね。この草は精霊が好むのか、空気中の源素と反応、つまり、精霊の動きと反応して……」

その時、トルグレインの視線が隣にいるシーナに向けられた。

「そうだ、精霊について話が聞きたいなら、彼女に……」

「トルグレイン先生、すみません、用事を思い出しましたので、今日はお暇《いとま》させていただいてもいいですか？」

トルグレインが言葉を言い切る前に、シーナは話を断ち切る。その声色には、やはり強い拒絶の色がある。

一方、話を切られたトルグレインも、どこか仕方ないという表情を浮かべると、ノゾムにすまないと目配せしてきた。

「ああ、いいよ。すまないねシーナ君、力になれなくて」

「いえ、先生には感謝しています。それでは……」

シーナはぺこりと頭を下げると、そのまま一度も振り返ることなく、研究室を出て行ってしまった。

気まずい空気が、トルグレインの研究室に漂う。

「君、彼女と何かあったのかい？」

「い、いえ。自分には皆目見当がつかないんですけど……」

実際、ノゾムには身に覚えがないのだから仕方ない。とはいえ、ノゾムとしては、彼女のことが気にかかるのも事実だった。

「あの、シーナさんが精霊魔法を使えないって話は……」

「本当だよ。彼女はエルフがエルフたる力である、精霊と交信する力を失っている」

「そう、ですか……」

トルグレインの肯定の言葉に、ノゾムは何とも言えない表情を浮かべる。ノゾムもまた、本人にはどうにもできないところで、可能性を閉ざされた人間だったから。

「彼女が力を失ったのは二十年前。あの大侵攻の時だ」

二十年という言葉にノゾムは一瞬驚くも、エルフは人間と比べて数百年という長い寿命を持つ種族。彼らからすれば、二十年という期間は、人間の体感でいうところの数年程度だと思い直す。

「彼女はネブラの森に住んでいたが、魔獣達に故郷を滅ぼされ、命からがら生き延びた」

「シーナは、そこで家族も亡くしたみたいなんだ」

トムの言葉に、ノゾムの表情が沈む。だが、そんなノゾムの哀《かな》しみを紛らわすように、ミムルが笑みを浮かべる。

「別段、珍しい話じゃないわ。あの時は生き延びた誰もが、家族の誰かしらを亡くしている。トムの両親も、兄弟を亡くしているし……」

ミムルの言葉に同意するように、トムもまた頷く。

スマヒャ連合は元々、大侵攻によって崩壊した国々が寄り集まり、再編した国。故に、ほとんどの人が、大侵攻で何らかの形で、被害を受けている。

「私もだ。ノゾム君、君のご家族は？」

「俺の故郷は大侵攻の被害は受けなかったので、死んだ人はいなかったと思います」

「そうか、それは、とてもいいことだ……」

どうやらトルグレインも、連合の出身らしく、二十年前に被害を受けた経験があるようだった。

彼の複雑な感情を押し殺した安堵《あんど》の言葉が、ノゾムの胸に突き刺さる。

「他のエルフでは、彼女の精霊との感応能力は戻せなかったんですか？」

「ああ、そうらしいね。どうも彼女が契約しようと魔力を放出すると、何故か周囲の精霊達が恐怖を感じて逃げていくみたいで、橋渡し役をしようとした他のエルフ達も首を傾げていたらしい」

そこまで話したトルグレインは、一度大きく溜息を吐く。

「ハイエルフが一人でも生き残っていたら、原因が分かったかもしれなかったんだけど……」

大侵攻でのエルフの被害も大きい。ネブラの森を落されたことで、彼らが長い間蓄えてきた知識も経験も、多くが失われた。

「今の彼女は、周囲の微細精霊の意思すら感じ取れない状態だ。この学園でも、彼女の能力を元に戻せる保証はない」

「それでもシーナは、藁《わら》をも掴《つか》む気持ちでこの街に来たんだよ」

ネブラの森は、大陸南部から中央部にあるスマヒャ連合の北側国境と、緩衝地帯を介して接している。アルカザムとの位置関係でいえば、ちょうどクレマツォーネ帝国の国土を挟む形だ。

「その後、シーナ君はアルカザムに来るまで、エルフの避難里で生活していた。でも、随分と肩身が狭かっただろうね。何せ精霊と会話することは、彼女達にとっては息をすることと同じくらい普通のことだ」

家族だけでなく、精霊との繋がりすらも失ったシーナ。彼女の境遇は、能力抑圧が発現したせいで、信頼できる人や心の支え全てを失ったノゾムとよく似ていた。

「今はその力を失っているが、以前のシーナ君の力は、ハイエルフの候補に上がるほどだったらしい」

ハイエルフとは、ネブラの森の中心にある大樹に宿った精霊と契約したエルフのことである。

一つの時代に十数人ほどしか存在せず、ネブラの森の核ともいえる『大樹の精霊』の力を直接行使できる者達だ。

その精霊感応能力は他のエルフとは比較にならず、大樹の精霊と契約したハイエルフ達は、過去に僅か数名で大国の軍隊を退けたこともある。まさに、エルフ達の精神的な支柱ともいえる存在だ。

「そして、大侵攻時に亡くなった彼女の姉もまた、ハイエルフだった」

シーナの事情を知り、ノゾムは喉の奥に鉛を飲み込んだような、重苦しさを覚えた。

「彼女がこの都市に来たのは……」

「精霊との繋がりを取り戻すため。そして、故郷であるネブラの森を取り戻すためさ。フルークトゥス作戦による領土奪還も、彼女の故郷で止まっているからね」

かつて鉄壁の守りを誇ったエルフたちの森だが、今では魔獣たちの温床になってしまっている。

各国の疲弊から無期延期状態のフルークトゥス作戦だが、常に霧が漂う深い森が大規模な軍隊が展開するには明らかに不向きであることも、状況の停滞に拍車をかけていた。

「もともとネブラの森は、エルフ達の土地。それが未《いま》だに奪還できないということが、エルフ達への風当たりをさらに強くしてしまっているんだ」

「それは、別にエルフだけのせいではないのでは……」

確かに、大侵攻におけるエルフたちの初期対応は、お世辞にも良いものではなかった。

しかし、エルフの森が陥落する以前から、魔獣の侵攻は始まっていた。エルフだけに押しつけていい問題ではないし、押しつけられるはずもない。

そんなノゾムの言葉に、トルグレインは複雑そうな表情を浮かべると、おもむろに先ほど使っていたパイプを取り出した。

既に燃え尽きた精霊草を取り出し、代わりに煙草をパイプの口に入れて火をつける。

甘い紫煙の香りが、研究室に満ちた。

「ああそうだ。別に連合内で、全ての民がエルフを責めているわけではない。でも、人は弱い。ままならない現実と閉塞感、持て余した感情を誰かにぶつけなければ気が済まない者もいるんだよ」

特に、まだ故郷を取り戻せていない者達は……と言葉を繋げ、トルグレインは再びパイプをふかす。

ノゾムは気まずそうな表情を浮かべながら、自然と唇を噛《か》み締めていた。

（トムの話だと、エルフにとって精霊との契約は、息をするほど自然なものだっていっていたな）

エルフが精霊魔法を失うということは、鳥が水底に沈められることに落ちることに等しい。

その時、ふと彼の目にミムルとトムの姿が映った。

「そういえば、二人はどうして彼女と一緒にいるようになったんだ？」

どうしてトムとミムルは、エルフであるシーナと友人になれたのか。率直な質問に、トムは沈んでいた表情を苦笑に変え、ミムルを指差す。

「ああ、それは入学した当初に、ミムルがシーナに絡みまくってたんだ」

「絡んでいたって……」

「ああ、カランティ達みたいに、突っかかっていたわけじゃないよ。むしろ一緒に授業を受けたり、街に出かけようと話しかけまくっていたんだよ。半ば無理やりね」

当時のことを思い出したのか、トムはクスクスと含み笑いを漏らす。

トムの言葉に、ノゾムが思わずミムルに目を向けると、彼女は近くにあった椅子に腰かけていた。

「だって、あの時のシーナったら四六時中、張り詰めた顔でムスッとしているんだもん。せっかくこんな素敵な学園にいられるなら、楽しく過ごしたいじゃん」

背もたれに体を預けてユラユラと体を揺らしながら、ミムルは独白する。

「えっと、つまり、最初は自分の気分が良くなるようにってこと？」

「そうだよ。まあエルフだけに、まだお堅いところはあるけど、最近はからかうと面白い反応するようになってきたんだ～」

ニヤニヤと悪戯《いたずら》っぽい笑みを浮かべるミムルに、トムが溜息を漏らす。

「ミムル、程々にしておきなよ。この前だって学園でシーナのカバンに余計な物を入れて怒られたんだから」

「余計な物？」

「うん、教科書の代わりにコテコテの恋愛小説を入れたの。もちろん濡れ場も挿絵もあるやつ」

「それは恋愛小説じゃなくて官能小説……」

「そしたらシーナったら、顔を真っ赤にして耳を引っ張ってきたんだよ？　酷《ひど》くない？」

「いや、酷いのは君だから。少なくとも彼女は被害者だから……」

次から次に彼女の口から飛び出してくる意味不明な言動にツッコミを入れつつ、ノゾムが隣を見れば、トムが苦笑いを浮かべながら、仕方ないというように肩を竦《すく》めていた。

先日に図書館で出会った時もそうだったが、この猫尾族の少女の行動理由は、自分が楽しくなるかならないかが一番重要なようだ。

「まあ、ミムルってこんななんだよ。良くも悪くも自分本位というか、感覚的というか……。裏表がないのが魅力なんだけどね」

「魅力？　トム、今私のこと魅力的って言った⁉　ひゃっほう〜〜！」

「前半部分は聞こえていないのかな……って、ちょ、ひっつかないで！」

座っていた椅子から跳び上がったミムルが、トムを床に押し倒す。

彼の頭を思いっきり抱きしめながら頬ずりし、さらに足を絡めていく。茶トラ模様の尻尾がブンブンと揺れていた。

よほど興奮していたのか、ミムルの顔には朱色が差し、艶《なま》めかしい空気を纏い始めている。

「やれやれ、ミムル君は相も変わらずだね」

さすがに研究室でイチャつかれるのは困るのか、トルグレインが苦笑を浮かべながら、ミムルとトムから引き離して立たせる。

トムがホッとしたような表情で胸を撫《な》で下ろし、ミムルは不満そうに口を尖《とが》らせた。

一方、ノゾムはシーナの事情を知り、彼女が出て行った研究室のドアを横目で眺めている。

そんな彼の様子に、ミムルが意味深な笑みを浮かべた。

「シーナが気になるの？」

「え？」

「まあ、無理ないよね〜〜。エルフだけあって、シーナの容姿は目を惹《ひ》くよね〜〜。薄幸の美少女ともなれば、気にならないわけないか〜〜。それとも、他に気になる理由があるの？」

からかうような口調のミムル。だが彼女の瞳の奥から覗く眼光は鋭い。

「それは……」

どうしてシーナを気にするのか。その質問に、ノゾムは上手く答えを返せなかった。

唐突に鋭い眼光を向けてきたミムルの様子には驚いたが、それだけで萎縮したわけでもない。

ただ、なんとも言えない感情が、胸の奥で渦を巻いている。

一方、ミムルは押し黙るノゾムを前に、その眼光を引っ込めると、今度は口元を緩めて静かに微笑む。

「シーナってあんな性格だからね。下手な同情なんて、望んでいないと思うよ」

(そうだろうな……)

同情を望んでいないというのは、彼女のあの態度をみれば、自然と理解できる。

同時に、ノゾムは、そんなシーナの在り方に感心しつつも、どこかで無理をしているのではないかと推察していた。彼自身、鍛練に逃げた身だから、なおのこと、その予感は強い。

「……ありがとうございました。自分もこれで失礼します」

一礼したノゾムは、トルグレインの研究室を後にする。

そんなノゾムの背中を、トムとミムルが興味深そうに見つめていた。

†

グローアウルム機関を後にしたノゾムは、そのまま寮への帰路についた。

太陽はすっかり落ち、辺りは薄暗くなっている。

ノゾムは寮への道を歩きながらも、先ほどのミムルの言葉を反芻《はんすう》していた。

どうして、シーナ・ユリエルのことが気になるのか。

確かに、実際にトム達から聞いた彼女の境遇は、普通の人が聞いても同情を誘うものだろう。

だが、ノゾム自身が彼女に同情しているかと言われれば、そうではない。

元々、彼女は明らかにノゾムに対して隔意を抱き、避けている。そんな相手に同情の感情を持つことは難しい。

だが、ふとした拍子に、気になってしまう。

「ふう、気にしても仕方ないはずなんだけどな」

気持ちを切り替えようと、一度深呼吸をしようとしたその時、ノゾムの目に、明滅する蒼《あお》い光が映った。

「……あれ、なんだ?」

中央公園に生い茂る林の隙間から覗く、淡い光。明らかに人口の光とは思えないそれは、まるで陽《かげ》炎《ろう》のようにゆらゆらと揺れている。

「なんだろう……」

ノゾムは淡い光に誘われ、中央公園へと足を向ける。

夕暮れの広がる森の中は、生い茂る木々の影もあり、既に夜の闇に包まれている。

その闇の中で、ノゾムはその光景を目にした。

「これは……」

蒼髪のエルフ、シーナ・ユリエルが全身から蒼色の魔力を立ち昇らせながら佇《たたず》んでいる。ノゾムが見かけた光は、彼女が放つ魔力光だった。

魔力にたなびく長髪の影から覗く白い顔には、玉のような汗が滲《にじ》んでいる。

自分ではない誰かに呼びかけるシーナの様子と先ほどトルグレインの研究室での話から、ノゾムは彼女が精霊魔法を使おうとしていることを察した。

「みんな、答えて……」

ノゾムの脳裏に、ティアマットと戦った時の様子が蘇《よみがえ》る。

あの時、無数の精霊達を従えた巨龍は、天を覆い尽くすほどの光弾の群れを生み出した。

しかし、彼女の呼びかけとは裏腹に、魔力を猛《たけ》らせる彼女の周りに変化はない。

やがて限界が訪れたのか、放っていた魔力が消え、シーナは荒い息を吐きながら膝に手を当ててうな垂れた。

「っ、もう一度!」

彼女は汗をぬぐい、もう一度魔力を放ち始める。

しかし、やはりシーナの声に精霊が応える様子はない。それでも彼女は、やめようとはしなかった。

何度も何度も、繰り返し、繰り返し、精霊に呼びかけ続ける。たとえ、何の反応も得られなくても。

その様子は遠目からノゾムから見ても、鬼気迫ると同時に痛々しいものだった。

そして、同時に彼は気づいた。

枯葉耳と蔑まれながらも、故郷を取り戻すために果てのない努力を続ける彼女。

周りから無駄だと言われても止まれないその姿は、かつての自分と同じものだと。

それは、ある種の同族意識。本人の望まぬところで枷《かせ》をはめられ、周囲から蔑まれるその姿が、自分に被《かぶ》っていたのだ。

ただ、ノゾムと彼女との間には、決定的な違いがあった。抱いていた同族意識を自覚したからこそ、ノゾムは彼女と自分との明確な違いにも気づいてしまう。

（ああ、そうか……。彼女はまだ、折れていないのか……）

荒い息を吐き、放つ魔力の負荷で息も絶え絶えになりながらも精霊に呼びかける彼女の瞳には、強い意志の光が宿っている。

彼女の心はまだ折れていない。ノゾムのように鍛錬を逃避の手段とはしていないのだ。

それがノゾムには尊く、同時に羨ましく思えた。

（……これ以上覗き見するのは、無粋だよな）

ノゾムはシーナに気づかれないように踵《きびす》を返すと、ゆっくりとその場から立ち去る。

胸の奥で渦巻く苦々しい感情を、押し殺しながら。

†

翌日、ノゾムは街の近くで現れたガルムのことが気になり、冒険者ギルドを訪れた。ギルド内は相も変わらず学生達の喧騒《けんそう》に満ちてはいたものの、その陰にはピリついた緊張感が流れている。

理由は分かっている。先日、アルカザムの東部外壁付近で見つかった、魔獣の痕跡についてだ。

魔石持ちの中でも特に強大な個体である。しかも、今回はダイアウルフ。群れで行動する魔獣のため、討伐するにはこちらも数が必要となっている。

ホールを見渡し、受付にいる学生達の名札を確認すれば、ほとんどが高ランクの学生達。高ランクの魔獣がアルカザム近辺で確認された時は、Ｃランク以下の生徒達も森での依頼を受けることができなくなる。そのため、冒険者ギルドを訪れる学生自体が、高ランクに偏重しているのだ。

また、学生達に交じって、普段はギルドに訪れない学園教師達の姿があり、彼らの周りには学生達で構成された数チームが付き従っていた。

付き従っているチームは、高難度の依頼を受ける資格はあるが、まだ経験が浅い者達。多くが、ノゾム達よりも学年の低い生徒達だった。

ギルド内にいる教師は二、三人と、生徒達よりもずっと少ないが、彼らもまた、高ランクの実力者達であり、経験も豊富だ。

そのため、今回のような高位の魔獣を確認した際には、依頼の難易度と重要性を考慮し、このような依頼をまだ受けた経験が少ないが、将来性の高い学生達のチームを指揮、指導することがある。

「すみません……」

取りあえず、ノゾムが受付に向かうと、昨日応対してくれた受付嬢がいた。

「はい、ああ、貴方は……」

彼女は訪問者がノゾムであることを確認すると、どこか疲れたような溜息を漏らす。

「あ、あの、疲れているみたいですけど、一体何が……」

「いえ、なんでもありません。それから、貴方には指名依頼があります」

「……え？」

指名依頼。その名の通り、依頼者が特定の人物を指名した依頼のことである。

依頼者からの信頼がなければ行われないものであり、同時にギルドからは優れた人材である証明でもあると認知されていた。当然、受付嬢もノゾムも、そんな依頼が来ることは予想していない。

「あ、あの……なんで自分なんです？」

「知りません。確かに貴方は、あのアイリスディーナ・フランシルトとパーティーを組んでいたようですが……」

漏れそうになる溜息を噛み殺しながら、受付嬢は依頼書をノゾムに差し出した。

依頼者の名前を見て、ノゾムは思わず目を見開く。

「これって、メーナさんから？」

メーナ・マナート。先日フランシルト邸で出会った壮年のメイドである。

依頼内容は、ソミアの護衛だった。

「やあノゾム、ギルドに来ていたんだね」

ふと聞き覚えのある声に後ろを振り返れば、完全武装したアイリスディーナが笑みを浮かべて佇んでいた。彼女の後ろには、同じように装備を整えたティマとマルスの姿もある。

「アイリス、それにマルス達も。もしかして、例の討伐依頼？」

「ああ、私達にも声がかかってね。マルス君にも同行を頼んだのさ」

ノゾムがチラリと後ろにいるマルスに視線を向けると、彼はノゾムの問いかけに答えるように、小さく頷いた。

「ランク的には参加できるからな。お前もさっさと力を示してランクを上げろよ」

「できるなら、君にも力を貸してほしかったのだが……」

アイリスディーナは残念そうに表情を曇らせる。

「すみません……」

「気にしなくていい。君にも、色々あるみたいだからね」

マルスと違い、ノゾムの現在のランクはD。今回の討伐依頼に参加する資格には達していない。

ズグンと、胸の奥で痛みが疼《うず》く。己の逃避に気づいたからこそ、今のノゾムには彼女の気遣い自体が心に重く響くものだった。

「それよりも……。愛称で呼ぶようになったのに、堅苦しい言葉遣いがまだ残っているみたいだね」

「いや、それは……」

そんなノゾムの表情を察したのか、アイリスディーナが少しおどけながら、しなだれかかるように笑いかけてくる。

先のデートもどきにもあった光景。しかしノゾム自身、一度経験しているから慣れるかと言えば、そんなことはない。

彼の意志とは関係なく、あの時のように顔に熱が込み上げる。

同時に、周囲の視線が一気にノゾムに集まり始めた。今までは疑念の視線だったが、今回はアイリスディーナとの距離が近いこともあり、かなりガチめの殺気が多数向けられてくる。

背筋に走る悪寒と、顔の灼熱《しゃくねつ》により、ノゾムの顔はまるで灯台のように赤と青に明滅を繰り返す。

「ど、どいてくれませんか?」

「君がその言葉遣いを直したら、そうするよ」

この上更に無理難題を申しますかこのお嬢様は！　と内心叫びながら、ノゾムは全力で気力を振り絞り、押し出すように小さく呟《つぶや》く。

「ど、どいてくれない？」

「よし」

パッと離れたアイリスディーナ。ノゾムは息も絶え絶えといった様子で、カウンターに突っ伏す。傍《そば》で事の成り行きを見守っていた受付嬢が、これ以上ないほど冷たい視線をノゾムに向けていた。

「はあはあ……またこれか、アイリス、いい加減にしてくれないか？」

「ふふ、君をからかうのはティマと同じくらい面白くてね。ついついやってしまうのさ」

「わ、私もなの？」

唐突に名の上がったティマが、口元を引きつらせながら目を見開いている。

「ああ、ところでティマ。そっちは最近、マルス君と何かあったのかい？」

「な、なんの話？」

矛先がノゾムからティマに移ったのか、アイリスディーナが今度はティマに対して、ズイズイと距離を詰め始めた。

一方、ノゾムはこれ幸いにとフェードアウトを敢行。できるだけ気配を消して、再び標的にならないよう試みる。

「ふむ、何だか今日は二人の距離が近いような気がしたんだが……」

「き、気のせいだよ」

「そうか？　否定する割には、言葉にキレがないように思えるが？」

そんなノゾムを知ってか知らずか、アイリスディーナの面白半分の追及は続く。

「そ、そういうアイこそ、その髪留めはどうしたの？　そんな髪留め、今まで持ってなかったのに」

しかし、ティマも負けずに反撃に出る。

「ん？　ああ、これか。ノゾムがプレゼントしてくれたんだ。ふふ、似合ってるだろ？」

「え、ノゾム君が？　え、アイに？　え、え？」

「それで、ティマとマルス君は……」

「はあ、どうでもいいだろ。これから依頼だってのに、妙なことで騒いでんじゃねえよ」

「む……」

「はっ！　そ、そうだよ。こ、これから森に入るんだから、アイも少しは気を張ってよ」

しつこいアイリスディーナの様子に業を煮やしたのか、マルスがややキツめの口調で彼女を諌《いさ》めてきた。ティマもアイリスディーナの予想外の攻撃に四苦八苦していたが、思わぬ助けに便乗する。

「逃げたか……まあいいか、時間は件《くだん》の魔獣を探している間もあるだろう」

「そういえばノゾム、お前、どんな依頼を受けたんだ？」

「いや、その、指名依頼が来たんだけど……」

ノゾムは戸惑いつつも、持っていた依頼書をアイリスディーナに見せる。

「ほう、どれどれ……え？」

依頼書を見たアイリスディーナの表情が、一気に呆《ほう》けたものへと変わった。その様子を見る限り、どうやら彼女もメーナがノゾムに依頼をしたことは知らなかったようだ。

しかも、内容は彼女が最も大切にしている妹君の護衛である。彼女が当惑するのも無理はなかった。

「メーナ・マナート？　誰だ？」

一方、隣でアイリスディーナと同じようにノゾムの依頼書を覗き込んでいたマルスが、顎に手を当

てながらノゾムに尋ねてきた。

「フランシルト家に新しく来たメイドさん。なんでもアイリスのお父さんに言われてアルカザムに来たらしいけど……」

「この指名依頼も、あの一件についてか？」

「それは、分からないけど……」

マルスが言外にウアジャルト家の一件についてのことかと言及してくるが、生憎《あいにく》とノゾムもメーナが何故ノゾムに指名依頼をしたのか理解していないのだ。

「……多分、違うと思うな。いや、確かにそれもあるのかもしれないが、どちらかというとメーナ自身がノゾムに興味があるのかもしれない」

だが、ルガトの一件を気にしていたノゾムとマルスの考えを、アイリスディーナは否定する。

彼女は細い指で口元を隠しながら眉を顰《ひそ》め、難しそうな表情を浮かべていた。

「え？　なんで？」

「メーナは私の剣の師なんだ。祖国でも剣の腕なら、間違いなく十指に入るだろう」

「……なんでそんな奴がメイドをしているんだ？」

アイリスディーナの言葉に、マルスが疑問の声を上げる。

大国フォルスィーナ王国の中で十指の使い手ともなれば、その実力は相当なものであるだろう。アイリスディーナは剣の腕ならと念押ししていたが、少なくともメイドなんてしていていい人材ではないだろう。

「元々は名のある騎士だったんだが、昔、色々あったらしい。父様や母様と友人だったらしくて、その縁でフランシルト家に仕えてくれているんだが……」

一方、アイリスディーナも渋い顔を浮かべたまま、チラリとノゾムに視線を向ける。

「ただ、剣士としては良くも悪くも実直な女性だ。ノゾムの腕前を知れば、剣士として気にするなと言う方が無理だろう」

どこか窺うような彼女の視線に、ノゾムは再び背中に冷や汗が流れてくるのを感じた。

「ノゾム、気をつけた方がいい。彼女は割と手加減がないからな」

手加減？　一体何をされるのだろうか？　と、ノゾムの脳裏に不安が急激に浮かんでくる。

一方、アイリスディーナはどこか面白そうに口元に意味深な笑みを浮かべると、疑問の視線を向けてくるノゾムを無視して、彼に背を向けた。

「それじゃあねノゾム、精々気をつけて」

「ア、アイ？　ちょ、ちょっと待って！」

「お、おいおい、どうしたんだよ」

ギルドの外へと向かっていくアイリスディーナを、ティマとマルスが慌てて追いかける。

その場に取り残されたノゾムは手に持った依頼書と去っていく彼女達を交互に見つめながら、当惑と不安におののいていた。

「……え？　何、何に気をつけるの？」

相手は大貴族に使えるメイド。だが、話を聞く限り、フランシルト家に仕える者達の中でも、相当な力を持っていることは予想できた。

「い、一応、お礼を言われている身だから、大丈夫だよな？　うん、多分……」

とりあえずフランシルト邸へ向かうことを決め、ノゾムは持っていた依頼書を懐に入れる。

「ガルム、か。アイリス達なら問題ないと思うけど……」

ガルムは確かに、脅威と言える魔獣だ。村一つなら一晩で壊滅させられるだけの危険性がある。

気にするなというのは無理だった。それでも、今のノゾムにできることはない。今の彼に、アイリスディーナ達と共に行く資格はないのだ。

彼女達は既に外に出てしまい、他の高ランクの学生達もスパシムの森へと向かったのか、冒険者ギルドのホールはいつの間にか人気がほとんどなくなっていた。

その空っぽな光景に、ノゾムは思わず溜息を漏らす。

「はあ、気にしても仕方がないのは分かるけど……」

ノゾムの視線は、アリスディーナ達が去ったホールの扉へと向けられている。

自分が逃避し続けた結果、このように一人置いていかれることになったことは理解している。だが、一度仲間ができた温《ぬく》もりを取り戻しただけに、胸の奥で渦巻く寂寥《せきりょう》感と焦燥感は消えなかった。

同時に、渦巻く寂寥と焦燥が、重苦しさと共に不満となって、口から出そうになる。

そして、そんな不満を抱く自分自身に、嫌悪感すら覚えるようになっていく。

「ホント、俺は……」

しょうがない奴だ。喉元まで出かかった不満を、ノゾムは咄嗟《とっさ》に飲み込む。

たとえ自分の情けなさを感じようが、それだけは口にしてはいけない気がしたのだ。

しかし、振り払おうとすればするほど、胸の奥の焦燥と寂寥は、彼自身が気づかぬうちに徐々に大きくなっていた。

ノゾムは気持ちを切り替えるように深呼吸をすると、受けた依頼をこなすべくギルドを後にした。

（今は、目の前のことに集中しよう……）

✝

ノゾムと別れたアイリスディーナ達は、南門を訪れていた。

冒険者ギルドがアルカザム南側の商業区にあるため、スパシムの森に向かうには、ここが一番近いからだ。

実際、彼女達の周りには、同じく特別指定討伐依頼を受けた高ランクの学生達が数パーティーいる。

「で、どうするんだ？　話を聞く限り、今回の相手はガルム。知能も高いし、魔石持ちでなくても生まれつき魔法を使う魔狼だ。厄介だな。ダイアウルフの親玉っぽいが……」

「ガルム単体なら、私一人でも相手取れる自信はある。問題は取り巻きの方だ。前回戦ったのは、親玉が抱えるパックの一つだっただけだったみたいだからな」

狼の群れは基本的に、パックと呼ばれる血縁関係を結んだ者同士で構成されるが、その群れが大きくなりすぎると、いくつかの個体が群れを離れ、新たにパックを作る。

だが、強大なリーダーは自分の子孫が新たに作ったパックを複数傘下に抱えることがある。

今回の魔獣も、その類だと推察できた。

「となると、他に協力者が必要だね……」

「前衛は私とマルス君でできるから、必要なのは中衛と後衛。群れを探すことを考えるなら、森に詳しいスカウト《探索者》が好ましいな」

そこでアイリスディーナは、ふぅ……と小さく溜息をつく。

「そう考えると、ノゾムの協力が欲しかったな。だが、今回彼の協力は得られない。となると……」

アイリスディーナの目が、南門に集まっている一団の一角に向けられた。彼女の視線を追ったティマとマルスも、思わずあっと、声を漏らす。

「こんにちは、君達の力を、貸してほしいんだが……」

アイリスディーナが声をかけた先にいたのは、蒼髪のエルフと猫尾族の少女だった。

「ありゃ？　黒髪姫じゃん。アタシらでいいの？」

「ああ、見たところ、君はスカウト、シーナ君も森には詳しいだろ？」

話しかけられたミムルが驚きながらも、喜びの笑みを浮かべる。

「ところで、トム君はどうしたんだい？」

「トムは研究で街に残っているよ。それに素材の収集とかならともかく、今回は魔獣の討伐が目的だから……」

ミムルの話では、トム自身は戦いを得意とはしていないらしいので、今回は二人で来たとのこと。街に残してきた恋人を思い出して寂しくなったのか、ミムルの耳がふみゅ～と垂れ下がる。

一方、シーナの方はアイリスディーナの姿を確かめた後、キョロキョロと誰かの姿を探すように辺りを見渡し始めた。

「彼はどうしたの？」

「彼……ノゾムのことか？　彼はランクが足りていないから、この依頼は受けられなかったんだ」

「そう……」

どこかホッとした表情を浮かべるシーナの様子を、アイリスディーナはいぶかしむ。

嫌悪といったような明らかな悪感情ではないが、どこか不安感を漂わせた、負の感情だった。

「彼と、何かあったのかい？」

込み上げてくる困惑の感情から、アイリスディーナはついノゾムとの間に何かあったのかと尋ねてしまう。

「ええっと、実はね……」

「別に、大したことはないわ」

アイリスディーナの質問に答えようとしたミムルの言葉を、シーナが制する。彼女の瞳には、先ほどよりも強い忌避感が浮かんでいた。

触るな。そんなシーナの無言の抗議を前に、アイリスディーナはこの話を続けられないと悟る。

「シーナ、落ち着きなよ」

「それで、どこから探すの？」

宥《なだ》めようとするミムルを無視し、シーナは討伐の打ち合わせに話を絞る。

「……魔獣の足跡が見つかったのは、街の東側の外壁付近らしい。そこから森の中を探していこうと思うのだが？」

「分かったわ。ミムルもいい？」

「ま、いいんじゃない？　それじゃあ、行こっか」

仕方なく、話を変えて示した行動指針。特に変わりばえのない意見に示された同意は、これから魔獣を討伐しに行こうとするには、別の緊張感を、双方のパーティーの間に漂わせることになった。

✝

アルカザムの東門付近から、魔獣の足跡のあった場所を確認したアイリスディーナ達は、そのまま足跡を追って、森の中へと足を踏み入れていった。

親玉であるガルムの足跡は、他のものと比べてもはるかに大きい。おまけに周囲には、引き連れている他の魔獣の足跡もあるのだ。痕跡をたどるのは割と容易《たやす》い。

「東か……。このままだと、ヴェイン川の支流に出るな」

ヴェイン川はアルカザムの物流を支える主要河川。スパシムの森を水源とし、クレマツォーネ帝国とフォルスィーナ王国の国境ともなっている川である。

ヴェイン川は川幅が広く、そんな巨大河川の水源だけあり、支流とはいえ、流れる水の量はそれなりにある。

また、支流に近づくにつれて、泥や土の割合が多くなってくる。

「う～ん、足跡ははっきり見えるようになったけど、こうも泥が多いと歩きにくいなあ……」

ミムルがベチャベチャと靴の裏に引っつく泥に、渋い顔を浮かべる。

「しかも、このあからさまな足跡のつけ方。多分誘われているな～～」

親玉のガルムだけでなく、他のダイアウルフの足跡も続いているが、その付き添いの足跡の数が、徐々に少なくなってきている。

獲物を探すために散っているとも考えられるが、それにしては散り方が妙だ。常に二、三頭纏めて、定期的に群れから離れている。単独行動させないのは、襲撃された時を想定しての行動であり、追ってくる相手の行動を察知するための撒《ま》き餌だ。

明らかに誘われているという状況を前に、パーティー内に漂っていた緊張感が高まる。

「武器を抜いておいた方がいい。いつ襲ってきてもおかしくないぞ」

アイリスディーナの言葉に一同は小さく頷き、各々は得物を抜くと、再び魔獣の足跡を追いかけ始める。

やがて、ザアザアと打ちつける水音が徐々に近づいてきた。そして生い茂る木々の向こうからさす光が、徐々に強くなってくる。支流が近いのだ。

「いた……」

そして彼女達は、目的としていた魔獣を見つけた。

支流の傍にある巨石の上で、巨大な灰色の獣が座り込んでいる。

「いたぞ。ガルムだ。かなり大きい」

「ああ、確かに、これは大物だな」

通常のダイアウルフと比べると二、三倍はあろうかという体躯《たいく》。胸元にはガルム特有の紅《あか》い体毛が見て取れる。魔獣の中でも竜などのSランクに属するごく一部を除けば、特級と言える存在だ。

その時、『灰色』の深い知性を漂わせる瞳が、アイリスディーナ達の方に向けられた。

「見つかったな」

「風が止まった……来るわよ」

直後、茂みに隠れているアイリスディーナ達の背後から、三つの影が飛び出てきた。

襲いかかってきたのは、三頭のダイアウルフ。一番後ろにいたシーナとティマめがけて、その牙を突き立てようと飛びかかる。

「ふっ！」「ぜぇい！」「ていりゃっと！」

だが、三頭の牙は届くことなく、一瞬でその命を刈り取られた。

背後からの強襲に即応したアイリスディーナ、マルス、ミムルの三人が、その得物を一閃《いっせん》させ、襲いかかってきたダイアウルフを斬り捨てたのだ。

「ウオオオオオン！」

『灰色』の遠吠《とおぼ》えが響く。第一陣を全滅させられても、ダイアウルフたちの戦意は衰えない。

新たに茂みから飛び出してきたダイアウルフが、アイリスディーナ達を取り囲む。

取り囲んで注意を散らし、隙を見て噛みついてくるつもりなのだろう。

だが、いくら有象無象で囲んだところで、意味はない。

「しっ！」

「ギャン！」

アイリスディーナの魔力弾と、ティマの矢が飛翔《ひしょう》する。

魔法と弓、圧倒的な間合いを誇り、かつ正確無比な魔力弾と矢は、彼女達を取り囲んでいたダイアウルフ達を捉え、その包囲の壁を歪《ゆが》め、穴を穿《うが》つ。

「おらあ！」

その穴にマルスが突撃し、風の刃《やいば》を纏わせた大剣を振るう。

唸《うな》りを上げて振るわれる剣が、魔力弾と矢に撃たれ、動きの鈍ったダイアウルフ達を次々に屠《ほふ》る。

しかし、一部が突出すれば、当然アイリスディーナ達の陣形にも隙が生まれる。

「ウォン！」

突出したマルスの反対側。シーナ達の背後から、別のダイアウルフが襲いかかる。

「はいはい、ここは通行止めですよ～！」

しかし、ミムルがそれを許さない。元々優れた獣人の身体能力を気術でさらに高め、猫のようなしなやかさでダイアウルフ達を上回る俊敏さを発揮。両手に携えた短剣を振るい、次々に迫る獣達を屠っていく。

「グルル……」

怒りを滲ませながら、巨石の上で立ち上がった『灰色』が、その尾を高々と上げた。

直後、『灰色』の巨躯から魔力が吹き上がり、掲げた尾に巻きつくように渦を巻く。

続けて、キリキリと空気が悲鳴を上げ始めた。

「っ、伏せろ！」

アイリスディーナの叫びに、全員が咄嗟にその場に伏せた。

直後、『灰色』の尾から、五つの刃が放たれる。

魔力によって編まれた刃は高速で飛翔し、地に伏せたアイリスディーナ達の頭上を通過。進行方向上にあった木を切り倒し、地面を抉《えぐ》る。

「ち、大した威力だなおい！」

「さすがガルム。魔石持ちのダイアウルフ達と比べても、圧倒的な威力の魔力刃だ」

ガルムの魔力刃は、直撃すれば柔らかい人の体など容易く斬り裂くだろう。

さらに、アイリスディーナが『灰色』の魔力刃を回避した隙を突いて、他の狼達が飛びかかろうとする。

「おまけに取り巻きの数も多い！」

伏せた隙に飛びかかってきたダイアウルフを斬り捨てながら、アイリスディーナは立ち上がると、アビリティ『即時展開』で魔力弾を精製、近づくなとばかりに四方八方にばら撒く。

アイリスディーナの魔力弾の群れに追撃を阻まれたダイアウルフだが、数が減った様子が全くない。

おまけに『灰色』が再び魔力を猛らせ始めた。唸りを上げながら、掲げた尾に再び魔力の刃が絡みつく。

「ちょっとちょっと！　ヤバいじゃん！」

ミムルが焦りの声を上げる。

彼女の隣で弓を構えていたシーナが、背負った矢筒から一本の矢を取り出して番《つが》えた。

それは、トム特性の刻印矢。シーナが矢に魔力を注ぎ始めると、施された術式が起動。周囲の魔力を引き込みながら、矢じりが赤熱化し始める。

「しっ！」

意識を集中しながら、『灰色』の眉間めがけて矢を放つ。

赤熱化した矢は大気を斬り裂きながら、一直線に『灰色』の頭蓋を穿たんと飛翔し……。

「そんな……」

巨大な『灰色』の牙に、あっさりと噛み砕かれた。

全身から魔力を猛らせた『灰色』は、粉々に砕いた矢の残骸を口から吐き出すと、ギロリとアイリスディーナとシーナを睨みつける。

「ウォオオン！」

その時、アイリスディーナを取り囲んでいるダイアウルフの一匹が、アイリスディーナとシーナを見て、咆哮《ほうこう》を上げた。

その声を聴いた『灰色』の瞳に、強い怒りの色が浮かぶ。よく見れば、咆哮を上げたダイアウルフは、街道で撃退した魔石持ちの生き残りだった。

「なるほど。殺された仲間の仇討《あだう》ちというわけか……」

『灰色』が、尾に充填した魔力刃を解放した。

炸裂《さくれつ》音と共に、襲いかかる五本の刃を前に、アイリスディーナは淡々と魔力を練り上げる。

「大したものだ。だが、防げないわけではない」

アイリスディーナが腕を振ると、迫りくる魔力刃と同じ、五つの魔力弾が精製され、撃ち出される。

『灰色』の魔力刃と比べても、明らかに貧弱に見える魔力弾。しかし、アイリスディーナの魔力弾は、まるで魚のように優雅に宙を舞うと、迫りくる魔力刃の腹めがけて正確に着弾した。

直後、ガラスが割れるような音と共に、『灰色』の魔力刃は砕かれ、四散する。

「縦方向の強度の割に、横方向の強度はおざなりだな」

確かに、『灰色』の魔法は大したものだ。威力、射程距離共に申し分ない。

ただ、彼らは魔獣故に、その魔力刃の密度には、明らかな粗があった。

そもそも魔獣達の魔法には、術式などが存在しない。例えるなら、無理やり力ずくで固めた泥細工のようなものである。アイリスディーナは、その脆《もろ》い点を突いただけ。

もっとも、同じことが他人にできるのかと言われれば、決してそんなことはない。知っていることとできること。両者の間には雲泥の差があるのだ。

「それに、火力なら、こちらもとっておきがいる」

直後、『灰色』ですら比較にならない魔力が、一帯に吹き荒れた。

その魔力は、パーティーの真ん中、最も安全な場所にいた少女から噴き出している。

ティマ・ライム。魔力だけなら、アルカザムはおろか、世界でも最高峰の魔法使いである。

掲げた杖《つえ》に集束する魔力。精製される二つの円環。宙に浮かぶ蒼と土色の魔法陣が高速で回転し始め、呼応するようにキィイイン！　と耳障りな音が響き始める。

「……ッ！」

『灰色』の視線が、魔力を猛らせるティマに向けられた。

長年このスパシムの森で生き延びてきた本能が彼女の魔法に対し、全身の体毛が逆立つような、強烈な危機感を放つ。

次の瞬間、灰色は脳内で鳴り響く警戒音に突き動かされながら、全力で疾駆した。目標は当然、ティマである。

「させっかよ！」

だが、『灰色』の進路に、大剣を掲げたマルスが立ち塞がった。

有り余る気で身体強化を全力で施し、『灰色』の突進を受け止める。

がっぷりと組み合った両者。圧《の》しかかるように噛みつこうとしてくる『灰色』の牙を、マルスは大剣を噛ませて防ぐ。

膂力《りょりょく》では完全に拮抗しているのか、マルスも『灰色』も微動だにしない。

「なろ！」

埒が明かない。そう判断したマルスは、大剣に気を注ぎ、風の刃を生み出す。

気術・塵風刃。突如として発生した無数の剃刀《かみそり》が、『灰色』の口内を斬り裂こうとする。

しかし、『灰色』も口に魔力を集中させ、マルスの塵風刃を防ぎながら押し返そうとしてくる。

「ガゥウウゥウゥ……！」

「ぐ、おおおお……！」

拮抗する力と力、鬩《せめ》ぎ合う魔力と気。

反発する魔力と気は、やがて凄《すさ》まじい轟音《ごうおん》を響かせながら炸裂。マルスと『灰色』を吹き飛ばす。

「がは……！」

「グルルル……」

衝撃波を至近距離で受けたマルスと『灰色』だが、先に体勢を立て直したのは『灰色』だった。

『灰色』は魔獣としての優れた肉体と、四本足という非常にバランスを取りやすい体格を活かし、僅かに後方に押されるだけに留める。

「ぐう……ティマ、吹っ飛ばせ！」

「はあああ！」

だが、それでも十分だった。次の瞬間、ティマが用意していた魔法が発動する。

上級魔法『磔刑葬送《たっけいそうそう》』

ティマを中心に地面がうねり、無数の土槍《つちやり》が突き出して、ダイアウルフ達に牙をむく。

突き出す土槍は、まるで津波のように同心円状に広がり、『灰色』と彼の配下を瞬く間に飲み込んでいく。

土槍の津波が収まった後には、体を無数に貫かれたダイアウルフの死体が、地面に転がっていた。

「ふう……」

魔法を使い終えたティマが、疲労から大きく息を吐く。たとえ膨大な魔力を持とうが、魔法の使用は体と心に少なからず負担となる。特にティマは保有魔力が膨大なだけに魔法の規模も大きく、負担も相応に高くなりがちだった。

「ふえ〜すごい魔法……」

「ええ、本当にそうね……」

もはや言葉も出ない様子で、感嘆の溜息を漏らすミムルとシーナ。

彼女達もティマ・ライムの名前は知ってはいたが、実際にこうして間近で目にすると、その際の圧倒的な実力差を否が応でも示されてしまう。

ティマ・ライムだけはない。アイリスディーナ・フランシルトも、その才覚は凄まじい。

風のように高速で飛翔してくる魔力刃の欠陥部分を的確に見抜き、さらに一瞬で練り上げた複数の魔力弾を正確に当てて破砕する。そんな芸当、一体彼女以外に誰ができるのだろうか。

言いようのない嫉妬が、シーナの胸に込み上げる。失ったものの大きさを、誰よりも自分が理解し、そして欲しているが故に。

(何を考えているのよ。別に彼女達が悪いわけでもないのに、嫉妬するなんて……)

自らの醜い嫉妬を振り払うように、シーナは溜息を吐いて、周囲を見渡す。

ぬかるんだ地面に倒れる無数のダイアウルフの死体。数が多いだけに、この処理が悩ましい問題だ。魔獣の死体は、他の魔獣を引きつける。特にこれだけの数ともなれば、どれだけの魔獣を呼び寄せるかわからない。

下手をすれば、この死体を貪った魔獣が、アルカザム周辺をうろつく可能性もある。早々に処理したがいいだろう。

「グルル……」

だが、地面に倒れたダイアウルフの中で、傷つきながらも立ち上がる個体がいた。この群れのリーダーである『灰色』である。

さすがに別格と言える個体なだけに、生命力も他のダイアウルフとは比較にならない様子だった。

体を複数の土槍に貫かれて血を流しながらも、しっかりと四肢で地面に立ち、憤怒の炎を宿した瞳で、アイリスディーナ達を睨みつけている。

「さすがにしぶといな」

しかし、流れ出す血の量から、既にこの魔獣の命は、そう長くはないことは察せられた。

とはいえ、相手は手負いの獣。一噛みで容易く人を屠れる魔獣だ。最後の一瞬まで気を抜けない。

「やれやれ、先を越されてたみたいだな」

その緊張感に満ちた場に、アイリスディーナ達のものではない声が響いた。

森の奥から姿を現したのは、銀髪の獣人。ケヴィン・アーディナルだった。後ろには、彼が率いていると思われる、約二十人のパーティーメンバーがいる。

「ケヴィン……」

「よう、アイリスディーナ。まだ終わってなかったみたいだな」

よく見れば、ケヴィン達もどこかで魔獣と戦っていたのか、その服装は彼方此方《こなた》が土と血で汚れている。彼らの服に染みついた血の匂いに、『灰色』が目の色を変えた。

「グルルル……」

「ああ、他のお前の仲間は全部仕留めたぜ」

どうやら、ケヴィン達も『灰色』が率いていた群れの一部と戦っていたらしい。

自らの配下を尽《ことごと》く殺された『灰色』が、憤怒の怒りを滲ませながら、ケヴィンに襲いかかる。

「グオオオオ！」

せめて一人でも道づれにするつもりなのか、絶叫を響かせながら、残った魔力を全て注ぎ込み、魔力刃を放つ。

「よっと……」

ケヴィンは迫る『灰色』と彼の魔力刃を前にしながらも、特に緊張した様子を見せない。

腰を落とし、両足で地面をがっしりと掴みながら、拳に気を巡らせる。

ケヴィンの武器は両手足に施された、黒い手甲。白を基調とした学生服とは反する色彩が、その小手の異質さを一層際立てている。

「ふっ！」

短く息を吐きながら、手刀を一閃。振り下ろされた手刀が、『灰色』の魔力刃を一撃で粉砕する。

「ぜい！」

続けて、拳を握り込みながら、瞬脚を発動。一瞬で迫る『灰色』の懐に潜り込んだケヴィンは振り下ろした左手を引き戻しながら、連動するように右の拳を繰り出す。

足、腰、体幹。全てが完璧に連動した上で放たれた拳。

次の瞬間、バリッ！ と空気が弾《はじ》けるような音と閃光が走り、フックの要領で放たれた一撃が『灰色』の左脇腹に直撃した。

衝撃があばら骨を粉砕し、同時に打ち込まれた雷撃が『灰色』の左肺と心臓を破壊する。

「これで最後っと……。悪いな、アイリスディーナ、トドメを刺しちまって」

崩れ落ちる『灰色』を一瞥《いちべつ》しながら、ケヴィンはプラプラとアイリスディーナに向かって手を振る。

いくら手負いとはいえ、あの魔力刃を手刀で破砕し、一撃で致命傷を負わせたケヴィンに、アイリスディーナとティマを除く一同は目を見開いた。

「速え……。それに、さっきの一撃、雷が走ったような……」

「ああ、『練気雷変』だ。練り上げた気を雷に変換する、ケヴィンのアビリティだよ」

練気雷変。その名の通り、気を雷に変換するアビリティ。

変換された雷は操者の思うがままに動き、雷という形態に固定されてしまうとはいえ、魔法と違い、詠唱時間を必要としない気術本来の速攻を可能とするアビリティだった。

その速攻性は、身体能力に優れ、格闘を得意とするケヴィンとは驚くほど噛み合う。

現に彼はたった一撃で、ガルムに致命傷を負わせていた。

「ガフ、ゲヒュ……」

だが、片肺と心臓を潰されながらも、『灰色』は生きていた。

「しぶとい奴だな……」

即死しなかった『灰色』に、ケヴィンは毒づくと、今度こそトドメを刺そうと、拳を引き絞る。

だが次の瞬間、『灰色』は最後の力を振り絞って魔力を全身に纏わせると、一気にその場から跳躍した。

「なっ……!」

続いてザバン！ と水しぶきが舞い『灰色』はヴェイン川の支流に落ちた。

大狼の体は激しい川の流れに飲まれ、瞬く間に下流へと消えて見えなくなってしまう。

「ちっ、火事場の馬鹿力で逃げたか。心臓と片肺を潰したのに、なんて生命力だ……」

「まあまあリーダー。どのみち致命傷だし、直《す》ぐにくたばるだろ」

「討伐証明を取り損ねているから、確認には時間がかかるだろうなぁ」

ケヴィンが悔しそうに口を歪める中、彼の取り巻き達が下流を眺めながら、楽観的に呟く。

たとえ致命傷を負わせたとはいっても、実際に死体を確認し、討伐証明を取らなければ、報酬も評価もそれなりにしかもらえない。

そんな中、ケヴィンパーティーのカランティが、シーナに向かって口を開いた。

「枯葉耳、貴方は誰かの後ろに隠れていたのかしら？ 人を盾にするのは相変わらず得意みたいね」

「煩《うるさ》い……」

「あら、図星を突かれて怒った？」

カランティがシーナに突っかかり、二人の間に険悪な空気が漂う。元々シーナに対して嫌悪感を隠さない女性であるが、鋭い視線で睨みつけてくるシーナを前にしても、彼女は悪びれるどころか、嗜《し》虐《ぎゃく》的な表情をさらに深めていた。

「おい、君……」

シーナに絡むカランティに、アイリスディーナが不快そうに眉をひそめながら、口を開く。

だが、アイリスディーナが言葉を発する前に、彼女とは別の威厳のある声が響いた。

「カランティ、それから他の奴らも口を閉じろ。この魔獣の群れを討伐したのはこいつらだ。俺達は精々、取り巻きの中のさらに雑魚を仕留めたに過ぎないし、親玉へのトドメもしくじっている。こいつらが中途半端なら、俺達は中途半端以下になるぞ」

「え、その……」

ケヴィンの言葉に、カランティが動揺したように口ごもる。実際、ケヴィン達がここにくるまで戦っていたのは『灰色』が散らしていた群れの一部に過ぎない。

「もう日が落ちるな……」

既に日は傾き、森の中を黄昏《たそがれ》の色が染め始めていた。

夜になれば、魔獣の脅威は一気に増す。あまり長くとどまるべきではないだろう。

「しかたねえ。今日はここまでだ」

ケヴィンの一声に、彼のパーティーはアルカザムへと帰り始める。

アイリスディーナ達も倒したダイアウルフの遺骸をティマの魔法で埋めると、直ぐに帰路についた。

彼女達が去ると、再び静寂が森の中に戻ってくる。

風と木の葉がこすれる音のみが響き、夜の暗闇が森を覆い始める中、ヴェイン川の支流に生い茂る草が、がさりと揺れる。

茂みの奥から覗くのは、紅の眼光。まるで血のように紅い瞳は、探し物をするかのように、じっと川の下流を見つめていた。

†

ヴェイン川の支流。曲がりくねった川辺の浅瀬に、傷ついたガルムが打ち上げられていた。

「ゲヒュ……」

力なく開けられた口から弱々しい吐息と共に、残り僅かな血が吐き出される。

既に体の中はズタズタ。潰れた心臓と肺から溢《あふ》れ出した血が体内に溜まり、正常な呼吸と血液循環機能は完全に破壊されていた。

むしろ心臓を潰されたことを考えれば、未だに息があること自体が奇跡。有り余る魔力を本能的に生命維持に使っていたが故の偶然だった。

しかし、そこまでが限界だった。

明滅する視界が、ついに暗みに閉ざされる。意識が薄れていく中、『灰色』は家族の仇《かたき》を討てなかったことに嘆きながらも、それでも憎悪を燃やし続ける。

「ガフ……」

ふと気がつけば、薄れていく視界の端に、何かがいる。

川岸の砂利の隙間から湧き出す、黒い泥のような澱《よど》み。

やがて空中で球状の塊になった澱みは、宙に浮いたまま、まるで意思があるように動けない『灰色』に近づくと、その体に触れ、染み込むように体内へと潜り込んでいく。

「グゥ、ギゥ……！」

『灰色』の口から、声にならない悲鳴が漏れる。

メキメキと体の内側が変質していく感覚に、消えかけていた視界が一気に紅く染まり、明滅を繰り返す。

地面に投げ出されていた『灰色』の四肢に力が戻り始め、それと共に灰色の体毛が、徐々に黒く染まり始める。

「グウウウ……オオオオオオ！」

ググゲ……と体を起こした『灰色』が闇夜に咆哮を響かせる。

その体躯は漆黒に塗りつぶされ、瞳はいつの間にか血のように紅く染まっていた。

CHAPTER 5

第五章

剣士の歪み、少女の萌芽

Ryuusa no Ori Kokoro no Naka no Kokoro

依頼書に従い、再びフランシルト邸を訪れたノゾムは、そのまま顔パスで待合室に通された。

恭しく頭を下げてくるメイドや執事達にノゾムが言いようのない気恥ずかしさを覚えていると、待合室の扉が開き、ソミアとメーナが姿を現す。

「お待たせしました、ノゾム様」

「ノゾムさん、こんにちは！」

「こんにちは、ソミアちゃん。それで、メーナさん、護衛というのは……。もしかして……」

「くす、そう勘ぐらないでください。ソミリアーナお嬢様に危険が迫っているというわけではありません」

「ええっと、私がノゾムさんをもう一回招待したいってメーナに相談したんですけど、そうしたらメーナが……」

どうやら、ソミアの頼みを聞いたメーナが、冒険者ギルドに指名依頼をしてノゾムを呼び出したのが真相らしい。ノゾムが横目で元凶のメイドに視線を向ければ、件《くだん》のメイドはニコニコと笑みを浮かべている。

「念のためでございます」

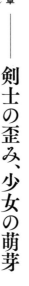

一切ぶれない笑顔のメーナだが、ノゾムとしてはギルドでのアイリスディーナの一言もあり、彼女の言葉の端にどうしても含むところ感じてしまう。

だが、依頼は依頼。ノゾムは気を取り直すように大きく息を吐く。

「分かりました。とりあえず俺は、ソミアちゃんと一緒にいればいいんですか？」

「はい、アイリスディーナお嬢様が帰られるまで、よろしくお願いいたします」

「分かりました」

ノゾムの了承を得たメーナは、静かに頭を下げると、そのまま退室していく。

「それじゃあソミアちゃん、どうする？」

「ええっと、じゃあまず、屋敷の中を案内しますね！」

そう言うと、ソミアはノゾムの手を取り、そのまま元気よく引っ張り始めた。

相も変わらず明るく、溌溂《はつらつ》とした彼女にノゾムも笑みを浮かべながら、後に続く。

それから、ノゾムは一通り屋敷の中を案内された。

以前はルガトとの戦いもあり、そんな暇はなかったが、今回はソミアがついていることもあり、各施設を丁寧に見て回ることができた。

とはいえ、フランシルト邸を見て回ったノゾムの感想としては「とにかく凄《すご》い」という貧相な感想しか出てこなくなるほど、圧倒される結果になった。

「こちらがサロンです。ちょっと狭いですけど、お友達が来た時はここでお茶とかをしているんですよ」

「いや、この部屋、俺の実家と同じくらい広いんですけど……」

「こちらがキッチンになります。お料理をしてくれるコックさんの仕事場ですね」

「見たことない香辛料が部屋の隅に山積みにされているんだけど、どこから取り寄せたの？」

「こちらが浴場です。私や姉様だけでなく、屋敷の使用人も使いますね」

「池みたいな大きさなんだけど、どうやって沸かしてるの？」

「使用人の中には、簡単ながら魔法を使える者たちもいますので」

とにかくスケールがでかい。おまけに目にする全てが、装飾、性能、あらゆる面において、平民が使う品とは一線を画したものばかりである。

屋敷を一通り回り終えると、ノゾムは庭園に通された。二人でベンチに腰掛け、午後の日を浴びる庭の植物達を眺める。

「いや、分かっていたはずだけど、改めて見せられるとこう……圧倒されるな」

「え、ええっと。すみませんノゾムさん。私、はしゃいじゃって……」

「いや、ソミアちゃんが謝る必要はないよ。ただ俺がこういう場所に慣れていないだけだから……」

驚きの連続だったことは確かだが、体を包み込む疲労感は、嫌なものではなかった。

むしろ、知らないものを数多く見られただけに、とても刺激的で、内心ワクワクしていた。

ノゾムはソミアの気を紛らわせようと、笑みを浮かべながら頭を撫《な》でた。サラサラとした黒髪の感触が、手の平で楽しそうに踊る。

「にゃぷ、あうあう……。ノゾムさん、恥ずかしいですよ」

「ははは、ごめんごめん、つい撫でたくなっちゃってね」

子猫のように目を細めるソミアの様子に、気持ちが和らぐ。ギルドで疼《うず》いていた胸の奥の寂寥《せきりょう》感と焦燥感も、少し軽くなっていった。

「そういえば、ノゾムさんにちょっとお願いがあるんですけど」

「ん？　何？」

頭を撫でられながら見上げてくるソミアに、ノゾムは首を傾《かし》げる。

「私の訓練に、付き合ってくれませんか？」

「訓練？」

言うが早いかソミアはトテトテと屋敷に戻ると、一本の木剣を持ってきた。

「これなんですけど……」

「もしかして、剣術の訓練？」

「意外ですか？」

「意外というか、アイリスが許さないような気がして……」

「そんなことありませんよ。確かに最初は複雑な顔をされましたけど、姉様は止めたりはしません」

他には魔法も学んだりしているらしいが、アイリスディーナはむしろ実演を見せたりと、かなり積極的に教えてくれるらしい。

（それだけ、きちんと妹を思っているってことなんだろうな。普通ならやめさせそうだけど……）

妹を守るために剣を取ったアリスディーナ。それは妹に自由に、のびのびと、なによりも笑顔でいてほしいと思っているからだ。

だからこそ、最後はきちんとソミアの意思を尊重しているのだろう。

「それで、どうして俺？」

「ノゾムさん、姉様が認めるくらい、凄く強いですよね。あの吸血鬼のお爺《じい》さんも倒したのはノゾムさんですし……」

「う～ん、俺が使うのは刀術だから、どこまで教えられるか……」

剣術と刀術。その体の使い方は、似ているようで違う。叩《たた》き斬る剣と、斬り裂く刀。使う得物が違えば、剣の振り方、構え方一つとっても異なってくる。

そもそも、ノゾム自身、人に教えることをしたことがない。自信は全くなかった。

「見て、気になるところを指摘してくれるだけでもいいんです。お願いできますか？」

とはいえ、縋《すが》るように上目遣いをされると、ノゾムとしても否とは言えない。

とりあえず、ノゾムはソミアに何度か剣を振ってもらって、その様子を観察することにした。

「えい、えい！」

可愛《かわい》らしいかけ声が、フランシルト邸の庭に響く。

上段からの振り下ろしを二十回ほど。見たところ、最初は良いのだが、体が同年代よりも小さいせいか、体の軸が徐々にブレていくのが目についた。

「はあ、はあ……それで、どうでした？」

「え？　うんっと、そうだな……。まだ基本が足りていない感じかな？　剣を振った時に手が先に動いてるし、疲れてくると徐々に型も崩れている」

「そうですか、まだまだってことですね」

率直なノゾムの感想に、ソミアはやっぱりというように大きく溜息《ためいき》を吐《つ》いた。どうやら彼女自身、まだ基礎が足りていない自覚はあるらしい。

「ソミアちゃんは、剣士になるつもりなの？」

少し酷な話だが、体格の小さいソミアは、明らかに剣士には向いていない。

これは、元々未熟児として産まれたため。もちろん、今後の成長次第では解消するのかもしれないが、保証は全くできない話だ。

「うんっと……よく分からないんです。ただ、何もしないのもどうかと思うので、手当たり次第に色々やっているところでしょうか」

ノゾムの質問にしばらく視線を宙に泳がせながらも、ソミアははっきりとまだ決めきれていないと明言した。

「でも、姉様の影響がないのかと言われると、そんなことはないですね。前にも言いましたけど、私にとって姉様は憧れですから」

「そっか……」

先ほどまで振るっていた木剣を後ろに回して、彼女はにぱっと輝くような笑みを浮かべる。その笑顔に、未熟児として産まれた自らを卑下する影は全くない。

自分の欠点を指摘されて、それを素直に受け止められる人間は少ない。齢《よわい》を重ねようと、他人からの指摘に逆上する者だっている。それどころか、誰のせいでもない現実を他者や自分に押しつけ、逃避する者すらいる。

(俺自身、そんな人間の一人だしな……)

笑みを浮かべるソミリアーナを見つめながら、ノゾムは改めて、この少女は強いなと実感していた。

そういう意味では、彼女は大きく成長する可能性を持っている。

そんなことをノゾムが考えていると、屋敷からタオルを持ったメーナがノゾム達に近づいてきた。

「お疲れ様です、ソミリアーナお嬢様、ノゾム様」

「あ、メーナさん、どうも」

「お嬢様、こちらをどうぞ。それから着替えも用意しましたので、先にお召し物を変えられては？」

「あ、ありがとうメーナ！　そうするね」

メーナが持ってきたタオルを受け取ると、ソミアは額に浮かんだ玉のような汗を拭き取り、屋敷に戻っていく。

「剣術の稽古ですか？」

「稽古というか、型を少し見ていただけです。それにしても、ソミアちゃんが使うのは普通の直剣なんですね」

「お嬢様が剣を習い始めたのは最近のことですし、それ以上に別の習い事に重点が置かれています」

ノゾムとしては、ソミアが剣を使うイメージはなかった。使うとしても、アイリスディーナと同じような細剣を手に取ると思っていた。

「ですので、ソミリアーナお嬢様の剣はアイリスディーナお嬢様と違い、嗜《たしな》み程度です」

彼女の言う通り、ソミア自身も、まだそこまで剣士になることにこだわっている様子はなかった。

実際、まだ本当に嗜み程度なんだろう。

ノゾムはチラリと、目の前のメイドを観察する。

三つ編みにした薄い紫色の長髪と、一本の棒を入れたように伸びた背筋。その佇《たたず》まいは、アイリスディーナによく似ていた。その全身から発せられる、研ぎ澄まされた剣にも似た雰囲気も。

「アイリスから聞きましたけど、メーナさんはアイリスの……」

「はい。僭越《せんえつ》ながら、以前にアイリスディーナお嬢様の剣の指導役をやらせていただきました」

こうして間近で相対すればわかる。アイリスディーナお嬢様の剣の指導役をやらせていただきました」


その立ち姿はまさに、鞘《さや》に納められた剣。

肉体の全盛期は過ぎてはいても、その手が振るう剣の冴《さ》えは、いささかも衰えてはいない。そう確信させられるだけの覇気を、この女性は自然な立ち振る舞いの中に隠している。

「ノゾム様は、アイリスディーナお嬢様が次期当主に立候補した理由については……」

「亡くなったアイリスのお母さんとの約束のため、とは聞いていますが……」

「そうですか。そこまでお嬢様がお話しされたというのなら、私が話すことはないのでしょう」

ノゾムのその言葉を耳にしたメーナの頬が僅かに緩む。その表情はどことなく、安堵《あんど》しているように見えた。

しかし、一瞬緩んだ頬は直《す》ぐに消え、代わりにどこか人を食ったような笑みが浮かぶ。

「それにしても、そのような愛称で呼び合うとは、大変仲がよろしいようですね」

「え、ええっと、その……」

「いえ、悪いことだとは思っておりません。アイリスディーナお嬢様は、ああ見えてかなり警戒心の強いお方。そんなお嬢様が気を許されたということは、貴方《あなた》様は見た目通り、相当なお人よしで、同時に分かりやすいのでしょう」

分かりやすいと言われ、ノゾムとしては少し複雑な気分になる。

自分はそんなに分かりやすいのだろうかとノゾムが悩んでいる中、メーナは興味深そうに、ノゾムが腰に差す刀を一瞥《いちべつ》していた。

「ノゾム様、せっかくの機会ですので、私と少し剣を交えてみませんか？」

メーナの唐突な申し出に、ノゾムは面食らう。

「メーナさんと、ですか？」

「はい。正直に申し上げまして、私は非常に興味があります。Sランクに相当する強者を退けたという、貴方様の剣に……」

まるで鈍い剣身の輝きを思わせる眼光に、ノゾムは全身が粟立《あわだ》つのを感じた。

ドクンと、心臓が大きく跳ねる。

同時に、体の奥から熱が込み上げてきた。向けられる剣気に、自然と口元が引き締まった。

ノゾムはアイリスディーナが、あの戦いの詳細について、どこまで話をしているのかを知らないが、少なくとも取り込んだティアマットの力については、彼女達には一切伝えていない。

また、ノゾムはルガトとの戦い以降、能力抑圧の解放を行っていなかった。

あの戦いの後に見た悪夢。巨龍がアルカザムを滅ぼす悪夢が、ずっと不安となって胸の奥で燻《くすぶ》っているからだ。

「大丈夫です。真剣を使いますが、当てたりはいたしません。ちょっとした稽古と同じですよ」

「……わかりました」

湧き上がる不安と動揺を押し殺しながらも、ノゾムはメーナの提案を了承した。

能力抑圧を解放しなければ、今のところ悪夢を見る兆候はないし、気づかれることはないだろうと踏んでのこと。

勿論、看破される不安もあるが、ここで断るのも、逆に不審を抱かせるかもしれないと考えたのだ。

「よかった。では、ソミリアーナお嬢様が戻ってきたら始めましょう」

自然と口から出たノゾムの了承に、メーナは目元を緩めて笑みを浮かべると、静かに庭の真ん中へと移動していく。そしてスカートを右手で払うと、いつの間にか彼女の手には細剣が握られていた。

彼女に釣られるようにノゾムも足を進め、改めてメーナと向き合う。

「お待たせしました！　あれ？　どうしたんですか二人とも」

庭に戻ってきたソミリアの声を聞き流しながら、ノゾムは静かに全身を脱力させると、ゆっくりと腰の刀を抜く。

メーナもまた、ノゾムの抜刀に応えるように、細剣の切っ先を静かに上げる。

ソミアの押し殺すような息を飲む音と共に、相対する二人の剣士の剣戟《けんげき》の舞が、静かに幕を上げた。

†

冒険者ギルドに戻ってきたアイリスディーナ達は、そのまま受付で事の次第を報告していた。

「確認します。魔獣のリーダーは致命傷を負いながらも逃走。しかし、生存の可能性は極めて低いと」

「はい、間違いありません」

「一応、明日には衛兵が森を探索する予定です。群れの大半が討伐されたこともふまえれば、依頼はほぼ達成で間違いないでしょう」

「あの、灰色ガルムが率いていた群れの規模は、どのくらいだったのですか？」

「当初の予想より、ずっと大規模でした。貴方達が倒した個体を除いても、数にして百ほど。そのうち十頭は、魔石持ちでした」

予想以上に大きな群れだったことに、アイリスディーナ達は顔をしかめる。自分達が遭遇したダイアウルフ達があの『灰色』の群れの一部に過ぎなかったことは分かっていたが、予想以上に群れの規模が大きかった。

もし討伐できなかったら、かなりの被害が出ていた可能性が高い。

「ただ、他にも依頼を受けていた高ランクパーティーがいましたので、そちらが対処いたしました」

「ケヴィン・アーディナルですか？」

「はい。それとリサ・ハウンズ、ケン・ノーティス、カミラ・ヴェックノーズのパーティーです」

チラリと受付嬢が目配せした方に視線を向ければ、別のカウンターで報告をしているリサ達の姿があった。

「彼女達が……」

「はい。再び街道に出没していたダイアウルフを、三十頭ほど倒したそうです。そのうち、魔石持ちは五頭」

倒した数は、アイリスディーナ達の方が多いが、たった三人で行ったことを考えれば、相当な戦果である。

だが討伐の戦果以上に、アイリスディーナは彼らが気になって仕方がない。

ノゾム・バウンティスと彼らの確執。それを知るが故に。

一方、受付嬢は、被害なく魔獣の討伐が完了したことに、機嫌よく微笑《ほほえ》んでいる。

「さすがソルミナティ学園の最高位生徒です。通常、これほどの群れとなれば、百人単位の討伐隊を組織して対処にあたるところです。これで物流や市民の不安も解けるでしょう」

「ありがとうございます」

受付嬢が感嘆した様子で賛辞を述べ、アイリスディーナが笑みを返すが、彼女の意識は紅髪の同級生へと向けられ続けていた。

その時、リサとアイリスディーナの視線が交差する。

「……ティマ、すまない。ここを任せてもいいいか？」

「え？　ちょ、ちょっとアイ！」

言うが早いか、アイリスディーナは受付への方向をティマに任せると、リサ達の方へと歩み寄っていく。

近づいてくるアイリスディーナの姿を確かめたリサが、嫌そうな表情で眉を細めた。

「リサ、どうかしたの……あっ」

「貴方は……」

隣にいたケン・ノーティスとカミラ・ヴェックノーズもまた、傍《そば》まで来たアイリスディーナに気づき、驚きの表情を浮かべる。

「……何か用？」

明らかに警戒している様子のリサに、アイリスディーナは「やはりな……」と内心で頷《うなず》く。

元々実技関係ではライバル同士だった二人だが、彼女の声色は今まで以上に強張《こわば》っているように聞こえる。

「突然すまないな。少し、話をさせてくれないか?」

「……いいわ。場所を移しましょう」

✝

リサがアイリスディーナを案内したのは、商業区にある『紅孔雀《べにくじゃく》の泉』という名の喫茶店だった。

二人は店外にある丸テーブルに互いに向き合うように腰かけ、その左右にケンとカミラが座る。

アイリスディーナが適当に人数分のお茶と菓子を頼む。

店員が湯気の立つティーカップを置くと、アイリスディーナはカップを手に取る。良い茶葉を使っているのか、明るい黄金色の湯面から、紅茶特有の健やかで若々しい風味が漂ってくる。

その香りに、アイリスディーナは頬を僅かに緩めた。先ほどまで緊張感に満ちた戦いの場にいただけに、相反するような紅茶の心地良い香りは、適度に肩の力を抜いてくれる。

「悪いわね。奢《おご》ってもらっちゃって」

「こちらから誘ったのだからな。気にしないでくれ」

良いお茶に気を良くしたのか、リサの表情も幾分か緊張が解けていた。

(とはいえ、ここから先の話は、間違いなく彼女達の逆鱗《げきりん》に触れるだろうな……)

アイリスディーナは、冒険者ギルドでリサが漂わせていた緊張感から、彼女達にとって、ノゾムの話が未《いま》だに禁句であることを察している。

「それで、話って何？」

「ノゾム・バウンティス、知っているだろう？」

「……」

案の定、ノゾムの名前を出した瞬間に、リサの表情が一気に強張った。

続いて、全身から怒気を発し、アイリスディーナを睨《にら》みつけ始める。そのあからさまな拒絶に、アイリスディーナは内心嘆息した。

「あの裏切り者が一体なんだって言うの？」

何も話す気はないと、口元を真一文字に引き締めたリサの代わりに口を開いたのは、隣のカミラである。

「いや、最近少し縁があったから、どんな人物なのかと思ってね」

突然割り込んできたカミラを一瞥しながらも、アイリスディーナはすぐに視線をリサに移す。

君の口から聞きたいと無言の視線を受け、リサはゆっくりと口を開いた。

「知っているでしょ」

リサの回答は煙に巻くようなものだった。だが、瞳に浮かぶ拒絶の色が、彼女の感情全てを物語っている。

「ああ、なんでも、支えてくれた幼馴染《おさななじみ》を裏切った卑劣漢だとな」

「だったら……」

「だがそれは、あくまで噂《うわさ》だ。実際に私が見たわけでも、聞いたわけでもないからな」

もっとも、その程度ではアイリスディーナは退かない。

彼女は普段は模範的な優等生だが、貴族らしく、強引な部分も多々ある。

「先ほども言ったが、最近、ちょっと彼とは縁があってね。少し接してみたけど、良い人だ。すこし、放っておけないくらいにね。とても想《おも》い人を裏切るような性格とは思えない」

「本当よ。アイツは、アイツは……っ！」

あまりにも感情が高ぶったのか、次の瞬間、紅色の魔力がリサの体から噴き出した。

「うわ！」「きゃあ！」

同じ店を訪れていた客だけでなく、通りを歩いていた通行人まで、突然の突風に驚きの声を上げる。

「リサ……」

「……ごめんなさい」

横に座っていたケンの言葉に、リサははっと我に返る。噴き出した魔力も落ち着きを取り戻し、周りの客達もリサ達の様子を訝《いぶか》しむが、日常の会話へと戻っていく。

だが、リサはこれ以上話をしたくない様子で俯《うつむ》いていた。

「……私と彼との縁は、妹を通じてでね。色々あったんだが、危険な目に遭いそうだった妹を助けてくれたのが彼だった」

戸板を固く閉ざしたリサの様子を見ていたアイリスディーナは、今度は逆のアプローチを始める。

所々ぼかしながらも自分とノゾムの繋《つな》がりを伝え、リサ自身から話をしてくれるよう誘導し始めたのだ。

「とても優しく、安心感のある空気を纏《まと》った人だな。なるほど、君がかつて惹《ひ》かれていたというのも分かるような気がする」

「やめて……。アイツは結局、私との約束なんてどうでもよかったんだから……」

「約束?」

「リサ、もういいよ、行こう」

消沈するリサを見ていられなかったのか、急にカミラが二人の間に割って入ってくる。

話を中断させられたアイリスディーナの視線が、割り込んできたカミラに向けられる。

「カミラ君、まだ話が……」

「私達には話すことはないわ。それともなに？　フランシルト家のお嬢様は、このアルカザムでも自分の思い通りでないと気が済まないわけ？　これだから貴族ってやつは……」

「別にそうは言っていないだろう。だが、これは私とリサ君の話だ」

明らかに嫌悪と悪意を滲《にじ》ませたカミラの言葉に、アイリスディーナの返答にも力がこもる。

だが、カミラも退かない。

「関係あるわ。私とリサはパーティーを組んでる。仲間であり、大事な友人がぽっと出の第三者に詰め寄られていたら、割り込みたくもなるわ」

第三者という言葉に、アイリスディーナの眉間に皺《しわ》が寄る。先ほどまで冬の湖面のように凪《な》いでいた心が、ザワつくように波打ち始めた。

「アイツと一体どういう関係なのかは知らないけど、この件について、貴方は無関係でしょ」

吐き捨てるように一方的に言葉を叩きつけると、カミラは隣で俯いているリサの手を取る。

「リサ、行きましょ」

「あっ……」

リサを立たせ、カミラは強引にその場を後にする。

アイリスディーナは反射的に立ち上がって呼び止めようとするが、結局去っていく二人の背中に声をかけることはできなかった。

彼女は溜息を漏らしながら席に座り直すと、少しぬるくなった紅茶に口をつける。

そんな彼女を前に、一人残ったケンが苦笑を浮かべながら口を開く。

「すまないね、アイリスディーナさん。カミラが失礼なことを言った」

「彼女にも、何かあったのか？」

「さあ、ね。でも、彼女が君達貴族に対して、なんらかの隔意があるのは知っているよ」

数秒の沈黙が、二人の間に流れた。

ケンは窺《うかが》うように見つめてくるアイリスディーナの視線を流すように溜息を吐いてカップに残っているお茶に視線を落すと、一気に飲み干す。

「随分とノゾムに恩を感じているみたいだけど、騙《だま》されない方がいい。彼はリサだけじゃなく、僕との約束も裏切った男だ」

「何があったのか、聞いてもいいか？」

「悪いけど話せない。あの時のことは、僕達にとって思い出したいものじゃないんだ。ただ、これだけは言える。リサが言った通り、噂は本当だよ」

「ふむ、だが変だな……」

「何がだい？」

アイリスディーナの意味深な言葉に、ケンの視線が彼女に戻る。

「確かに、リサ君は嘘《うそ》をついていないだろう。さっきも言ったが、こう見えて人を見る目には自信がある」

アイリスディーナの対人経験は相当なものだ。伊達《だて》に幼い頃から貴族社会で生きていない。

故に、彼女は人の嘘についても敏感だった。視線、体の動き、声の変調。嘘をつく人間の特徴を、彼女はよく理解している。

そんな彼女から見ても、リサの言葉に嘘はないと断言できた。

「私はノゾムにリサ君とのことについて聞いたことがあるが、彼は裏切っていないとはっきり言っていた」

「なら、ノゾムが嘘をついているんだよ」

「いや、彼は嘘をついていない。その時彼が浮かべた表情は、リサ君に負けず劣らず、傷ついているものだった」

だが同時に、彼女がノゾムもまた嘘を言っていないことも確信している。

それはノゾムとリサ、正反対の主張をしながらも、双方が嘘をついていないという矛盾した状況の証明だ。しかも、これだけ長い期間すれ違いが続いているというのなら……。

「正直、学園に蔓延《まんえん》している噂については、根も葉もないものだと思っていた。だが、もしかしたら違うのかもしれない」

アイリスディーナは、こちらを見下ろしてくるケンを見つめる。

「僕が嘘を言っていると？」

心外だというように、ケンの瞳にも怒りの色が浮かび始める。

「そうは言っていない。しかし、もっと詳細を知る必要があると思っているだけだ」

「そうかな？　そんな必要はないと思うよ。だって君と彼は、立場も生まれも、何もかもが違うんだ」

実際、もしもどこかの国の教育機関であったのなら、ノゾムとアイリスディーナの縁が交わることがなかっただろう。

二人の関係は、身分に関係なく、大陸中から生徒を集めたソルミナティ学園でなければ、到底成立しない関係なのだ。

そして卒業すれば、自然と縁は切れる。それが普通だ。

だから放っておけ。関わるんじゃない。ケンは言外にそう言い放つ。

「だが、それこそ意味のないもしもの話だ。既に私は彼に、返しきれない大きな恩がある」

だが、アイリスディーナは毅然《きぜん》とした態度を崩さない。そんな彼女に、ケンの穏やかな眉が僅かに吊《つ》り上がる。

「さっきも言ったけど、これは僕達とノゾムの過去の問題だ。君にはそもそも、関わる資格もない」

アイリスディーナの強い態度にこれ以上話をしても無駄だと思ったのか、ケンは大きく息を吐くとおもむろに席を立った。

「二人が少し心配だから、僕も行くよ。しかし、意外だね」

「何がだい」

「君はもう少し、冷静に人を見ていると思っていた」

「どういう意味だ？」

席を立ったケンの視線が、アイリスディーナの髪留めに向けられる。

「その安物の髪留めは、誰から貰《もら》ったもの？　随分と、入れ込んでいるね」

あざ笑うかのようなケンの表情が、アイリスディーナの髪留めに向けられる。

アイリスディーナの眉が自然と吊り上がり、眉間に皺が寄る。先ほどカミラと対話していた時とは比べ物にならない熱と不快感が、彼女の胸の奥から込み上げてきた。

「さっきも言ったけど、彼とはすぐに離れた方がいい。その方が、傷つかずに済む」

一方、そんなアイリスディーナの反応を眺めながら、ケンは先ほどまで浮かべていた笑みを消し去り、酷く冷たい言葉で吐き捨てる。

「悪いが、それを決めるのは私だ。さっきも言ったが、人を見る目には自信があるんでね」

「なら、その目はやっぱり曇っているよ。リサとカミラは、彼が僕達を裏切るところを見ていたからね」

それだけを言い放つと、ケンもまた踵《きびす》を返して立ち去っていった。

残されたアイリスディーナは、残っていたお茶を飲み干すと、椅子の背もたれに身を預けて溜息を漏らす。

（やっぱり、どうにも腑《ふ》に落ちないな。嘘を言っている様子はないが、酷《ひど》く違和感がある）

しかし、違和感を覚えてはいても、当時の彼らに何があったのかの詳細をまるで知らない彼女には、これ以上ことを明らかにする術《すべ》がない。

（確かに、私が首を突っ込むような話ではないのかもしれないが……）

大きなお世話なのかもしれない。しかし、どうしても脳裏に、感情を押し殺しながら自分の無実を訴える彼の姿がこびりついている。

アイリスディーナはそっと、彼から贈られた髪留めに手を伸ばした。つるつるとしたガラスの感触が、指に返ってくる。

(なんでだろう。すこし胸が疼く……)

ただ、妹を救ってくれた恩を返したい。その気持ちからの行動だった。

だけど、結果は何ともいえない不快感と焦燥感が残されるだけ。

懊悩《おうのう》を振り払うように頭を振ると、飲み干したカップをソーサーに置き、アイリスディーナは席を立って、自分の屋敷へと向かう。

気がつけば、日は完全に落ち、黄昏《たそがれ》が空に浮かぶ雲を照らしていた。

✝

月明かりに照らされた、フランシルト邸の庭で、ノゾムとメーナは互いに得物を構えて向き合う。

「それでは始めましょう」

「……ええ」

距離は十メトル前後。魔法や気術を使えば、一息で詰められる距離だ。

掲げられたメーナの細剣が、ゆるやかに、小刻みに振るわれる。彼女の頼みで行われる手合わせだが、相対した瞬間、ノゾムは背筋が粟立つような感覚に襲われていた。

(アイリスが相当な使い手だと言っていたけど、これは……)

向けられる切っ先から放たれる剣気に、ノゾムは構えを何度か変えながら、相手の様子を窺う。

（なるほど、当てるつもりはないと言っていたけど、気を抜いたら一瞬で穴だらけにされそうだ）

ノゾムの動きに合わせて、メーナもまた微妙に細剣の切っ先の動きを変えてくる。

今二人は、互いに相手の動向を探っている状態だ。激しい打ち合いこそないが、だからこそいつでも動けるよう、高い集中力を維持しておく必要がある。

ひりつくような緊張感。見守るソミアもまた、二人の剣気に飲まれていた。

痺《しび》れるような空気に当てられたソミアが思わず、コクリと喉を鳴らす。次の瞬間、メーナが動いた。

一瞬で気を全身に走らせると、パァン！　と、空気が弾《はじ》けるような炸裂《さくれつ》音と共に、一足飛びにノゾムへと飛び込んでくる。その速度はノゾムが今まで見てきた者達の中で、シノに次ぐ速さだった。

「っ！」

突き入れられる細剣に、ノゾムもまた反射的に迎撃に動く。

全身を気で強化し、同時に構えた得物に気を叩き込み、極細の刃を生成。僅かに刀を傾け、突き入れられた細剣の軌道に刀を割り込ませた。

ギャリリリ！　と耳障りな金属音と共に、突きの軌道が側方へと逸《そ》れていく。

しかし、メーナの攻勢が一突きで終わるはずもない。引き戻された細剣は即座に打ち出され、まるで驟雨《しゅうう》のごとき連撃となってノゾムに襲いかかる。

「ぐっ……」

腰の入った突きの連撃に、ノゾムは瞬く間に押し込まれていく。相手の圧力を逃がすようにすり足で後ろに下がりながら刺突を逸らし続けるが、最短距離を高速で打ち込まれる連撃を前に、対処が間に合わなくなっていく。

同じように気で身体強化を施そうとも、能力抑圧持ちのノゾムと細剣の達人であるメーナでは、気の効率に、やはり圧倒的な差があった。

(速い、飲まれる……。なら!)

ノゾムは無数に突き出される刺突のうちの一本にタイミングを絞り、逸らすと同時に足を踏み出す。

さらにメーナが細剣を引き戻す動作に合わせて体を進め、腕を畳んで腰をひねった。

回避と攻撃を両立した、胴を薙《な》ぐような斬撃。

だがメーナは、細剣の間合いの内側にもかかわらず、器用に気を付した細剣をノゾムの斬撃の軌道に滑り込ませる。

同時に彼女は後方に跳躍。ノゾムの刃を丁寧に受け流しながら、柔らかく着地した。

「攻防一体のよい判断です」

「ふっ!」

今度はノゾムが攻めに出る。

気術・瞬脚を発動。一気に加速し、メーナの懐に飛び込もうと試みる。

「せい!」

ノゾムの瞬脚を見たメーナが、迎撃に動く。

右足を踏み込み、さらに細剣と腕の長さを最大限に生かして、切っ先が最も加速する間合いの頂点を、突進するノゾムの速度と合わせ、完璧なタイミングで繰り出してきた。

しかし、メーナの腕が伸び切る前に、彼女の視界に映るノゾムの姿がぶれる。

直後、ノゾムの体が全く速度を落とさぬまま、まるで蛇のようにメーナの刺突から逃れていく。

瞬脚・曲舞。優れたバランス感覚と体捌《さば》きにより、瞬脚の軌道を自在に曲げる技。

メーナの刺突を避《よ》けると同時に、ノゾムの胴薙ぎが、瞬脚・曲舞の勢いを乗せて繰り出される。

しかし、突きを躱《かわ》されたメーナもさるもの。踏み込んだ右足とは反対側の左足を引き戻しながら、肘を戻し、気を纏わせた細剣をノゾムの斬撃の軌道に割り込ませる。

ギィン！　と甲高い衝突音と共に、ノゾムとメーナは互いに交差するように離れた。

「素晴らしい体幹制御です。まさか瞬脚の速度を落とさぬまま自在に進路を変えられるとは……」

メイド服を翻しながら、メーナは純粋にノゾムの技量に感嘆していた。

メーナ自身、気を使う剣士として、瞬脚を始めとした技にはそれなりに自信があるが、それでも今ノゾムが見せた技は、非常に高難度のものであることを察している。

なによりも、そのような高度な技を遅滞なく自然に繰り出せるという事実が、メーナにノゾムの技量を肌で感じさせていた。

「メーナさん！　今、完全に俺の額めがけて打ち込みましたよね！　避けられなかったら死んでいるんですけど！」

「Sランクに相当する者と戦って生き残った方が、この程度でどうなるとも思えません。その時点で、ノゾム様の実力は確実にAランクに届いていると確信しておりましたので」

当てないという話はどうしたんですか！　と腹から大声を上げながらノゾムは抗議するが、メーナはしれっとした表情で、必ず避けられたから大丈夫だと断言する。

よく見れば、ちょっと前まで真一文字に閉じていた口元が、僅かに吊り上がっている。どうやら、相当昂《たか》ぶっているらしい。

「やべえ、この人、師匠と同タイプの人だ……」

「特に、気の扱いに関しては私すらも遥《はる》かに上回ります。まさか防ぐことすら困難とは……」

口元を緩めながら、メーナは手に持っていた細剣を掲げる。よく見れば、剣身の腹に二筋の傷跡が刻み込まれている。ノゾムの気刃、幻無・纏《まとい》によってつけられたものだ。

傷は剣身の芯まで及び、既に彼女の細剣は使い物にならなくなっていた。

「これでは、生半可な気術や強化魔法では、太刀打ちできませんね」

メーナは剣身が死んだ細剣を放り投げると、くるりとスカートを翻して回転しながら、二本目の細剣を取り出す。地面に落ちた一本目の細剣が、バリンとガラスが割れるような音と共に折れた。

「……気になっていたんですけど、どこに持っているんです？」

「メイドの嗜みです。お気になさらぬよう。とはいえ、予備はこの一本しかありません。次で終わりにいたしましょう」

フランシルト邸に響く炸裂音。再びメーナの驟雨のごとき突きの連撃が、ノゾムに襲いかかった。

再度後退しながら、メーナの連撃を捌き続けるノゾム。だが、メーナもまた、同じようなことを繰り返すつもりはなかった。

(これならどうですか？)

先ほどとは意図的に連撃の配置を変更し、ノゾムの退路を誘導する。先にあるのは、フランシルト邸にいくつもある花壇だ。

レンガ造りのプランターに、人の腰ほどもある若木がまるで壁のように植えられている。

メーナは障害物を用いて、ノゾムの不意を突こうとしているのだ。

(あと二手、一手、今！)

「ふっ！」

「ぐっ！」

後退するノゾムがプランターと接触するタイミングを見計らい、渾身《こんしん》の突きを放つ。

だがノゾムは逆に体を後ろに倒し、花壇の木々に背中を預けるように乗り越えながら、メーナの突きを弾き返した。

「なんと……」

メーナはノゾムの思わぬ回避法にあっけにとられつつも、追撃をかける。

花壇を飛び越えながら、体を地面に沈めるように着地したノゾムの背中めがけて、気を込めた細剣を薙ぐ。

だが、ノゾムは刀を背面に回し、メーナの横薙ぎを防ぐ。先ほどの回避といい、恐ろしいほどに危機回避能力が高い。

「この方は後ろに目でもついておられるのでしょうか……」

ある種の感嘆と呆れを含みつつも、メーナは着地。その間にノゾムは瞬脚で離脱し、間合いを離す。

二人は互いに、三度睨み合う形になった。

「ふう……」

ノゾムは今一度、大きく息を吐き、呼吸を整える。

全身を駆け回る熱と、ヒリつくような緊張感。意識が極限まで研ぎ澄まされていく感覚に、彼はスパシムの森で師と鍛練を積み上げてきた時のことを思い出し、思わず口元を緩めた。

息を吸い、吐く、吸って、吐く。その度に、さらに先鋭化する集中力。

耳鳴りがするほどの静寂の中で、気がつけば、ノゾムはメーナを傍観するような視線で見つめていた。

(メーナさんのあれほどの瞬発力。理由は、緩から急に至るまでの振れ幅と速度か……)

メーナは確かに優れた剣士であるが、彼女の強さの秘密は、その瞬発力だ。

完全停止状態からの踏み込み、重心移動、そして突き。全てが恐ろしいほどに速い。その秘密は、ほぼ完璧ともいえる脱力だ。

筋肉が緊張し、力を発揮するには、必ず脱力という行程を踏まなければならない。彼女はその脱力が非常に上手《うま》いのだ。

また、全身の気の動かし方も非常に繊細だ。筋肉の脱力と同じように雲のように緩み、緊張と同時に一本のバネのように鋭く弾けている。

(そういえば、前に師匠が言われたな。お前は少し硬いって……)

高まる集中力と同時に、込み上げてくる高揚感。ノゾムは構えを解き、切っ先を下ろす。

(試してみるか……)

唐突に構えを解いたノゾムの様子に、メーナは怪訝《けげん》な顔を浮かべた。

その間にも、ノゾムは全身の力を抜いていく。

血が指先や足先にまで満遍なく流れていく感覚。自然と肩が落ち、首が項垂《うなだ》れる。右手で保持していた刀は、小指に引っかかるだけになった。

それだけでなく、全身に巡らせていた気も、徐々に緩めていく。

強張って固まっていた気がほぐれ、血の流れに乗って全身をくまなく駆け巡る。そしてノゾムは両足の力をスッ……と抜いた。

重力に従って足が崩れ、体が落ちていく。そして落ちていく体重を踵《かかと》に叩きつけ、前方へ踏み込むと同時に、弛緩させていた筋肉と気を一気に緊張させた。

「ふっ！」

響いたのは、メーナが踏み込んだ時と同じような炸裂音。

ノゾムは彼女の瞬脚を、完全に再現していた。

地面スレスレを這《は》うように突進してくるノゾムに、メーナは咄嗟に打ち下ろすように突きを放つ。

次の瞬間、激しい金属音が響いた。

「っ！」

続けて、メーナの腕に衝撃が走り、突き出した腕が押し返される。

よく見れば、ノゾムは刀を掲げ、峰を左腕と額を押し当てて支えた上で、メーナの細剣の切っ先を刃筋で受け止めていた。

（っ！　正気ですか！）

受ける位置がほんの少し。それこそ爪の先でもずれたら、確実に死ぬ。

高速で突撃しながら、メーナの突きの軌道を完全に読み取り、かつ完璧に受けてみせたノゾムに、メーナは戦慄を覚える。達人であろうと簡単にできる行動ではなく、そもそもやろうという発想にもならない。

思わず狂っているのかとノゾムを見下ろせば、彼は一切迷いのない瞳で、メーナを見上げていた。

（違う、彼はできると確信して行動している！）

よく見れば、ノゾムの刃がメーナの細剣の切っ先にめり込み、半固定化された状態になっている。

さらにここで、押し返された腕に流される形で、メーナの上体が浮く。

（しまった、体が死んだ！）

本来、能力抑圧下にあるノゾムとメーナでは、力勝負ではメーナに天秤《てんびん》が傾くはずだった。だが現実として、メーナはノゾムに押し返され、死に体となっている。

その理由は、激突直前の互いの姿勢、そして意識だ。

地面から掬《すく》い上げるように突撃したノゾムと、打ち下ろす形で刺突を放ったメーナ。一見すると、メーナの方が有利に見えるが、その実、重心がノゾムよりも高く、彼と比べて不安定な体勢だった。

一方、ノゾムは地面という絶対に動かない足場を確保した状態で、メーナの刺突を完全に受けることができた。

また、確信をもって行動したノゾムと、彼の予想外の行動に動揺したメーナ。双方の意識の差も、能力抑圧という大きなハンデを背負ったノゾム側に、天秤を傾ける大きな要因となった。

結果、自らの突きの反力とノゾムの突撃による力が、気で強化しているはずのメーナの腕を押し返す結果となったのだ。

（ここまで計算済みですか！）

その事実に気づいた時、メーナの中で、戦慄が畏怖へと変わる。

「はあああ！」

メーナの体が死んだことを確信したノゾムが吼《ほ》える。めり込ませた刀を捻《ひね》り、細剣の切っ先を破断すると同時に、斬り上げを放つ。

メーナはなりふり構わず気を全力で足に叩き込み、後方に跳躍。ギリギリでノゾムの斬撃を躱すも、後先を考えない後退はノゾムに対して大きな隙を晒《さら》すことになる。

斬り上げた刃の切っ先を返し、鞘を迎え入れる形で納刀。気を叩き込み、極圧縮。メーナの着地のタイミングに合わせて腰を切り、刃を振り下ろすように抜刀する。

気術・幻無。

放たれた極細の刃が高速で彼女の着地地点めがけて飛翔《ひしょう》する。

「くっ！」

メーナが空中で体を捻りつつ、切っ先の砕かれた細剣を地面に向ける。宙に浮きながら倒立した状態で、細剣に切っ先から強烈な気の刃が延びた。

地面に突き立てられた気の剣が、一時的にメーナの落下を押し止める。

そして、ノゾムの『幻無』が、メーナの細剣を半ばから完全に断ち切った。

間一髪でノゾムの幻無を躱したメーナが、再び宙で身を翻し、地面に着地する。

「お見事です。最後は完全にしてやられましたね」

半ばから断ち切られた細剣をどこからともなく取り出した鞘に納めながら、メーナは笑みを浮かべる。

一方のノゾムは先ほど見せた絶技など気にする様子もなく、溜息を漏らしながら刀を収めていた。

「いや、メーナさん手加減していたじゃないですか」

ノゾムの見立てでは、メーナはまだ全力ではないと踏んでいた。

実際、彼女は気術による身体強化と、驚異的な加速を生み出した瞬脚、武器に気を纏わせる『纏』しか使っていない。他にもいくつも手札を持っているであろうことは、容易に想像できた。

「手加減とは心外です。確かに使っていない技もございますが、少なくとも手は抜いておりません。最初から本気です」

「……本気で額をねらっていたんですね？」

「いえ、本気でも躱せるだろうと思っておりました」

「本気だったんですよね？」

「はい。何度も申しますが、信じておりましたので」

ジト目で睨むノゾムの視線を涼しい笑顔で受け流しながら、メーナはソミアの元へ向かう。

「ソミリアーナお嬢様、終わりましたよ」

「ふえ！　あっ……」

あまりにも高度な技の応酬に茫然としていたソミアが、メーナの呼びかけで我に返る。

「いかがでしたか？」

「えっと、その……メーナ」

「はい」

「凄《すご》すぎて参考にならなかったよ〜」

涙目のソミアに、メーナは「でしょうね」と軽く同意すると、くるりとノゾムに向き直る。

「ありがとうございました、ノゾム様。久方ぶりに、良い運動になりました」

あれだけの剣戟を交えたにもかかわらず、良い運動だと軽く言えるあたり、ノゾムはこのメイドも大分ネジが外れているなという印象を抱いた。

もっとも、能力抑圧の枷《かせ》を外していない状態で、この剣士を相手にあれだけの大立ち回りができているのだから、ノゾムはそれ以上にぶっ飛んでいる。

その時、凛《りん》とした声がフランシルト邸の庭に響いた。

「ソミア、帰ったよ」

「姉様、お帰りなさい！」

帰ってきたアイリスディーナが、飛びついてきたソミアを受け止める。

「お帰りなさいませ、アイリスディーナお嬢様。ギルドの方の依頼は、いかがでしたか？」

「やはりガルムが率いる群れだった。規模も相当なものだったよ」

「そんなに大規模な群れとなると、群れの主の力も……」

アイリスディーナの言葉に、ノゾムは思わず声を漏らす。

彼女が請け負った依頼にノゾム自身も関わりがあるだけに、討伐の結果は気になっていた。

「ああ、かなりのものだった。各パーティーの報告を聞く限り、ガルムが率いていたダイアウルフの総数は百を超えていて、他にも魔石持ちが複数いた。シーナ君達と組んでいなかったら、危なかったかもしれない」

「え？」

唐突に出てきたシーナの名前に、ノゾムは眼を見開く。

驚きから、ドクンと心臓が跳ね、思わず全身に力が入る。

彼の脳裏には、トルグレインの研究室で聞いた、彼女の境遇が思い起こされた。

そんな彼の様子に、アイリスディィーナは怪訝な表情を浮かべる。

「ノゾム、どうかしたのか？」

「い、いや、なんでもない。でも、そんな数の群れは聞いたことも見たこともない。怪我《けが》とかは……」

「いや、幸いなことに、怪我人はいないよ」

「そう……よかった」

怪我人はいない。アイリスディィーナの言葉にノゾムは肩に入った力を抜く。

そんな彼の様子に、アイリスディィーナは笑みを浮かべた。

「心配してくれたのかい？」

「あ、ああ……」

「ふふ、ありがとう」

華のような笑みを浮かべるアイリスディィーナ。その無邪気で裏のない微笑みに、ノゾムは思わず顔を紅くする。

「それでお嬢様、群れのリーダーであるガルムはどうなったのですか？」

メーナがアイリスディィーナに話の続きを促す。

「強敵ではあったが、致命傷は負わせた。恐らく、生き延びることは不可能だろう」

「であるなら、アルカザム周辺の安全は確保できたということですね。それは何よりでございます」

定型的なメーナの賛辞を受けながしながら、アイリスディィーナは父の腹心であるメイドを見つける。

その視線はどこか、彼女を非難しているように見えた。

「それよりもメーナ、楽しんでいたみたいだな」

「はい、久方ぶりに、良い組み手ができました。それにしても、見ておられたのですか?」

「ああ、二人が組み手を始める最初からな。フランシルト家の恩人に随分なもてなしをするのだな?」

「これは、私がノゾム様に正式にご依頼したものですので……」

「いや、依頼はソミアちゃんの護衛じゃなかったんですか?」

「それは建前です」

「建前って言い切ったよ……」

「建前? 私は建前だったの?」

しれっとソミアの護衛は建前と言い切るメイドに、ノゾムは天を仰ぐ。

アイリスディーナも頭痛をこらえるように、こめかみを指で押さえていた。

「すまないな、ノゾム。身内が迷惑をかけた。メーナの相手は随分と手を焼いただろう?」

「あ、ああうん。別に気にしてはいないよ。理不尽には慣れてるから……」

本当に申し訳ない様子で頭を下げるアイリスディーナに、軽く笑みを浮かべて手を振る。ノゾムから見れば、メーナの行動には多少面食らうものの、シノのお仕置きに比べればまだマシである。

夜のスパシムの森に放り出されたり、視認不能な絶技で悶絶させられたり……。

脳裏にかつて師匠から受けた仕打ちが蘇《よみがえ》り、ノゾムの口から乾いた笑いが漏れ出す。

「であるならノゾム様、これから定期的に私と組み手をいたしませんか?」

「いえ、結構です」

「そうですか。それは、とても残念です」

慣れているからといって、自分からやりたいかどうかは話が別だった。

一方、本気で残念そうに意気消沈するメーナに、いよいよアイリスディーナは頭痛が我慢できなくなってきた。

「メーナ、お前はもういいから屋敷に戻れ。彼の応対は私がする」

「何を申されますか。今までは正規のご依頼。お嬢様方の恩人としてのお礼はこれから……」

「い・い・か・ら・も・ど・れ！」

有無を言わさぬアイリスディーナの大声に、メーナは渋々といった様子で屋敷へと戻っていく。

「本当にすまない。メーナは見ての通り、気に入った相手をからかう性質《たち》でな」

「みたいだね。なんというか、かなり……」

変わったメイドさんだという言葉を、ノゾムはすんでのところで飲み込む。

一方、アイリスディーナは本当に申し訳なさそうな表情で俯いてしまい、見ているノゾムの方が心配になってしまうほどだった。

「気にしていないのは本当だよ。少し懐かしくて、楽しかったくらいだし……」

「それは……以前君が言っていた、師匠との修行のことかい？」

アイリスディーナの言葉に、ノゾムは小さく頷く。

確かに、ノゾムは逃避から刀術にのめり込んだ。だが、己の本気をぶつけることができるという環境は、壊れかけていたノゾムには間違いなく救いだったのだ。

メーナと剣を交えた時間は僅かな間だが、激しい剣戟を躱した時間は、ノゾムにその時の心地よさを思い出させる。厳しい鍛錬だったが、全てがすべて辛かったわけではなかった。

師を亡くし、己の逃避に気づいたからこそ、思い至る事実。

だが同時、その事実はノゾムに己が目を背けた結果を思い起こさせ、後悔と自己嫌悪を再び湧き立たせる。

頭によぎる懊悩に、彼の口元に浮かべていた笑みが僅かに歪《ゆが》んだ。

「ノゾム、少しは話があるんだが、いいか?」

「ん? なに?」

「少し遅くなったが、これを……」

そう言ってアイリスディーナが取り出したのは、奇妙な形をした銀色の紋章だった。

金の縁取りと、盾を思わせる意匠に翼を広げた精巧な鷹《たか》が彫られている。

鷹は嘴《くちばし》には剣を咥《くわ》え、足に林檎《りんご》と麦を掴《つか》んでおり、明らかに特別な物であることを窺わせる装いだった。

「なに、これ?」

「私の家の紋章だ。アルカザムではあまり意味はないが、これがあればフォルスィーナ王国では我が家の関係者として、無碍《むげ》に扱われることはないだろう」

貴族が自分の持ち物。それも紋章を渡すというのは、非常に大きな意味がある。フランシルト家が、ノゾムを重要な人物として認めたということだ。

突然の話に、ノゾムは目を見開き、当惑の表情を浮かべる。

「あの一件でのお礼だ。ぜひ受け取ってほしい」

「いや、その……いいの？　俺、平民だよ？」

貴族と平民。国によってその立場の違いは様々だが、少なくとも、平民が普通に生きていれば、縁があるはずもないし、声をかけられるはずもない。国によっては、無礼打ちすらある。

ノゾムとアイリスディーナ。平民と超高位貴族。二人がこうして話ができるのも、アルカザムという、この世界では極めて特殊な街に住んでいるからだ。

「だが、私達家族の恩人だ。それに、身分は気にしなくていい。我が国でも、平民から大家の跡取りに納まった女傑がいるからな」

アイリスディーナの故郷。フォルスィーナ王国は、貴族と平民という身分社会については、割と寛容だ。同時に彼女は、幼い頃からフランシルト家の次期当主として、社交界に出ていた経験がある。

「それに、ソルミナティ学園に入学して、三学年まで進級できている時点で、君は並の貴族よりもずっと優秀だよ」

多くに貴族と触れ、言葉を交わし、彼らの行動を見てきたからこその含蓄。

実際、ソルミナティ学園はアークミル大陸でも最高峰の学府である。多くの子供達へ門戸を開くために入学こそある程度難易度は抑えられているが、進級には非常に厳しいノルマを用意している。

もちろん、フォルスィーナ王国にも教育機関というものは存在するが、基本的に王都に存在する学校と言えば、貴族学校を指す。

そして、貴族学校と言うだけあり、身分が高ければある程度容易に入学、進級できる。

故に、生徒の質はソルミナティ学園の生徒に軍配が上がるだろう。

「そう……かな？」

「ああ、力だけじゃない。あの時、吸血鬼が私達を襲ってきた時も、君は戦ってくれただろう？」

「そんなことは、当たり前……」

「当たり前じゃない。君は別にあの時、戦う必要はなかった。普通の人間は、自分自身を自ら危険に晒すようなことはしない。たとえ、奥の手を持っていたとしても」

強い口調のアイリスディーナに、ノゾムは思わず驚きの表情を浮かべる。

「君は迷っていた。どうして迷っていたのかは分からないが、おそらく能力抑圧の解放は、君の体に思った以上の負担をかけるのだろう。使い方を間違えば、死にかねないほどのものを……」

「……どうして、そう思うんだ？」

「君が能力抑圧を解放してルガトと戦った時間は、ほんの数分足らず。にもかかわらず、君はあの後、しばらくの間ずっと眠り続けていた。それだけの強化、なんの負担もなくできると考える方がおかしい」

「……」

実際、人は日常では、己が持つ全ての能力を発揮してはいないと言われている。

それは、生物が持つ安全機構。無意識のリミッター。そういわれるものが、生まれながらにそなわっており、過剰な力を発揮して自傷することを防いでいる。

（それをもし自分の意志で外せるなら、普段抑えられている力も合わせて、驚異的なものになるだろうな）

「さらに言えば、先ほどのメーナとの戦いを見る限り、戦いにおける君の覚悟と言うか、感性は異常だ。自分の生と死、その狭間を見抜く能力がずば抜けている。突出しすぎているといってもいい」

だが、それ以上にアイリスディーナを戦慄させるのは、ノゾムが持つ戦いの感性だ。

メーナは剣の師であるだけに、アイリスディーナは彼女の剣の鋭さを、身をもって知っている。

本気で強化すれば、大岩も容易《たやす》く穿《うが》つほどの刺突。それを前に、ノゾムは迷いなく前進を選択し、突き入れられる細剣の切っ先を刀の刃で逸らすのではなく、正面から受け止めてみせた。

驚異的な身体制御と胆力である。

そして、その胆力が、ノゾムが奥の手としている『能力抑圧の解除』による危険性を、アイリスディーナに示唆してくる。

「おそらく君は能力抑圧の解除と一緒に、生物が持つ無意識の安全機構も一緒に外しているのではないか？」

「……分からない。俺自身、数回しか解いたことはないんだ」

「そうか……。だが、そんな君が迷うような奥の手だ。たとえ一流の者とて、容易では制御できない切り札ということは理解できる」

だからこそ、アイリスディーナは彼を信じられる。彼は本当に、自分の命を天秤にかけて戦ってくれたのだから。

「そんな危険な奥の手を、命を懸けてソミアのために使ってくれた。だから、自信を持っていい。君は君自身が思う以上に、凄い人なんだ」

まっすぐな彼女の言葉に、ノゾムは思わず目を逸らしてしまう。

胸の奥から、染み出す熱と、甘い痛み。自然と瞼《まぶた》の奥が熱くなり、涙が込み上げてくる。それは、かつてシノが『おかえり』と言ってくれた時と同じ、歓喜の熱だった。

溢れそうになる熱に、ノゾムは思わず鼻をすする。

「ノゾム……」

「ご、ごめん。思わず……」

ノゾムが抱えてきた孤独の一端を垣間見《かいまみ》て、アイリスディーナは思わず言葉に詰まる。

しかし、彼女はもう一つ、話しておかなければいけないことがあった。

「そ、それからもう一つ、話すことがあった。リサ君のことについてだ」

唐突に出てきたリサの名前に、ノゾムは目を見開く。先ほどまでの歓喜の熱が、急激に息苦しさに変わっていった。

急激に表情を硬くし始めたノゾムに、アイリスディーナは後ろ髪を引かれるような感覚になりつつも、言葉を続ける。

「実は、少し話をしてみたんだ。君との間に、何があったのかを」

以前話題にした時は、直ぐに拒絶されてしまった話。ノゾムのもっとも柔らかく、むき出しのままの傷跡だ。当然、アイリスディーナも迂闊《うかつ》に触れていい傷跡ではないことは理解している。

しかし、この話はしておくべきだと思った。その方が、彼のためになると。

「結論から言うと、彼女は嘘をついていない。リサ君は本気で、君が裏切ったと認識している」

「俺は！」

「分かっている、君も嘘を言っていない」

「……どういうこと？」

「分からない。だが……」

困惑の表情を浮かべるノゾムにアイリスディーナは一度夜空を見上げ、一拍を置いてから、再びノゾムに視線を戻した。

「何か見落としていることはないか？　当時のことで……」

「当時のことって……」

「君が、リサ君に別れを告げられる前の話だ」

アイリスディーナの理性的な言葉に、ノゾムは込み上げてくる熱をどうにか抑え込む。

目を背けたくなる記憶。痛みすら感じるその過去を振り返りながら、ノゾムは絞り出したような声で答える。

「……確かに、リサと会う機会は減っていた。当時の俺は、とにかく鍛錬に必死だったから。でも、他に何があるのかと聞かれても……」

「そうか……。だが、この矛盾はあることを示唆している。何らかの悪意が働いたということだ」

「一体、どんな悪意が……」

「分からないが……」

候補は限られる。言外に語られる言葉にノゾムは言葉を失った。

同時に、胸の奥で何かが鎌首をもたげてきた。瞳孔が開き、呼吸が乱れる。額に脂汗が浮かび、視界が揺れ、眩暈《めまい》にも似た症状に、思わず一歩後ずさる。

それは、今まで彼が見ないように蓋をしてきた存在の中でも、ひときわ深い闇だった。

「これを言うのは無粋かもしれない。だけど、伝えないわけにもいかないと思った」

沈黙が二人の間に流れる。

「ただ、これだけは覚えていてくれ」

「君は、私にとって、かけがえのない恩人だ。誰が何を言おうとも、私は君を信じよう」

「……」

「それだけだ。それじゃあ、お休み。また明日……」

そう言って話を終わらせたアイリスディーナの背中を見送ると、ノゾムもまた帰路につく。その足取りは重く、まるで鉄の塊を引きずっているようだった。

†

「言えなかった、な……」

屋敷に戻ったアイリスディーナは自室にこもりながら、窓の外を眺めていた。

眼に映るのは、ノゾムが出ていった正門。立ち去る彼の後ろ姿の残滓《ざんし》を追うように向けられる視線は、寂しさと迷いに染まっている。

「悩んでおられますね」

「メーナ……」

影のように現れたメーナに、アイリスディーナは相も変わらず神出鬼没だなと嘆息する。

「お茶でも飲んで、落ち着かれたらどうですか?」

「ああ」

幼い頃からの世話役にして剣の師に促されながら、アイリスディーナはサロンに案内される。

柔らかな椅子に腰かけ、メーナが淹《い》れたお茶を飲みながら、彼女は悩ましげに息を吐いた。

「良い方です。不器用で、まだ迷いがある様子ですが、己のすべきことには、いずれきちんと気づくかと思われます」

「お前にしては、随分と高評価だな」

「はい、彼も私も剣士です。刃を交えれば、相手のことはよく分かります」

トポトポと湯気の立つお茶が再びカップに注がれる音が、静かにサロンに響く。

その澄ましたメーナの横顔が、アイリスディーナはなんとなく面白くなかった。

「……それだけではないだろう？」

「はい、こちらの屋敷に来る前に、色々と調べましたので。思った以上に協力的な方がいて助かりました」

そう言いながら、メーナは懐から紙束を取り出す。長年付き合いのあるアイリスディーナもどこに納めていたのか不思議でならないが、その辺りを尋ねてもはぐらかされるだけだろう。

アイリスディーナは話を促すように手を振りながら、淹れたてのお茶に口をつける。

「学園では評価されていないようですが、調べたところ、昨年までの担任がかなり選民意識の強い方だったようですね。これでは、伸びないのも無理はない」

メーナは去年までノゾムの担任だったカスケルの資料を、どこか冷めたような視線で眺めていた。

「カスケル先生はクレマツォーネ帝国の貴族だ。あの国は我が国と比べても、貴族達の選民意識が強いからな」

クレマツォーネ帝国は、龍殺しによって建国された国であり、その王族は龍殺しの末裔《まつえい》である。

そのためか、高貴な血の繋がりを貴ぶ一方、平民以下を見下す傾向が強かった。

その最たるものが奴隷売買。地域によっては差別の対象になりやすい亜人だけでなく、自国民も奴隷とされる場合があり、帝国自体がそれを積極的に行っているほどである。

「ですが、今の担任の方はかなり柔軟な思考の持ち主のようです。経験はまだまだですが……」

手にしていた紙束を懐に戻すと、メーナは改めてノゾム・バウンティスの姿を思い返す。

どこか臆病な普通の青年の雰囲気を持ちながらも、刀を抜いた瞬間から、彼女が背筋を震わせるほどの剣気を放つようにもなる。

特に、その技の冴えは、まさに絶技。フォルスィーナ王国で有数の剣士であるメーナから見ても、類を見ないほどの水準に達している。

「体も技も、そして心も歪《いびつ》な方です。ある意味、折れていたようですが、何かがあったのでしょうね」

「師匠の存在が大きいとは聞いている」

「師匠……」

「何か気になることでも？」

「はい、ノゾム様の刀術ですが、おそらくはミカグラ流です」

「ミカグラ流……確か極東の」

「はい、かの国における刀術の大家。その宗家の流れを組んでいるかと思われます」

極東の島国、アマノスメラギ。激しい海流によって国交が制限されているため、アークミル大陸とも交流がほとんどない国だ。

しかし、その国力は無視できないほどであり、かつて大陸東部の大国が攻め入った時は、数十万からなる兵力を独力で撃退している。

また、独自の気術や魔法体系を持ち、かの国の協力が得られるなら、各分野の研究が数十年は進むと言われている。

「そして、数十年前。それこそ私が生まれるよりも前に、その宗家の娘が一人、かの国を出奔しておりました」

メーナは長年フランシルト家に仕えてきた人間。故に、大陸だけでなく、アメノスメラギについての知識も有している。

「名を、シノ・ミカグラ。極東で歴代最強の一人に名を連ねる、大剣豪でございます」

「それが、彼の師だと？」

「可能性は高いかと。鋼鉄すら容易く両断する気刃と抜群の体幹制御は、ミカグラ流の特徴でもあります。それから、ノゾム様の得物。あれはおそらく『無銘《むめい》』です」

「無銘？」

「はい。極東のある鍛冶師《かじし》によって作られた、特別な刀。なんでも、担い手によって様々な特質を得る、万華鏡のような刀だと」

「ノゾムの刀にも、何か特殊な力があると思うか？」

「さあ、剣を交えた時には特に何も。未覚醒状態なのか、それとも……。お嬢様、能力抑圧を解除した時の彼は、どうでしたか？」

「……分からない。ただ、圧倒的だった」

そう、圧倒的。そうとしか表現できないくらい、能力抑圧を解除した時のノゾムは、アイリスディーナから見て異質だった。

溢《あふ》れ出す膨大な気。おおよそ人の身に納まるとは思えない力の奔流は、ともすれば、彼自身を内側から破裂させてしまうのではと思えるほどだった。

(能力抑圧の解除。それだけではないように思える……)

ふと目を横に向ければ闇夜に包まれたアルカザムが目に飛び込んでくる。視線を向けた方向。立ち並ぶ家々。その先にあるのは、ノゾムが暮らしている男子寮だ。

見えないほど遠く、闇夜と障害物に阻まれたその距離が、彼と自分との間の隔たりを思わせているようで、自然とアイリスディーナの表情が曇っていく。

「初めてですね。お嬢様がそのようなお顔をされるのは」

「そうか？　私も悩む時はあるぞ」

断言するメーナに、アイリスディーナは何も言わずに、再びカップに口をつける。

実のところ、アイリスディーナ自身、ノゾムに向ける感情は本人にもよく分かっていない。

恩を感じているのも確かで、好感を抱いているのも間違いない。だがその感情の裏に、なんともないもどかしさがついて回っていた。

「いえ、初めてでございますよ。お嬢様が異性に対して、そのように悩むのは」

アイリスディーナが悶々《もんもん》としている中、メーナは口元に笑みを浮かべながら、彼女を見下ろしている。

分かっていると言うような含みのある視線に、アイリスディーナはまるで子供のように、ムスッと口元を歪めた。

「最も交流のあった婚約者様との御縁を断った時すら、お嬢様はそのようなお顔はされておりませんでした」

もうずっと昔の話だが、アイリスディーナには婚約者がいた。

幼い頃だが、仲もよかったと、彼女は記憶している。

しかし、その縁談も、アイリスディーナがフランシルト家の次期当主になると決めたことで破談となった。二人の婚約は、アイリスディーナが嫁入りすることが大前提だったからだ。

「縁がなかったのは本当だろう？」

「はい、あの方は、今のお嬢様の在り方を認められなかった」

その婚約者は、アイリスディーナに向かって「女が大家の当主になるなんて無理だ」と言った。

フォルスィーナ王国では、別に女性が家の当主となることを否定はしていない。しかし、それでも男性中心の貴族社会であることは確かであった。

男性に交じって活躍する女性は少なく、大抵の子女は他家に嫁ぐ場合がほとんど。

中には、活躍する女性に対して、あからさまに蔑む者もいる。

特に、アイリスディーナはフォルスィーナ王国でも超名門貴族の次期当主。上辺では聞こえの良い言葉を並べながらも、人混みの奥から蔑視の視線を向けてくる輩《やから》は、他の子女より多かった。

その中には、いつの間にか元婚約者も交じっていた。

だから、アリスディーナはこのアルカザムに来た。実力主義のソルミナティ学園なら、自分の力を客観的に示せる環境に身を置ける。そして、その先の道も……。

どこか哀愁を漂わせるアイリスディーナ。一方、そんな彼女の様子に、メーナは口元に浮かべた笑みを一層深くする。

「ですが、ここならば……。このアルカザムなら、気にする必要はございません」

一方、メーナは思い悩むアイリスディーナを、温かい目で見守っていた。

故国にいたアイリスディーナを知っているからこそ、その瞳には彼女の変化を喜ぶ色がある。

「とても良いことです。苦しいかもしれませんが、その想いは大事にされるべきです」

「メーナが思っているようなことはないぞ。それに、彼には……いや、なんでもない」

珍しく言いよどむアイリスディーナに、メーナが言葉を続ける。

「お嬢様、貴族は貴族だから貴族なのではありません。その立場を理解し、受け入れ、そうあろうと自らを磨き続ける者こそが、貴族と呼ばれるべきです。そこに生まれが高いも低いもありません」

「何が言いたいんだ？」

「お嬢様なら、既にお分かりかと。私の親友がどのような出自で、今はどのような地位にあるのか、お嬢様自身がノゾム様にお話しされたではないですか？」

首を傾げながら微笑み返すメーナを前に、アイリスディーナは席を立つ。

「私はもう寝る」

「はい。お休みなさいませ」

意味深な笑みを浮かべたまま、恭しく頭を下げるメーナを尻目に、アイリスディーナは自室に戻る。

胸の奥の疼きは、ほんの少しだが、穏やかになっていた。

CHAPTER 6

第六章

因果の影

フランシルト邸から学生寮へと戻る道を歩みながら、ノゾムは思考に耽《ふけ》っていた。

目を背け続けた感情に向き合う。簡単なことじゃない。

逃げていることに気づいても、心のどこかが嫌だと喚《わめ》いている。

その中途半端な行動が、宙に浮いているような、足元が定まらない感覚をもたらし、不安と焦燥を駆り立てている。

このままじゃダメだというのは理解できる。でも、直《す》ぐにまだいいんじゃないかという感情が鎌首をもたげてくる。

また背中を向けて、忘れられたら楽なんだろう。でも、それだけはできない。

『逃げてもいい。でも、逃げた事実からは目を背けるな』

それが、師匠が最後に示してくれた教えであり、今の自分を形作る、確かな芯骨。

欲と願い、想《おも》いと苦悩。相反する二つの感情がぶつかり合い続ける。

『悪意が働いた』

今度は、もう一人の恩人の言葉が蘇《よみがえ》り、頭の冷静な部分が語りかけてくる。

開き続ける周囲との差を埋めようと焦りが募っていたあの時。確かに一時期、リサとはあまり会わなくなっていた。

いや、会わないように、自分が避け始めたのだ。いつまでも気を使われるだけの自分が情けなかったから。

そして、その時、傍《そば》にいたのは誰だったのか……。

唐突に、唸《うな》り声と共に、闇に包まれた湖畔が姿を現す。

「グルルル……」

かつて、夢に見た光景。佇《たたず》む水面に視線を落とせば、水底には五色六翼の龍がいる。

鎖に全身を縛られ、口も閉じられて湖の底に押し込められた龍は、湖面の上に佇むノゾムを見上げると、意味深な視線を向けながら喉を鳴らす。まるで、迷う彼に対して何かを囁《ささや》き、咎《とが》めているように。

その視線に不快感を覚え、ノゾムは頭を振りながら自身に言い聞かせた。

これは夢で、こいつはここにいる間は何もできないのだと。

だが、焦りと不安、そして甘い逃避の誘惑は続き、彼を惑わし続ける。再び彼の心を、この鎖で搦《から》め捕ろうと。

「そもそも、俺がこの学園に残る意味ってあるのかな……。まだ、あの赤い夢は見ていないんだし、別にこのままでも……」

意図せず龍殺しになってしまったが、このままティアマットの力を解放せずに生きていくなら、別にいいんじゃないのか?

思わず口に出た声と脳裏に浮かんだ言葉が、心の天秤《てんびん》をさらに揺らす。

いつの間にか中央公園まで歩いてきていたのか、顔を上げれば、アルカザムの南門へと続く道が目に入ってくる。

この通りを抜けて、このまま街を出ていってしまいたい。

思わず脳裏に浮かんだ衝動を、首を振って振り払った。そんな考え自体が、自身の逃避願望から生まれたものだと理解しているからだ。

(前に進むためならいい。でも、言い訳の理由には、もうできない……)

思い通りにならない現実からの逃避願望。そして、逃避への無自覚。

後者は既に自覚できるようになった。しかし、逃避の檻《おり》からまだ抜け出すことはできていない。

そして同時に、自らの逃避と停滞に気づいたからこそ、アイリスディーナやソミアを始めとした、未来へ向かっていく新しい友人達が眩《まぶ》しく見える。

師との別れは、心の奥に確かな火を灯《とも》したものの、その炎はまだ小さかった。

『だから、自信を持っていい。君は君自身が思う以上に、凄《すご》い人なんだ』

だが、アイリスディーナのその言葉が、胸の奥で灯るその火に、さらなる熱を与える。

自然と顔が上を向き、視線が南門へと続く通りから外れた。

(そういえば、彼女も前に進もうとしていたな……)

大通りから外れた目が、自然と夜の中央公園へと向けられる。

脳裏に、ここで鍛練していたエルフの少女の姿が蘇《よみがえ》る。

シーナ・ユリエル。かつて持っていた力を失い、自分と同じように蔑まれながらも、足掻《あが》く少女。

(俺と彼女、何が違うんだ……)

同じような鎖に囚《とら》われながらも、前に進み続けるシーナと、停滞している自分。その差に深く、想いを馳《は》せる。

その時、中央公園に並ぶ木々の影から、淡い光が漏れているのに気づいた。

「あれは、まさか……」

木々の隙間から覗《のぞ》く光が、昨日見た光景を想起させる。

そして気がつけば、まるで誘蛾灯《ゆうがとう》のように揺らめく光に誘われるように、中央公園の林へと足を進めていた。

✝

その日の夜、シーナは再び、中央公園の林を訪れていた。

目的は、精霊との対話を再び成功させること。

既に何千回、何万回と繰り返しながらも、大侵攻以後、彼女が精霊の言葉を聞くことはなかった。

また無理かもしれない。込み上げる後ろ向きな考えを振り払うように、シーナは一度深呼吸をして心を落ち着けると、魔力を引き出して空中に散らせ始める。

彼女が行おうとしているのは、精霊契約。その名の通り、己の力を対価として精霊から力を借りる術だ。

(皆、応えて……)

彼女の髪色に似た蒼《あお》い魔力が、夜の木々の枝葉に散っていく。

精霊はこの世界で最も根源的な力とされる、源素から生まれる存在。故に、源素を素とした力である気や魔力も糧とすることができる。

そして、精霊と親和性の高いエルフの魔力は、精霊達にとってはとても美味なものの一つだ。

シーナが魔力を散らせ始めるのと同時に、彼女の魔力とは違う光の粒が、周囲を飛び交い始める。

(父さん、母さん、姉さん、ラズ……)

彼女の脳裏に浮かぶ、奪われた家族達。特にシーナは、姉とラズワードと特に仲が良かった。

シーナの姉はネブラの森の大樹との契約を行う『ハイエルフ』であり、そんな姉は彼女の目標であり、憧れだった。

そして、ラズ。

本当の名は、ラズワード。かつてシーナが契約を結んだ、瑠璃《るり》色の小鳥の姿をした小精霊であり、この小精霊はシーナにとって、常に共にいた半身とも呼べる存在だった。

エルフの中でも、小精霊と契約できる者はごく僅か。

幼い頃にそれを成しているだけで、彼女のかつての才覚が見て取れる。姉と同じように、シーナもまた、エルフの中でも突出した精霊との親和性を持っていたのだ。

しかし、そんな彼女の才覚とは裏腹に、彼女には精霊達の声が全く聞こえてこない。

「っ……どうして。何で、応えてくれないのよ……」

失われた精霊との繋《つな》がり。大侵攻以降、消えた彼女の半身。

魔力は送られている。でも、何も聞こえない。

またダメなのか。

消えない喪失感、もどかしい現実に対する焦燥と怒りが、沸々と彼女の胸の奥から込み上げる。

彼女の故郷であるネブラの森だが、常に霧に包まれているという攻めにくい地形特性と、強力になり、数を増した魔獣、各国の疲弊により、解放される目途は立っていない。

さらには、森の中央にある大樹に何かあったのか、森の植物自体が、おおよそ人に対して害のあるものへと変貌してしまっている。

ネブラの森にはこれまで三度、奪還のための軍隊が派遣されたが、そのほとんどが全滅してしまっていた。

（私はなんとしても、あの森を取り戻さないといけないのに……！）

故郷であるネブラの森を取り戻す。それが彼女の目標であり、使命。

だが彼女の思いと裏腹に、集まっていた微細精霊達はぶるりと震えると、まるで逃げるようにシーナの傍から離れ始めた。

「待って、お願い！」

声を上げるも、彼女の思いは届かず、精霊達は夜の闇へと消えていった。

また、ダメだった。

落胆が鉛を飲み込んだような息苦しさを引き起こし、答えの出ない疑問と悲しみ、そして憤りが混ぜこぜになり、熱となって全身を焦がす。

「あっ……」

その時、自分ではない誰かの声が、シーナの耳に届いてきた。

「っ、誰！」

咄嗟《とっさ》に声を張り上げて振り向く。そこには先日、トルグレインの研究室に突然訪れたノゾム・バウンティスがいた。

(何で、この人がここに……)

見られたくない人に見られたと、自然とシーナの表情が強張《こわば》っていった。

「……また貴方《あなた》なの」

「すまない、邪魔をするつもりはなかったんだが……」

「どうかしらね。正直、信用できないのだけど」

相も変わらず辛辣な彼女の口調に、ノゾムの表情が硬くなっていく。

喉の奥から込み上げる不快感を飲み込みながら、ノゾムはゆっくりと口を開く。

「っ、どうしてそこまで邪険にするのか、聞いてもいいか？」

「私、裏切る人は嫌いなの。貴方、身に覚えがあるでしょう」

身に覚えがあるという言葉に、ノゾムは一瞬、自身が龍殺しであることを思い浮かべる。

龍は肉体を持つ精霊であり、その力は精霊の中でも突出している。

そして精霊である龍を殺した結果生まれる龍殺しという存在は、精霊達と共存しているエルフ達から見れば、間違いなく忌むべきものだろう。

だが、それにしては拒絶の仕方が違うようにも思える。シーナのノゾムに対する態度は、排除するというよりは、関わり合いになりたくないというもの。

ノゾムは彼女が自分を避けるのは、彼が龍殺しであることとは違う理由なのではと思い直し、腹の奥で渦巻く動揺を、気づかれないように押し殺す。

「俺は、そもそも君と面識が……」

「リサ・ハウンズ。知らないとは言わせないわよ」

唐突に出てきたリサの名前に、ノゾムは思わず目を見開いた。まさか彼女から、かつて惹《ひ》かれていた幼馴染《おさななじみ》の名前が出てくるとは思わなかったからだ。

裏切りは、他者との関係を最も壊す大きな要因の一つだが、エルフにはそれ以外にも種族的、歴史的な背景がある。

それは、エルフが、精霊との契約能力があることである。

彼らは幼い頃から精霊と共に育つ。

魔力によって精霊と契約することで、常に心を通わせられる存在が共にいる環境。そんな中で、エルフは精霊との繋がりを神聖視する一方、その契約や精霊という存在そのものが失われることを最も恐れるようになった。

故に、彼らは裏切りという行為を、最大の禁忌とする。

「待ってくれ、あの噂《うわさ》のことか？　何を聞いているのか知らないけど、そもそもあの噂は出鱈目《でたらめ》で……」

「裏切るだけじゃなくて、嘘《うそ》もつくのね。本当、呆《あき》れるわ」

「嘘、だって？」

だが、シーナの言動は、明らかに人づてに話を聞いただけという様子ではなかった。

「ええ、私は見ていたもの。貴方が彼女を裏切る現場を……」

「どういう、ことだよ……」

訳が分からない。そもそも、ノゾムはそのような裏切り行為を働いていない。

当時は必死に鍛練のみの日々を過ごしており、そのような余計な行動をしている余裕などなかった。

しかし、ノゾムの動揺を他所《よそ》に、シーナは滔々《とうとう》と己が見ていたものを語り始める。

「彼女、泣いていたわ貴方に縋《すが》りついて。どうしてって。なんでって。それを貴方、きっぱりと拒絶したじゃない」

「待ってくれ！　俺には何が何だか分からない！　そもそも、ぐっ！」

詰め寄ろうとしたノゾムだが、シーナは一瞬で背中の弓に矢を番《つが》えると、ノゾムの頬をかすめるように矢を放った。痛みに、ノゾムの足が止まる。

「本当、見苦しいわ。これだから嘘をつく人間は信用できないのよ。平気で嘘を嘘で塗り固めようとするんだから……」

シーナは刻印を施した矢に魔力を込めると、再び放つ。

一直線にノゾムめがけて飛翔《ひしょう》した矢は、ノゾムの目の前で炸裂《さくれつ》し、強烈な閃光《せんこう》と衝撃波をまき散らす。

「があっ！」

吹き飛ばされ、木に叩《たた》きつけられたノゾムの口から、うめき声が上がる。

「ぐ、うううう……！」

痛みに耐えるように唇を噛《か》み締め全身を震わせる。

全身に走る痛みと苦しさ、何よりもシーナから向けられる軽蔑の視線が、ノゾムの心に刻まれていた傷口を開く。

「ふざ、けるな……」

続いて込み上げてきたのは、強烈な怒り。理不尽な現実から己を守るために発露する激情。

長い間逃避という手段で押し殺していた怒りは、一度火がついただけで、まるで乾季の森林火災のように燃え広がる。

「嘘だって？　信じられない？　ふざけるなと言いたいのは俺の方だ……！」

低く、腹の奥底に響くような怒声。その怒気に当てられたシーナの表情が、一気に強張った。

激情に流されるまま、ノゾムは立ち上がると駆け出した。

驚きで固まっている彼女の腕と胸ぐらを掴《つか》み上げる。

「信じなかったのはどっちだ！　裏切ったのはどっちだ！　俺がどんな気持ちでいたか……そっちが裏切ったと勝手に決めるなら……！」

怒りに支配された思考のまま、ノゾムはシーナの眼前で大声でまくしたてる。吐き出される嘘偽りのない憤りの言葉に、シーナはただただ圧倒されていた。

「痛っ！」

その時、シーナの腕に激痛が走り、彼女は思わず声を漏らした。

怒りに染まっていたノゾムの瞬く間に後悔と慚愧《ざんき》の色に染まっていく。

「すまない、ついカッとなった。君に言っても仕方のないことなのにな……」

「あっ……」

すっとシーナを解放すると、ノゾムは彼女に背を向け、覚束《おぼつか》ない足取りで立ち去ろうとする。

拘束から解放されたシーナだが、彼女は未《いま》だに茫然《ぼうぜん》としたまま、

「俺は、リサを裏切ってない……」

力なく、絞り出された嘘偽りのないその言葉が、シーナの胸に深々と突き刺さる。

「なんなのよ、一体……」

先ほどまで自身が抱いていた怒りすら霧散するほど、落ち込んだノゾムの様子に、残されたシーナはただ茫然としたまま、佇むことしかできなかった。

†

シーナと言い争った翌日、休日であるのをいいことに、ノゾムは一人でスパシムの森に入っていた。

魔獣の群れの討伐が終わり、スパシムの森への入林が再び解放されたこともあるが、最近色々ありすぎて、今は少し落ち着ける時間が欲しかったからだ。

先日の言い争いで気になった点。それは、シーナが口にしていた『ノゾムが裏切る現場を見ていた』という言葉。

当然、ノゾムには身に覚えのない話だが、同時に非常に重要な証言だ。

少なくとも彼女は、ノゾムが一学年の時に蔓延《まんえん》した噂について、何らかの重要な事実を知っている。

同時にノゾムは、もっと詳しく話を聞いておくべきだったと後悔した。冷静さを欠いていたとはいえ、声を荒らげてしまったのは、明らかな失態だ。

自分の情けなさと失望が、胸の奥から湧き上がる。

込み上げてくる自己嫌悪感を落ち着けようと、ノゾムは一度深呼吸した。

鼻孔に香る草木の匂いが、渦巻く心を優しく鎮めていく。

街にいるより魔獣の跋扈《ばっこ》する森の方が心が休まる辺り、ノゾムはつくづく、自分が師と同じように世捨て人になりかけているのだと実感していた。

「なんだか変な感じだな……」

少し落ち着きを取り戻したところで、ノゾムは周囲に異変を感じた。動物達の気配がないのだ。

この森は魔獣も多いが、それに比例して無害な動物達も多い。

兎《うさぎ》や鼠《ねずみ》、鳥などの種類も数も多く、森では多少の差はあれど、彼らの気配を感じることはできたし、彼らの肉は師匠に訓練と称して森に放置された時などは貴重なタンパク源として重宝した。

「………」

森の異常に、ノゾムが積み重ねてきた経験が警鐘を鳴らし始める。意識が自然と周囲を警戒し始め、体がいつでも戦えるように心拍数が僅かに上がり、血液を全身に行き渡らせる。

自然と鋭敏化していく感覚。静寂の中で響く耳鳴りと心音すらも排除し、周囲に意識を傾ける。

すると、枝が風になびく音に混じって、複数の人の声が聞こえてきた。

だが、かなり離れたところにいるのか、話している内容までは分からない。

「この先って、確か複数の薬草が自生していた場所だよな？」

ギルドでの評価の対象にはならなくても、薬草自体はノゾムもよく活用している。この際だから自分も取っておこうかと、彼は声のする方に足を向ける。

そして生い茂る草木の先へと進もうと、茂みをかき分ける。

「っ⁉」

次の瞬間、ノゾムは射抜くような殺気に、反射的に首をひねった。

直後、目の前を銀色の閃光が駆け抜けていく。それは一本の矢だった。

「誰？　魔獣じゃないなら出てきなさい。次は当てるわ」

「ちょ、ちょっと待って！」

当てられたらたまらないと、慌ててノゾムが茂みから飛び出す。

そこは少し開けた、薬草の群生地。

「貴方……」

そして、そこには、昨日言い争いをした蒼髪の少女と、その友人達がいた。

✝

時間は少し遡り、ノゾムが森に入る頃に、シーナもまたミムルとトムに誘われ、スパシムの森に足を踏み入れていた。

理由は、トムが私用の研究で使う錬金素材の収集である。

基本的に、錬金術の素材自体は、トムほど将来有望な生徒ともなれば、格安で手に入る。

しかし、恋人のミムルのための実績作りと、最近少し資金が入用なことから、森で必要な素材を採集することに決めていた。

天気は生憎《あいにく》の雨天であり、小雨が降ってはいたが、しばらくの間、ダイアウルフの騒ぎで森に入れなかったこともあって、トムは嬉々《きき》として森の奥へと進んでいく。

採集場所に到着すると、彼は雨がシトシトと降る中、地面に生えている薬草や香草、虫や菌類などを採取し始める。

彼が素材を採集している間、ミムルはトムに寄り添い、シーナは遠目から周囲を警戒していた。

春の雨が雨除けの外套を濡《ぬ》らす中、護衛を務めるシーナは眉を吊《つ》り上げた。

アルカザム周辺は、元々深い森ができる程度には降水量に恵まれた土地。一年を通して、定期的に雨は降る。

シーナ自身、雨の日は嫌いではなかった。むしろ、好きな部類である。彼女の故郷もまた常時霧が出るほど、雨には恵まれていたからだ
しかし、今となっては、むしろ胸を痛めるものでしかない。前日のノゾムとの諍《いさか》いもまた、彼女の心をかき乱していた。

「どうしたのシーナ、元気ないよ。もしかして、彼と何かあった？」

遠目からシーナの様子を眺めていたミムルが話しかけてくる。

「彼って……」

「ノゾム・バウンティス。彼、シーナに聞きたいことがあったみたいだし、最近シーナを悩ませているのって、彼のことが多いよね。何かあったの？」

言葉の端に期待感を窺《うかが》わせるミムルの声に、シーナはノゾムに自分の訓練場所を教えたのが、自分の友人だと気づいた。同時に、腹の奥で渦巻いていた不快感が増していく。

「……いいえ、別に何もないわ」

「ふ――ん……」

「何よ……」

押し殺すように何もないと言い張るシーナに、意味深な表情を浮かべるミムルだが、やがて呆れたように肩を竦《すく》める。

「いや、相変わらずめんどくさいんだなって思ってだけ。嘘なんて言わなくてもいいのに……」

「嘘なんかじゃ……」

「嘘だよ。シーナって嘘つくと、耳が不自然にピクピク動くから」

はっとした表情で自分の耳を押さえるが、特に動いてはいない。だが、シーナの反射的な行動を見て、意味深な笑みを浮かべるミムルに、彼女は自分が一杯食わされたと気づく。

「やっぱり何かあったんだね。ねえ、どうしてそこまでノゾムを毛嫌いするの？　あのカランティに絡まれていたの、助けてくれたじゃん」

「見たのよ。実際に彼がリサさんを捨てている場所を……」

ミムルの言葉に、シーナの脳裏に二年前に偶然見た光景が蘇る。

商業区にある連れ込み宿から出てくる彼と、見知らぬ女性。そして、茫然とした表情で崩れ落ちた紅髪の少女。

「それって、本当？　見間違えとかじゃなくて？」

「ええ、遠目だったけど、確かにあの男性はノゾム・バウンティスで……」

そこまで言い切ったところで、頭に昨日のノゾムの顔が浮かび、言葉が止まる。

あの時の彼の声には、少なくとも、嘘を取り繕う者が纏う、濁った雰囲気は微塵《みじん》もなかった。

「シーナ？」

あったのは、隠しきれない悲哀と、思うようにいかない現実に対する憤り。

そしてその感情は、今のシーナが抱えるものと同じ。だからこそ、シーナはそれ以上言葉を続けられなくなる。

「ううん。何でもないわ」

(訳が分からない。でもあの時確かに彼はリサさんを……)

数日前に図書館でカランティに絡まれていた彼女を助けた彼の姿もまた、彼女の心をかき乱す。

フラッシュバックする複数のノゾムの姿。それにつきまとう、何とも言えない感情。

デジャブにも似た既視感と、背筋を這うような違和感に、シーナは思わず額に指を当てて唇を噛む。

(何なの、この感覚。まるで、全部が重なっているような感じが……)

「う～ん、トルグレイン先生の研究室で話した感じじゃ、そんな人じゃないと思ったんだけどな～」

「まあ、僕達自身、ノゾム君のことを良く知っているわけじゃないからね」

「よく知らない……」

「うん？　だってそうでしょ。私達、ノゾムと会って話したのって、つい最近じゃん」

ミムルとトムのその言葉に、シーナは思わずハッとした表情を浮かべる。

相手を知るにはどうしても時間が必要だ。彼女自身、ミムルやトムと初めから仲が良かったわけではない。

入学当初からつきまとってきたミムルに呆れ、無視しながらも一緒にいるうちに会話が始まり、気がつけばこうして、一緒に行動するようになっていた。

まるで、スパシムの森で消えた、かつての精霊の友のように。

（私、もしかしてカランティ達と同じことを、彼にやっていた？）

人は他人の人柄を判断する時『あのような人だから』とレッテルを貼りたがる。その方が、楽だからだ。

ノゾムに向けていた言動が、実は自分を『枯葉耳と揶揄《やゆ》する者達』と同じだった。

その自覚は、シーナの心を落ち込ませ、混乱をさらに助長する。

無限ループのようにグルグルと堂々巡りを繰り返す思考に、シーナは口を真一文字にしながら、きめ細やかな蒼髪を指先でクルクルといじり始める。

その時、シーナの耳に、ガサリと草がかき分けられる音が耳に飛び込んできた。

「っ！」

魔獣に遭遇したのかと思い、シーナは反射的に弓を構えて矢を放つ。

手ごたえはなく、彼女の矢は草むらの奥に消えていった。

シーナは素早く次の矢を番え、警告を言い放つ。

「誰？　魔獣じゃないなら出てきなさい。次は当てるわ」

「ちょ、ちょっと待って！」

「貴方……」

シーナの警告に促されて茂みから出てきたのは、昨日彼女が辛辣な言葉を叩きつけたノゾムだった。

今一番会いたくない人物の登場に、彼女は目を見開き、続いて口元を歪《ゆが》める。

それは、嫌悪感というよりも、忌避感から出た表情だった。

「シーナ、やっぱり何かあったんじゃん……」

シーナ表情を横目で眺めていたミムルが、呆れた声を漏らす。

だが彼女は直ぐに表情を変えて、偶然会ったノゾムに手を振って歩み寄る。

「ノゾム君、やっほ――。なんだか昨日はシーナの相手で大変だったみたいだね～」

「ちょっとミムル……」

「ところで聞きたいんだけど、リサさんを裏切ったのって……本当なの？」

「っ……」

ノゾムの表情に怒りの色が浮かび、細めた目がシーナに向けられる。

「……何よ、事実でしょ」

向けられる鋭い視線に、シーナもまた波風を立てるような言葉を口走ってしまう。

反射的な言動。彼女もまた、ノゾムに対する複雑な感情から意固地になってしまっていた。

同時に、彼女の脳裏に昨日の憔悴《しょうすい》した様子で『自分はやっていない……』と呟《つぶや》いていた彼の様子が蘇り、ギシリと胸が痛む。

「……俺はやっていないって言ったよな」

気まずさを誤魔化すようなシーナの言葉だが、生憎とノゾムには彼女の複雑な心境は伝わらない。

意固地になっているのはノゾムとて同じである。ガチガチに固まった心では、相手を慮《おもんぱか》るような考えに至るはずもない。

「にゃ～～。修羅場修羅場」

一方、極めて気まずい雰囲気を醸し出す二人を前に、火種を放り込んだ元凶は素知らぬ顔で観戦を決め込んでいた。一方のトムは、ノゾム達の険悪な雰囲気に少し気圧《けお》されている様子。

一触即発な雰囲気。互いに相手を罵ることはしないが、何も言わないだけに空気がものすごく悪い。

(何、この感覚、気持ち悪い……)

パリ、パリ……。先ほどからずっとシーナを襲っていた違和感が、ついに気分を害するほど悪くなってくる。

続いて、耳元で鐘を鳴らされているような耳鳴りが響いてきた。

「う、ううう……」

「シーナ？　どうしたの？」

あまりの痛みに、シーナは思わずその場に蹲《うずくま》ってしまう。

突然様子が変わったシーナに気づいたミムルが、崩れ落ちそうになる彼女の右腕を掴んだ。いつの間にか、シーナの顔色は真っ青に変わっている。

「お、おい、大丈夫か？」

先ほどまで彼女と睨《にら》み合っていたノゾムも、突然急変したシーナの容態に驚き、反対側からシーナの体を支えていた。

「トム、ちょっと！」

「シーナ、大丈夫？」

ミムルに呼ばれ、トムもまたシーナの傍に駆け寄る。その時、採取場所に低い声が響いた。

「なんだ、お前達もここに来ていたのか？」

自信と誇りに満ち溢《あふ》れた通りの良い声。ノゾム達が声のした方に目を向けると、そこいたのは、銀《ぎん》狼《ろう》族のケヴィンと彼のパーティーだった。

総勢二十人にもおよぶ学生達。彼らも、この採集場所に用があったのだろうがと思ったノゾム達だが、完全装備であるケヴィン達の様子を見て、その考えを改める。

「アンタら、何をしに来たのよ」

「あのガルムの群れが動き回った影響を調べに来ただけだ。随分と大きな群れだったからな。森の魔獣達の縄張りにも変化が起きているかもしれないって、ギルドが気にしているのさ」

ほとんどが獣人族で構成されたそのパーティーメンバーは、ケヴィンの後に続くように採取場所に足を踏み入れると、シーナ達を半包囲するように展開する。

「どうしたのかしら枯葉耳」

「おい……」

蹲るシーナを見下ろすカランティの発言に、ノゾムの口から怒りを滲《にじ》ませた声が漏れる。

確かに彼女とノゾムは良好な関係とは言い難い。だが、それでも悪しざまな言葉を遠慮なくぶつけるカランティに対して、反射的に出た言葉だった。

「あら？　最底辺も一緒だったの？　落ちこぼれ同士、仲がいいわね」

「カランティ……」

「はい！　なんですかリーダー！」

「少し黙れ」

「は、はい……」

低い、周囲を威圧するようなケヴィンの声に、シーナに詰め寄ろうとしたカランティは目を見開き、怯《おび》えたように後ろに下がる。

他のメンバーも、普段と違い、何も言わずにシーナを見下ろすだけのケヴィンに、どこか動揺を隠しきれていない様子だった。

「おい、さっさと帰れ。そんな奴にこの森に残られても邪魔なだけなんだよ」

突き放すようなケヴィンの言葉に、ミムルがムスッと眉を顰《ひそ》める。

「言われなくてもそうするわよ！　トム……」

「う、うん。シーナ、しっかり」

「ダメ……」

だが、両脇から支えようとする二人の手から逃れ、シーナは森の一角に目を向ける。

耳鳴りはさらに大きくなり、頭痛を伴いながら、強烈なビジョンを彼女に叩きつけてきていた。

それは、森の奥からスッと姿を現す、黒い四足の獣。

魔獣の紅の瞳がシーナを捉えた瞬間、今まで見えていたビジョンが、一気に弾《はじ》けた。

「来る……」

「来るって、何が？」

「ああん？　っ!?」

強烈な悪寒が、ケヴィンの背筋に走った。次の瞬間、彼は反射的に気を全身に巡らせ、その場から跳躍する。

「ウオオオオオン！」

ケヴィンがその場を飛びのいた瞬間、空気を裂くような咆哮《ほうこう》と共に、強烈な魔力の奔流が、横合いからケヴィンの立っていた場所を貫く。

「なんだ！」

「あれは……」

咄嗟に空中に跳んで躱《かわ》していたケヴィンやシーナ達は、魔力流の大本を辿《たど》り、そして絶句した。

それは、漆黒の巨狼だった。黒く染められた体毛と、真紅に染まった瞳。体長とほぼ同じ長さの尾はまるで鋸《のこぎり》のように鋭く波打ち、剣を思わせる鋭い犬歯をむき出しにしながら、シーナ達をまるで仇《かたき》のように睨みつけていた。

「っ……」

ギョロリと向けられた紅の瞳が、シーナに忌まわしき記憶を呼び起こさせる。

炎に包まれた森、響き渡る悲鳴、血に塗《まみ》れた両親と、逃げるように促し、そして消えていった姉と精霊達。

「お前、お前は……！」

怒りで視界が真っ赤になる中、シーナは背中の弓を引き抜いてトム特製の刻印矢を番えると、なりふり構わず矢に魔力を込める。蒼色の魔力が猛《たけ》り狂うように注がれ、矢に施された刻印が眩《まばゆ》いばかりの光を放ち始める。

同時にシーナは詠唱を開始。矢に周囲の大気を集束、螺旋《らせん》状に巻きつかせ、そのまま一気に放つ。

強化魔法と、風の魔法の融合。強化され、鋼鉄よりも遥《はる》かに頑強になった矢は、同じように強化された弓の張力と風魔法の助力を受け、一直線に漆黒の魔獣めがけて突き進む。

そして、その眉間を貫く直前……。

ガギン！　と、漆黒の魔獣の牙に、噛み止められた。

魔獣は黒い靄《もや》のような力を口内に集めてシーナの刻印矢を受け止めると、ガリガリと対抗してくる刻印矢を、これ見よがしに噛み潰す。

「そんな……」

最大の火力を潰されたシーナが茫然とする中、続いてケヴィンが動く。

気を足に集束させて、激発。瞬脚で一気に懐に飛び込んだケヴィンは魔獣の側面に回り込むと、全身を気で強化し、さらに手の平を腰だめにして、爪に気を集中させて掌底を放つ。

漆黒の魔獣の危険性を本能的に感じ取っているのか、その顔色には今までのようなお遊びの様子は全くない。

「おおお！」

全力で突き入れた掌底が、漆黒の魔獣の脇腹に叩き込まれる。

気術・衝爪牙。

相手に掌底による衝撃と突き立てられた爪から放たれた気の炸裂による二重攻撃を、同時に打ち込む気術。

ズズン！　と重撃の音が響く。しかし、漆黒の魔獣は大岩すらも砕くケヴィンの拳打をものともせず、牙をむく。

「避《よ》けろ！」

「ちぃ！」

ノゾムの叫び声に反応したケヴィンが、舌打ちをしながら後方に跳躍し、狼《おおかみ》の牙から退避する。

その時、ケヴィンの目が、全身黒ずくめな魔獣の首に残る、一輪の赤色の体毛を捉えた。

首輪を思わせる赤い体毛を目にし、ケヴィンの脳裏に一匹の魔獣の姿が蘇る。

「こいつ、以前俺がトドメを刺しそこなったガルムか!?」

「皆、リーダーの援護を！」

「おう！」「分かったわ！」「任せろ！」

ケヴィンを援護しようと、カランティを含む彼のパーティーのメンバーが、一斉に漆黒の魔獣と化した『灰色』に跳びかかる。狙いは四肢と頭部、そして獣のバランスを司る尾だ。

しかも、初撃を外されても数の利を活かし、各員が第二陣、第三陣と、多重攻撃を行える体勢を整えている。一瞬でこれだけの包囲陣を敷ける彼らの技量とチームワークは、間違いなく学年トップのもの。

しかし、そんな彼らの姿を見ていたケヴィンが、顔面を蒼白《そうはく》にして叫ぶ。

「っ、よせ！」

次の瞬間、黒い暴力が突風と共に吹き荒れた。

掲げた『灰色』の黒い尾から、魔力が噴き出し、荒れ狂う。

「ぐあああ！」「きゃああ！」

突風と共に、四方八方に飛び散る魔力刃。跳びかかろうとしたケヴィンパーティーの第一陣メンバーが、次々に負傷していく。

「くっ、全員散開！　第二陣は時間差攻撃で相手の意識を逸《そ》らして！　第三陣は負傷者の救助！」

「オオオオオオ！」

即座に陣容を整えようとするカランティ達だが、助けに入ろうとした第二陣、第三陣にも、『灰色』

の魔力刃が降り注ぐ。

ノゾムも『灰色』が致命傷を負って逃げたことはアイリスディーナから聞いていたし、何より目の前のガルムがアルカザム周辺をうろついていることを最初に察し、討伐依頼が出されるきっかけとなったのはノゾム本人だ。

また、ケヴィンが『ガルム』の名前を口にしていたことから、この漆黒の魔獣が、友人達の交戦した魔獣であることは察することができていた。

「くっ！」

「ちい！」

負傷していく彼らを助けようと、ノゾムとケヴィンが『灰色』の気を引こうと前に出る。

先行したのは、ケヴィンだった。

気術・瞬脚を発動しながら、さらにアビリティ『練気雷変』を併用。尾を引くような雷と共に突進していく。

そのあまりの速度にノゾムは驚いた。間違いなくメーナに匹敵する瞬間的な加速だったからだ。

「おらあ！」

速度に乗ったまま、ケヴィンが拳を突き出す。彼の一撃はそのまま、吸い込まれるように魔獣の頭部に叩き込まれた。

同時に、雷が炸裂する音が響く。それは先日、この魔獣に致命傷を与えた技だった。

「なっ⁉」

しかしケヴィンの一撃は、魔獣に毛筋ほどの傷も与えられなかった。

驚く彼を前に、魔獣が牙をむき出しにして襲いかかる。

「ぐっ！」

ケヴィンは咄嗟に後ろに跳んで致命の牙を躱すが、その顔には抑え込めないほどの動揺の色が浮かんでいた。

（明らかにAランク最上位に位置する威圧感と魔力だ。下手をすればSランクにも届く……）

ノゾムの目から見ても、眼前の魔獣は普通のガルムとは明らかに異質な変容を遂げていた。

漆黒の魔獣の全身から放たれる殺意と威圧感に、ノゾムの鋭敏な感覚が、『この魔獣を放置していては、大変なことになる』と、これ以上ないほどの警鐘を鳴らす。

「コオォォォ……」

魔力刃を四方八方にばら撒《ま》き続けていた『灰色』が口を開き、その口腔に魔力を集め始めた。

増大していく魔力に怯えるように空気が震え、木々が悲鳴を上げる。

そして、集束され、臨界を迎えた魔力が、魔獣の咆哮と共に一気に解放された。

「ウオオオン！」

「っ！」

狙われたのはケヴィンパーティーの指揮を実質的に取り仕切っていたカランティだった。

負傷した仲間に肩を貸していた彼女に、『灰色』の魔力流が襲いかかる。

「くっ、おおおおお！」

仲間の危機を前に、ケヴィンが吼《ほ》える。全力の瞬脚でカランティ達と彼女達に迫る魔力流の間に割り込むと、腕を交差させ、正面から『灰色』の魔力流を受け止めた。

「おおおおお！」

気術・鋼体功。気術により全身を強化し、相手の攻撃を受け止める防御気術。

学年有数の実力者であり、ランクにしてAに届くケヴィンの鋼体功は、『灰色』の魔力流を正面から受け切った。

「ぐっ……」

しかし、代償は大きかった。盾のように掲げていた腕はズタズタになり、全身にも無数の傷が刻まれている。出血も多く、明らかに戦える状態ではない。

「まずいまずい！　こいつ、以前とは比べ物にならないくらい危険な存在になっている。すぐに逃げないと！」

自分達よりも格上のケヴィンを一蹴したことから、ミムルが撤退を叫ぶ。

事実、今の『灰色』は、到底彼女達の手に負える存在ではなくなっていた。

「わ、分かったよ。リーダー……」

負傷したケヴィンの代わりに、カランティが撤退を了承する。

「よし、それじゃあすぐに……って、シーナ何やってるのよ！」

だが、いざ撤退しようとしていたミムルの目に、驚きの光景が飛び込んでくる。それは、あの危険極まりない魔獣に矢を向けているシーナの姿だった。

「姉さんの、ラズワードの、皆の仇……！」

紅眼を持つ、黒い魔獣。それは、幼い頃に燃え盛るネブラの森で遭遇した、仇である魔獣と同じ特徴。

シーナの瞳は怒りの色に染まり、ミムルの声が届いていない。

弓に番えた矢には明らかに過剰な魔力が注がれており、術式が施されたシャフトにもビシビシと罅《ひび》が入り始めている。

それでもシーナはかまわず、矢に魔力を注ぎ続ける。

耳の奥にこびりついた過去の悲鳴が、彼女の目を憎悪で曇らせていた。

「仇って、まさか、大侵攻の時の……ぐっ！」

一方ノゾムは、耳にしたシーナの『皆の仇』という言葉に思わず目を見開くが、突然吹き荒れた風に、思わず思考を遮られる。

シーナの刻印矢が放たれたのだ。

魔操刻印矢・蒼翼の彗星《すいせい》。

後先考えずに全力で魔力を込められた矢は鏃を赤熱化させ、螺旋状の風を纏いながら、まるで彗星のように魔獣へと飛翔する。

しかし、『灰色』は迫りくるシーナの矢を眺めながら、尾を一閃。

放った無数の魔力刃で、シーナ渾身《こんしん》の魔矢を容易《たやす》く斬り砕いてしまった。

「あっ……」

魔操刻印矢を斬り裂いた魔力刃は、そのままシーナに牙をむく。

迫りくる魔力刃に茫然としているシーナを前に、ノゾムとトムが動いた。

「くっ！」

「ゴーレムよ！」

ノゾムは瞬脚を発動して彼女を地面に押し倒し、トムがゴーレムを作り上げて二人の盾にする。

『灰色』の魔力刃にトムのゴーレムは瞬く間に寸断されたものの、ノゾムとシーナは間一髪で回避に成功した。地面に伏せたノゾムとシーナに土砂が降り注ぐ。

しかし、ゴーレムを寸断した魔力刃の一つが、無防備になっていたトムの体を捉えた。

「がっ！」

「トム！」

悲鳴と共に、鮮血が舞う。魔力刃をまともに受けたトムの体が吹き飛び、背後の木に叩きつけられた。

「しっかり、しっかりして！　血が、血が……」

恋人の危機に、ミムルが蒼白になる。

『灰色』の魔力刃は、トムの体を袈裟《けさ》斬りにするように着弾。戦闘を想定して作られているはずの学生服を易々と斬り裂き、彼の体を深々と傷つけていた。

出血が酷《ひど》い。駆け寄ったミムルは大急ぎでトムの傷口に手を当てて、止血を試みるが、押し当てた手の平の隙間から、血が溢れ出している。

「あ、あああ……」

倒れ込むトムの姿を前に、ノゾムの腕の中で、シーナが震える声を漏らす。

家族の最後を思い出したのか、彼女の瞳孔は開き、全身が震えていた。

「くっ！　おい、しっかりしろ！」

呻き声を漏らすシーナにノゾムが声をかけるが、トラウマを思い出して茫然自失となったシーナの耳には、まるで届かない。

「悪く思うなよ……」

「あっ……」

パン！　と乾いた音が響く。頬に走る痛みに、シーナの瞳に僅かに光が戻ってきた。

「いいか、ここから北に行ったところに小屋がある。そこなら治療ができるから、何とかトムとミムルを連れて向かえ！　時間は何とか俺が稼ぐ」

「……え？」

シーナの意識を戻すために頬を叩いたノゾムは、スッと立ち上がると、『灰色』を睨みつける。

迷っている暇はない。直ぐに行動を起こさなければ、ここにいる全員が死ぬ。

幸い、ここからシノの小屋までは近い。薬もある程度はあるし、回復魔法を使う余裕もできるだろう。ノゾムはケヴィン達に向かって、声を張り上げる。

「お前達もだ！　死にたくなかったら北に行け！」

「なに言ってやがる……。最底辺のお前が、あの魔獣を抑えられるわけ……」

ケヴィンが何か言っているが、ノゾムは問答無用で聞き流す。

刀を抜き、踏み込もうとしたその時、彼の制服の裾が、頼りない力で引っ張られた。

「ま……って」

振り返れば、縋るような瞳を向けてくるシーナがいた。

「……置いて、いかないで。お姉ちゃん、置いていかないで……」

明らかに彼女はノゾムを見ていない。ここにいない誰かを見ていた。露呈したその儚《はかな》さと脆《もろ》さが、ノゾムに後ろ髪を引かれるような感覚に陥らせる。

「ウオオオオオオン！」

だが、迷っている暇はない。『灰色』が、鋸のような大尾を振り上げ、咆哮と共に魔力を集め始めた。再び、あの魔力刃の雨を降らせるつもりなのだろう。

「っ、ケヴィン！　シーナ達を頼むぞ！」

息を飲み、縋りついてくるシーナを振り払うと、ノゾムは瞬脚を発動。次の瞬間、彼めがけて無数の魔力刃が降り注ぐ。

「ふっ！」

刀に気を送り込み、極細の気刃を付与しながら抜き放つ。

同時に瞬脚・曲舞を発動。降りかかる魔力刃の隙間を縫うように走り抜けながら、背後にいるシーナ達に直撃する刃だけを斬り裂いて霧散させる。

「なっ……！」

「何している！　さっさと行け！」

驚きの声を漏らすケヴィン達に発破をかけながら、ノゾムは『灰色』との間合いを詰めるべく駆ける。

(予想通り、『灰色』の魔力刃は、魔力を強引に押し固めているだけだ。少しでも斬り裂ければ、裂いた先から霧散する！)

魔力という力は元々、そのままではあやふやで、直ぐに霧散してしまう。そのために人は術式や儀式で魔力に明確な方向性を与えられるが、魔獣である『灰色』の魔力刃には、そのような術式は施されていない。

故に、無理やり押し固めただけの魔力刃は、その規模や込められた魔力に反して、ある種の脆さを内在している。

『灰色』の魔力刃の欠点を突いたノゾムが間合いを詰めると『灰色』は己の牙でノゾムの体を引き裂こうとしてきた。

迫りくる巨大な口を前にしながら、彼は再び体を捻《ひね》り、己の進路を変更。迫る牙をスレスレで躱しながら、駆け抜けざまに刃を一閃させる。

「グギャウウウウ！」

右前脚の付け根を斬り裂かれ、『灰色』が苦悶の叫びを上げた。真紅の瞳がさらなる激情に染まり、ノゾムへと向けられる。

「よし、そのままついてこい！」

意識を自分に向けることに成功したノゾムは、そのまま『灰色』の背後へと駆け抜けると、茂みに飛び込む。

「グオオオオオオ！」

傷を負わされて怒り狂った『灰色』が、怒りの咆哮を響かせながら、ノゾムを追いかけ始める。

そして、命懸けの逃走劇が始まった。

「ハア、ハア、ハア、ハア！」

咆哮が大気を震わせ、巨大な魔獣が駆ける足音が、地面すらも揺らす。

ノゾムが囮《おとり》として魔獣を引きつけてから十分余り、魔獣からの逃走劇は未だ森の中で続いている。

彼と魔獣の能力差を考えれば、彼は即座に魔獣に追いつかれ、殺されていただろう。

逃げ延びられている理由の一つは、地の利がノゾムにあったからだ。

彼がシノに修行と称して散々走り回らされた森。時に魔獣に襲われ、命からがら逃げ延びるなんてことが常だった場所だ。この場所についてノゾムは、狩人や学生達より、よく知っている。

ノゾムが逃走に選んだのは、森の中でも背が低く、ある程度成長した木々が生い茂る場所。木々の間隔が狭く、肥大化して巨大な体躯《たいく》となった『灰色』はその体格が災いし、生い茂る木々に邪魔をされて追いつくことができずにいた。

だがノゾムも魔獣を完全に振り切ることはできず、両者の距離はほとんど変わっていない。

このままの状況で不利なのは明らかにノゾムだった。

（もう少しでこの場所を抜ける。だけど彼女達の安全を考えれば、まだ距離を稼がないといけない。

……間に合うか？）

チラリと振り返れば、相変わらず巨大な口を全開に開いて追いかけてくる漆黒の魔獣がいる。

（くそ！　諦めてはくれないよな！）

狼は獲物を追いかける時、何時間も追跡し続ける。当然、簡単にまだ諦めるはずもない。

そして、そんな長い間、ノゾム自身も逃げ続けられるとは思わなかった。

（……やるしかない、か）

ノゾムは覚悟を決め、走る方向を変える。背後の魔獣を倒すためにも、確実な方法を取らなければならない。

彼が考えるのは、能力抑圧の解放。脳裏に、フランシルト邸で解放した後の悪夢が蘇る。

不安はある。だが、このままでは、確実に背後に魔獣に殺されてしまうだろう。であるなら、選択の余地はなかった。

やがて平坦な地面は途切れ、急な下り坂が目に入ってきた。

ノゾムはその坂を全力で駆け下りる。

足を踏み外して転んでしまったら、下まで一直線に転がり落ちてしまい、大怪我《けが》は免れない。だが、今は速度を緩めるわけにはいかなかった。

『灰色』もノゾムを追いかけようと、坂を下ってくる。

ノゾムと『灰色』との距離がさらに縮まり、ついにノゾムの直ぐ後ろに迫ってきた。

『灰色』がその顎を大きく開く。左右に開いた巨大な口は真っ赤に染まり無数の牙がギチギチと音を立てていた。

そして、魔獣の顎がノゾムを捉えそうになった瞬間……魔獣の視界からノゾムの姿が突然消えた。

「ギャン！」

一拍を置いて、『灰色』の左前脚に激痛が走り、鮮血が舞い散る。

突然のことにバランスを大きく崩す『灰色』は体勢を立て直そうとするが、片足に踏ん張りが利かずに地面に倒れ込み、そのまま坂道を転がり落ちていく。

「ふぅ……」

魔獣が捉えたと思ったノゾムは、いつの間にか魔獣の側方に逃れていた。

彼は魔獣の牙が自分を捉える瞬間、瞬脚・曲舞で走る方向を変更。そのまま側面に逃げながら、『灰色』の左前脚を斬りつけていたのだ。

どんな生き物も重力からは逃げられない。そして坂などを下る時、四足獣の体重は前脚に集中する。

『灰色』は体重のかかる前脚を傷つけられたために、自身の体重と駆け下りる勢いを制御できず、そのまま坂を転がり落ちてしまったのだ。

「はあ、はあ、はあ……はあああああ！」

ノゾムは自身を縛る不可視の鎖を引っ掴《つか》むと、そのまま力一杯引き千切った。

砕けた鎖が宙を舞う中、解放された膨大な気がノゾムの能力を一気に引き上げる。

ノゾムは抜いていた刀を鞘《さや》に納めると、全力で気を叩き込み極圧縮。同時に瞬脚を発動し、坂の下に転がり落ちた『灰色』めがけて突撃する。

「グオオオオオ！」

坂の下で身を起こした『灰色』が、上から飛びかかってくるノゾムに向かって、その口腔を開く。

集束されていく膨大な魔力。そして臨界を迎えた魔力が、『灰色』の咆哮と共に放たれた。

「ウオオオオオオン！」

吐き出された魔力の奔流。一直線に向かってくる魔力流を前に、ノゾムもまた鯉口《こいぐち》を切り、刃を抜き放つ。

気術・幻無。

放たれた極細の気刃は、『灰色』の魔力流を斬り裂き、かの獣の下顎を斬り落とす。

「ガヒュ！」

発射台が崩れ、不安定となった魔力流は瞬く間に霧散。そこにノゾムが、返す刀で横薙《な》ぎを放つ。

「あああああ！」

再び放たれた気術・幻無が、『灰色』の胴体を両断し、地面に巨大な一筋の傷跡を作り上げる。

続けて、両断された『灰色』の体が、ゆっくりと崩れ落ちる。

「はあはあ、ふう……ぐっ」

地面に着地したノゾムは、荒い息と共に痛みの走った両腕に目を落とす。

よく見れば両腕の皮膚が裂け、血が滴り落ちていた。力を解放した反動だ。

同時に、全身に強烈な倦怠《けんたい》感が襲ってくる。

「良かった。でもこれで……」

倒せた。ノゾムは安堵《あんど》し、再び能力抑圧を自分にかけ直そうとする。

だが次の瞬間、耳障りな獣の唸り声が響いてきた。

「グルルル……」

「嘘だろ……」

そこには、息を吹き返している『灰色』がいた。幻無によって斬り裂かれた傷口には、淡い気の光が纏わりつき、徐々にその傷口を塞いでいっている。

「俺が放った技の気を、吸収しているのか……」

ドクンドクンと、脈動するような音を響かせながら、傷口を再生させていく漆黒の魔獣。

続いて『灰色』の黒い体毛から、どす黒い光の粒が舞い始める。

その光の粒は、ノゾムが以前見たティアマットが纏っていたものによく似ていた。

「源素の光……。でも、なんで……」

「グオオオオ！」

「くっ！」

傷口を塞いだ『灰色』が、上半身だけでノゾムに飛びかかる。

ノゾムは反射的に右手に全力で気を叩き込み、その腕を地面に打ち込んだ。

気術・滅光衝。

地面から噴き出した気の奔流が、ノゾムと『灰色』を包み込み、周囲の木々を飲み込みながら炸裂。

轟音《ごうおん》を響かせながらあらゆるものを吹き飛ばしていった。

CHAPTER 7

第七章

影に沈む光

森の中を歩き続けていたシーナ達は、やがてシノの小屋へと辿《たど》り着いた。

シノの小屋は元々の主が極東出身であることもあり、アークミル大陸の一般的な家屋とは異なった構造を持つ。

玄関は広めに作られ、むき出しの地面には水がめが置かれ、隣には竈《かまど》が設置されている。

内装は簡素で、板張りの部屋の中央に囲炉裏と、部屋の端に小ぶりな箪笥《たんす》が置かれている程度。

初めはこんな森の奥深くに人が住める小屋があることに驚いた一同だったが、多数の怪我《けが》人がいることもあり、小屋に入ると怪我人を寝かせ直《す》ぐに治療を開始した。

回復魔法を使える者は重傷者を優先的に治療し、他の者は手伝いに回る。

ケヴィンもまたカランティから治療を受けていたが、その表情はやはり芳しくない。

ミムルは負傷したトムをシノの小屋の中に寝かせると、棚の中から薬と治療道具を取り出し、治療を始めた。

傷口洗って糸で縫い、ポーションを振りかけて包帯を巻く。

出血は抑えられたものの、トムは未《いま》だ荒い息を吐いており、額には脂汗が浮かんでいた。

「…………」

Ryuusa no Ori
Kokoro no
Naka no Kokoro

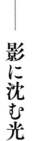

一方のシーナはトムに治癒魔法をかけているものの、先ほどの失態とその後始末を被《かぶ》ったノゾムのことが気になるのか、どこか上の空だった。

集中しきれておらず、かざした両手から溢《あふ》れる治癒の光も安定していない。

「シーナ、ちゃんと集中して……」

「ご、ごめんなさい……」

ミムルに窘《たしな》められ、シーナは慌てて魔法に集中し直す。

ミムルも恋人の傷のことで頭が一杯なのか、その声はどこか硬く、そして冷たかった。明らかに彼女にも余裕がない。

やがて、荒い息を吐いて苦しそうにしていたトムの表情が和らいできた。

「……これで、とりあえず大丈夫だと思う」

「そう……」

手当てを終えたといっても、トムの怪我は深く、流れ出た血も多かったのか、彼は痛みが和らぐのとほぼ同時に眠りについてしまった。

トムの手当てが一通り終わったので、二人は座り込んで休むが、互いに何も話せずに黙り込んでしまう。

シーナは先ほどの失態を気にしているのか肩を落として、床を見つめており、膝の上に組んだ手を固く握りしめている。

ミムルの方も落ち着かないのか手がせわしなく動いており、視線は眠りについているトムから離れない。

気まずい雰囲気が部屋の中に立ち込めているが、その空気を吹き飛ばせるような話は何もなく、ただ沈黙だけが続いていく。

「……ねえシーナ。何であの時逃げようとしなかったの？」

やがて、ミムルがその沈黙を破って、シーナに先ほどの彼女の行動について問いかけてきた。

「どう見てもあの魔獣は異常だった。あんな魔獣、私達には手に余るってすぐに分かったじゃない。何で無茶しようとしたの？」

「そ、それは……」

シーナを問い詰めるミムルの口調は強い。沸々と湧き上がる怒りに突き動かされ、その言葉は徐々に糾弾へと変わっていく。

シーナもまたミムルから向けられる強い怒りの視線に、言葉に詰まる。

「貴方《あなた》があの時無茶しないで逃げに徹していれば、ノゾムが無茶する必要もなかったじゃない。トムが怪我する必要もなかったじゃない！」

「…………」

ミムルの言葉にシーナは何も言えず、下を向く。

今の状況を考えれば、ミムルがこの場でシーナを問い詰め、一方的に糾弾することは決して褒められた行動ではない。

『灰色』からは逃げ切れたが、この安全も所詮一時的なものでしかない。森の中に魔獣は、あの黒い獣だけではないのだ。

シーナが逃げようとしなかった理由を聞くだけならともかく、一方的に責め立てることはパーティーの完全な分裂を誘発してしまう可能性もある。

だがミムルも恋人のトムが重傷を負い、精神的に追い詰められていた故に、結果的にこの状況を生み出したシーナに対して八つ当たりをしてしまっていた。とりあえず安全な場所に逃げ込めたことで、張り詰めていた気持ちが綻んだことや、シーナが彼女の問いかけに対して何も言わずに俯《うつむ》いていることも彼女の怒りに拍車をかけていく。

「この……何か言いなさいよ！」

シーナを糾弾するミムルの声が徐々に大きくなっていく。

ミムルがシーナに掴みかかるが、シーナは眼をギュッと閉じて、唇を噛《か》み締めているだけ。

沈黙するシーナに、ミムルの我慢が限界に達した。手を振り上げてシーナを叩《たた》こうとする。

「そこまでにしとけ」

そんなミムルを止めたのは、カランティから治療を受けているケヴィンだった。

『灰色』の魔力流を全身で受け止めた彼の体は彼方此方《かなたこなた》に火傷《やけど》を負っているが、幸いにして重症は負っていない。

だが、仲間を守るために全力で気を振り絞ったためか、その顔には濃い疲労の色がある。

回復魔法で傷は消せても、完全回復には至らない。それでも今は、少しでも態勢を立て直すことが急務だった。

「しかし、あの魔獣は何なんだ？　どう見ても俺達の手には余る奴だぞ」

魔獣の脅威度を示すランクでは、Ｓランクに届きかねない存在。それほどの魔獣、このスパシムの森でもそう現れるものではない。

そんな強力な魔獣は総じて自分達の縄張りをきちんと持っており、そこから出てくることがほとんどないからだ。

「……多分、私達が倒したダイアウルフ。そのリーダーよ」

「やっぱりか、俺達は死んだところを確認したわけじゃないしな……」

シーナが呟いた言葉にケヴィンは口元に手を当てて考え込む。確かに、あれだけの体躯《たいく》を誇る狼《おおかみ》型の魔獣となると、この辺りにいる存在は限られる。

「それで、お前はあの魔獣の何を知っているんだ？」

明らかにあの漆黒の魔獣を知っている様子を見せていたシーナ。その場にいた者達の視線が、彼女に集まる。

「似ていたの……。私の、ネブラの森を壊滅させた魔獣に……」

向けられる詰問の視線に、シーナは滔々《とうとう》と語り始める。その声はまるで怯《おび》える子供のように震えていた。

「あの魔獣に睨《にら》みつけられた時に感じたの。耳元で、無数の精霊達が悲鳴を上げているような感覚を……」

「アンタ、精霊との繋《つな》がりをなくしていたはずじゃない」

「それは……今でもそう。あの魔獣に故郷を奪われた時、私は精霊の力を失ったわ」

家族も、精霊と繋がりも、全てを失った。

「あの時、私は全部をなくした。家族も、大切な友達も、全部。だから……」

だから、せめてその復讐《ふくしゅう》がしたかった。その言葉に、ミムルが激高する。

「でも、おかけでトムは酷《ひど》い傷を負ったんだよ！」

トムの傷は、負傷した者達の中で一番重い。

無茶をした理由を聞いたからといって、ミムルの気は治まらない。むしろ聞いたからこそ、感情の波はより激しく荒れてしまう。張り詰めた糸が少しの力で激しく震えるように、余裕を失った今のミムルは、あらゆる負の感情をシーナにぶつけてしまっていた。

「喧嘩《けんか》するのは勝手だが、今は余裕がねえ。朝になったら早いところ、こいつらを連れて街に戻らねえと……」

そんなミムルにケヴィンが待ったをかける。

彼は包帯が巻かれた腕を回しながら立ち上がると、小屋の小窓から覗《のぞ》く夜空を見上げた。

既に日は落ちている。いくら獣人達が優れた身体能力と感覚を持っているからといって、多数の負傷者を抱えていけるほど、この森は容易《たやす》くはない。

「待って、残った彼は……」

「……悪いが、今は俺達も怪我をしたこいつらのことで手いっぱいだ」

傷の痛みに呻《うめ》く仲間達を見渡しながら、ケヴィンは自嘲するように溜息《ためいき》を吐《つ》いて肩を落とす。

実際、一人であの魔獣の気を引くために囮《おとり》となったノゾムのことは、彼らの心に大きな影となっていた。

「は、情けない話さ。笑えよ。散々お前を枯葉耳とか罵ってきたくせに、いざという時はこのざまだ」

ケヴィンとて、才能の上に胡坐《あぐら》をかいているような者ではない。彼自身も、失った故郷を取り戻すためにこの学園に来た者であり、それに相応《ふさわ》しいだけ努力と振る舞いを続けてきた。

三学年で最も大規模なパーティーを維持できていることが、その証左でもある。

だが、結局は何もできなかった。無力感が込み上げ、ケヴィンは知らず知らずのうちに、拳を固く握りしめていた。

「しかし、あの最底辺……いや、ノゾム・バウンティスは、なんでこんな小屋を知っているんだ？ここ、明らかに最近まで使われていた場所だろ？」

「裏手にはお墓もあったわ。もしかして、彼と縁のある人が住んでいたのかしら……」

ノゾムのことを話題にしたためか、ここに来てようやく、ノゾムが持つギャップに、ケヴィン達が疑問の声を漏らし始める。

だが、その時獣人の優れた聴覚が、ガサガサと草をかき分ける音を捉えた。

続いて、ヒタヒタとこの小屋に向けて、足音が近づいてくる。

小屋の中にいた全員の脳裏に、あの黒い魔獣の姿が浮かび、緊張が走った。

シーナが傍《そば》にあった弓を構え、ミムルが腰の短剣を引き抜く。ケヴィンが拳を握りしめながら、カランティ達を庇《かば》うように前に出た。

そして、ガタンという音が共に、小屋の扉が揺れた。

ケヴィンとミムルがいつでも跳びかかれるように腰を落とし、シーナが弓を引き絞り、いつでも矢を放てるようにする。

そして、扉がガタリと音を立てて、開かれる。そこには全身泥塗《まみ》れの人型の何かがいた。

「うぇえ……やばかっ」

「ミムル！」

「てえりゃああ！」「うおおおお！」

「へ？」

シーナが番《つが》えていた矢を人型の眉間めがけて放ち、続けてミムルとケヴィンが跳びかかる。人型が何か言っていたようだが、ミムルとケヴィンの雄叫《おたけ》びに打ち消されて、他の人には聞こえない。

「うあああああ！」

人型が泥でできているとは思えない叫びと身のこなしで、首を逸《そ》らし、迫ってきたシーナの矢を避《よ》けるが、今度はミムルとケヴィンが踏み込み短剣を振り抜いた。

「はあああ！」

「ちょ、ちょっと……」

迫る短剣の刃《やいば》を、人型は棒状の何かで叩いて逸らす。

自分の攻撃を受け流されたことに驚いたミムルだが、その隙に今度はケヴィンが、人型の顔面めがけて拳を突き出した、

「待て、待てってての！」

突き出された拳を左手でいなしながら前に踏み込み、ケヴィンの拳打を回避する人型。

その聞き覚えのある声にようやく三人の動きが止まる。

よく見るとその人型は全身に泥を塗った人間であり、そしてつい先ほど、シーナ達を逃がすために囮となった人物だった。

「ノゾム？」

「そうだよ。俺だよ！　何でいきなり味方からも攻撃されなきゃならないんだ！」

シーナ達に悪気はなかったとはいえ、全員を逃がすために囮になって、ようやく合流できたのに、矢と剣と拳で殺意マシマシの歓迎を受けたら、誰だって声を荒らげる。

「い、いや、すまん……」

「ゴメンね、ノゾム」

「その……ごめんなさい……」

「はあ、もういいけどさ……」

とはいえ、ノゾム自身も、泥だらけの今の自分の姿を顧みて、武器を向けられても仕方がないと思い直して怒気を収める。

「……で、ノゾムは何でそんなに泥塗れだったの？」

改めてミムルがノゾムに事情を尋ねてくる。

「あの黒い魔獣を振り切った後に、今度は別の魔獣に追われたんだよ。途中で出会ったゴブリンの群れに押しつけたけど……」

気術・滅光衡の余波で吹き飛ばされたノゾムだが、その騒ぎを聞きつけて集まってきた魔獣と遭遇。森の中で再び、盛大に鬼ごっこをする羽目になってしまっていた。

ちなみに、追ってきたのはエインヘリヤル・ホース・スパイダー。土の中に巣を作り、餌を求めて地上を歩き回る徘徊《はいかい》性のクモ型魔獣である。脅威度を示すランクはB。

体は馬よりも大きく、その名の通り馬のような大型の動物も食らうことからつけられた名前で、強力な外皮と鋭い牙、さらには毒も持つ、非常に危険な魔獣である。

ちなみに、ゴブリンは緑色の肌を持ち、人の子供ほど体躯を持つ魔獣。脅威度はE。人と似通った体つきをしながらも魔獣にカテゴライズされているのは、彼らが略奪民族であり、人食いの種族だからである。

過去には幾度か手段を変えてコミュニケーションも図られたが、そもそもまともな会話が成立せず、交渉しようとした者達に逆に襲いかかるということが繰り返された事情から、今では魔獣と同じ扱いをされている。

「逃げ切った後も、また他の魔獣に匂いを頼りに追いかけられたら堪《たま》らないから、近くの水場で匂いを落として泥を被ったんだ」

スパシムの森は木々が生い茂っているため、匂いを頼りに獲物を探す魔獣は多い。ワイルドドッグ、マッドベアー、ダイアウルフ等は匂いを頼りに獲物を探す代表格だろう。

ちなみに、エインヘリヤル・ホース・スパイダーにも嗅覚はあるが、どちらかというと空気の振動を利用した聴覚、触覚、視覚を頼りに獲物を探し当てる。

ノゾムは小屋の玄関にある水がめから水を汲《く》むと、頭から被る。

全身に塗りたくられた泥が落ちると同時に、ノゾムの右腕に激痛が走った。

「っ……！」

「その怪我……」

「まあ、あの黒い魔獣と戦っている時にちょっと……」

泥が落ちて露《あら》わになったノゾムの右腕には、多数の裂傷が刻まれていた。能力抑圧を解放して使用した滅光衝の反動である。

（フランシルト邸で使った時は、ここまで酷い傷は負わなかったんだけどな……）

咄嗟《とっさ》に使ったために、僅かに気の制御が甘くなったのが理由だ。

彼が泥を全身に擦り込んだのは、血の匂い撒《ま》き散らさないように傷口を泥で塞ぐためでもある。

ノゾムはとりあえず手当てをしようと、持ち合わせのポーションを取り出す。すると、その手をシーナがそっと握りしめてきた。

「……座って、手当てするから」

「いや、自分でやるから大丈……」

「いいから！」

シーナの強い語気に押される形で、ノゾムはおずおずと板の間に腰を下ろす。

彼が腰を下ろすのを確認すると、シーナは奪い取ったポーションを振りかけ、包帯を巻き始めた。

その表情は、やはりどこか暗い。

シュルシュルと包帯が擦れる音だけが、二人の間に流れる。

他の面々も沈黙したまま、治療を受けるノゾムの様子を、どこか気まずそうな表情で眺めていた。

「トムの傷はどう？」

「応急手当ては終わっていて、今は寝ているわ。でもやっぱり早く街に戻った方がいいと思う……」

「そう、か……」

続かない会話。ノゾムは助けを求めるようにミムルへと視線を向けるが、彼女はジッとシーナを睨みつけると、ぷいっとそっぽを向いてしまう。

ケヴィンもなぜか居心地悪そうに体を揺らしたりしているし、彼のパーティーメンバーもノゾムと視線が合うと、難しい表情を浮かべて視線を逸らす。

その不自然な周囲の反応に、ノゾムは首を傾《かし》げた。

「なあ、何かあったのか？」

「……何かって何が？」

「いや、だから……」

「終わったわ。外、見張っているから、何かあったら呼んで……」

小屋の中の微妙な空気について尋ねようとするノゾムだが、シーナは彼の手当てを終えると、何も答えずに外に出て行ってしまう。

仕方なくノゾムは、一番近くにいたミムルに声をかける。

「なあ、どうしたんだ？」

「知らないよ。シーナのことなんか……」

ミムルもミムルで、ノゾムとは目を合わせないまま、いじけたように口を尖《とが》らせてしまう。

そんな二人の様子に大きく溜息を吐くと、ノゾムは台所から大きな鍋を取り出した。

「……何やってるの？」

「何って、食事を作るんだよ。こんな状況だし、食べられる時に食べておかないと体が持たないだろ」

鍋に水を張り、火にかけて湯を沸かしながら、小屋に保存していた干し肉をナイフで削って出汁《だし》を取り、芋などを入れて簡単なスープを作る。

煮立ってきたら岩塩などで味を整え、器に注ぐ。生憎《あいにく》と器の数が限られるから、交代で食べることになるし、鍋も小さいから複数に分けて作らなければならないが、今はとにかくエネルギーが必要だった。

「……味の方はあまり保証できないけど、体は温まるよ。トムの分は残してあるから、彼が起きて食べられるようなら食べさせて」

ミムルはノゾムが差し出した器を受け取るが、彼女は複雑そうな顔で手に持った器を見つめている。

「……大丈夫？」

「う、うん、大丈夫！　気にしないで……ありがとう」

すぐに笑みを浮かべるミムルだが、無理をしているのは察しの悪いノゾムでも気づける。

ノゾムはとりあえず三人分のスープを取り分けると、残りをケヴィン達の元に持っていった。

「あ、ありがとう……」

「すまない。世話になるな」

「いいよ、こんな状況だ。お互い様さ」

ケヴィンは受け取った器と鍋をカランティに手渡すと、彼女は怪我をしている一人一人にスープを飲ませて回り始める。

「それから、あの魔獣は大侵攻の時のネブラの森にも出現していたらしい」

「ああ、あのエルフがそう言っていたな。理由はさっぱり分からねえが……」

「シーナさんが、何か話したのか？」

「ああ、耳元で無数の精霊の悲鳴が聞こえる、とか言っていたな……」

「精霊の、悲鳴……。でも彼女は……」

「ああ、精霊の声は聞こえないはずだ。アイリスディーナ達が倒したはずの魔獣が、この森にいるはずのないネブラの森の魔獣とよく似た姿になったことといい、訳の分からん話だ」

「もう、学生がどうこうできる話じゃない……」

「ああ。アルカザム全体に関わる問題だ。いや、その程度でどうにかなればいいけどな。とにかく、動けるようになったら、直ぐにアルカザムに戻らねえと……」

そう言うと、ケヴィンは渡された器の中のスープを一気に飲み干す。

器を空にして大きく息を吐くと、彼はおもむろに傍にいるノゾムに、意味深な視線を向けた。

「……なんだ？」

「いや、お前すげえ奴だなって思ってな」

「え？」

唐突にケヴィンから向けられた感嘆の言葉に、ノゾムは面食らう。

「俺はこんなざまだが、お前は右手の怪我だけでアイツから逃げ延びたんだろ。まったく、何が最底辺だよ。学園の成績のつけ方もいい加減だな……」

包帯を巻かれた自分の体を見下ろしながら、自嘲の笑みを浮かべるケヴィンに、ノゾムは何とも言えない気持ちに襲われる。

「でも、君の怪我は仲間を庇ってのものだろ？」

実際、ケヴィンの怪我は仲間を庇って負ったものだ。それは誇りこそすれ、自嘲するようなものではないはずである。

だが、そんなノゾムの言葉に、ケヴィンは笑みを深めながら、呆《あき》れたように呟く。

「何言ってる。お前もそうだろ」

「え？」

ケヴィンから見れば、ノゾムの行動は自分の仲間だけでなく、他のパーティーをも助ける行動であり、その結果も遥《はる》かに上のもの。

一方、ノゾムはケヴィンの言葉に意表を突かれた表情を浮かべており、そんな彼の様子に、ケヴィンは予想外の反応を見たと、目をぱちくりさせていた。

「ん、違うのか？　お前とシーナ達、今日は一緒に組んで森に入っていたんじゃないのか？」

「いや、偶然あの採集場所で会っただけで……」

「そうか……。一年の時に噂《うわさ》を聞いた時は馬鹿な奴だと思っていたが、お前、別方向で馬鹿なんだな」

「……どういう意味？」

含みのあるケヴィンのセリフにノゾムは首を傾げる。

「まあ、アイリスディーナの目は確かだったってことさ」

ケヴィンは意味深な笑みで、ノゾムが取り分けていたスープの器を指差す。

「それより、そのスープ、あのエルフに持っていってやれ」

「あ、ああ。ならミムルが……」

「悪いけど、そっちのスープはノゾムが持っていって。多分、私が持っていったら、我慢できなくて喧嘩になっちゃうと思うから……」

ミムルは陰を潜ませた表情で、ノゾムにそう頼み込んだ。酷く後悔しているようなその表情に、ノゾムは何も言えなくなる。

「……分かった」

背を向けてしまったミムルを一旦置いておき、ノゾムは残ったスープの器を取ると、小屋の外へ出て行った。

✝

シーナは小屋の屋根の上で膝を抱えて座っていた。見張りをしているとは言ったが、そんなことは到底できていない。

頭の中によぎるのは悔しさと後悔。

彼女の故郷、ネブラの森が大侵攻で陥落した時、茫然《ぼうぜん》とする彼女の目の前に現れたのが、あの黒い魔獣だった。

姿形は今日現れた個体とは違っていたが、全身を覆っていた黒い汚泥と無数の血のように紅《あか》い眼は間違いようがない。

何よりも恐ろしかったのは、その魔獣が纏《まと》っていた気配。おどろおどろしい気配を放ちながらも、その陰にはシーナがよく知る精霊達の気配が見て取れた。

そして、よく知る気配があるからこそ、彼女には獣のおぞましさが一層際立って見えていた。

あまりのおぞましさと逃れようのない死の気配が、鉄の鎖のように冷たく彼女の心と体を縛り上げる。そんな彼女を助け出してくれたのが大好きだった両親と姉、そして半身ともいえる小精霊だった。

「逃げなさい！」

「大丈夫、貴方なら生き残れる」

何度も何度も悪夢と共に思い出される家族の最後。一人で逃げるなんて嫌だった。一緒に逃げて欲しかった。大樹を落とされた時点で、戦ったって無駄だって分かっていたはずだった。

でも、両親も姉も、シーナの懇願を聞いてはくれなかった。

父と母の断末魔を背中に受けながら、姉に手を引かれて逃げ続ける。

しかし、死の気配は直ぐに彼女達に追いついてきた。背中から迫る魔獣の気配に、シーナの手を引いてくれていた姉は立ち止まり、その手を離す。

「ここからは一人で逃げるのよ」

言い聞かせるように肩を叩いた姉が、両親と同じ覚悟を宿した瞳で振り返る。

「みんな、ラズワード、妹をお願いね」

姉の言葉に呼応するように、集まってきた光が瑠璃色の小鳥の姿を取る。

シーナと契約していた精霊であり、明確な姿形を取れる力ある存在。ハイエルフだった姉と契約していた精霊は、とうに大樹の精霊と共に殺されていた。

ラズワードと呼ばれた瑠璃色の小鳥は、シーナの周りを回りながら輝き始めると、光の繭でシーナを包みこむ。

自分の周りを包む超常の力と、そこに感じ取れる精霊の意思が、姉と親友が何をしようとしているのかを明確に伝えてくる。

両親を失い、さらに姉と半身を失う覚悟なんて、シーナにはできていなかった。

ここから出して、二人を助けて。そんな懇願も空《むな》しく、彼女は姉の最後の力で、ネブラの森の外まで飛ばされた。

霧に包まれた故郷の森だが、今ではあちこちから煙が上がり、かつて大樹があった場所は、黒い霧に包まれていた。

『ギイイイイイイ！』

脳裏に響き渡る精霊の悲鳴。続けて、残っていた光の繭が、弾《はじ》けるようにかき消えた。それはシーナが契約していた瑠璃色の小鳥の断末魔であった。

そしてその悲鳴が、二人がどうなったかを幼いシーナに明確に突きつける。

「あ、あああ……ああああああああ！」

両手で顔を押さえながら、シーナは崩れ落ちた。受け入れられない現実を嘘《うそ》だと思い込ませるように、ガリガリと皮膚を引っ掻《か》く。そして声にならない悲鳴を上げながら、彼女は意識を失った。

この日から、シーナは精霊との繋がりを失い、そして幼い頃からの友も姿を消し、二度とシーナの前に現れることはなかった。

生き残ったシーナは、残された仲間達と共に放浪した。そうせざるを得なかった。

だが当時、大侵攻を受けた各国は疲弊しており、さらにエルフはネブラの森を落とされる直前の警告を無視していたということもあり、他の種族からの風当たりは強かった。

地獄に変わった自分達の故郷に帰れ。エルフに食わせるものはない。そのような言葉を、行く先々で向けられる。

飢えと寒さに苛《さいな》まれたエルフ達だが、難民となったシーナ達に居場所などなかった。

転機が訪れる。

フルークトゥス作戦。

侵攻してくる魔獣に対して行われた、人類最大の反抗作戦。これに残されたエルフ達も参加した。

残された一族のために、そして家族のために、身を粉にし、多くの犠牲と共に戦い抜いた。

結果として、エルフは国を失った者達によって作られた新たな国、スマヒャ連合で生きていくことを許されたものの、フルークトゥス作戦はネブラの森の手前で、各国の疲弊から無期限延期となってしまい、エルフに対する隔意を拭い去ることはできなかった。

（だから、私はここに来た。二十年前の弱かった自分を変えるため。今度こそ故郷を取り戻すため……）

精霊魔法を失ったシーナだが、代わりに弓術を磨き、人間の使う魔法を学んだ。

向けられる隔意を無視し、必死に鍛錬を重ね、なんとか上位勢に食い込み続ける。

努力は本物で、気持ちも間違いなく真摯なもの。

もちろん、精霊魔法を取り戻すことも忘れていない。

（それでも、いざという時は何もできなかった……）

悔しさと情けなさから、膝を抱え込んでいた腕にギュッと力が入る。

気持ちはひたすらに落ち込んでいくくせに、自分に対する怒りの感情だけは胸の奥で激しく渦巻き続ける。正直、心がバラバラになりそうだった。

（大丈夫、大丈夫、すぐに消える。感じないようにする……）

とにかく、今は一人になりたかった。なのに……。

「やれやれ、小屋の周りに姿が見えないからどこに行ったのかと思ったら、屋根の上にいたのか」

シーナの一番会いたくない人間が、声をかけてきた。

「何やっているんだよ。こんなところで……」

ノゾムの問いかけに、シーナはそっぽを向いて押し黙る。

「とりあえず、何か食べたらどうだ？　一応簡単なスープ作ったんだけど……」

ノゾムがシーナから体一つ分距離を空けて隣に座り、湯気の立つスープを差し出すが、シーナは器に見向きもしない。

「ねえ。聞きたいのだけど……」

「な、なに？」

「なんで自分から囮を買って出たの？」

「えっ？」

思わぬ質問にノゾムは首を傾げる。

「なんでって、他にできそうな人はいないし、方法がなかったし……」

実際、あの時は誰もが戦える状態ではなかった。逃げるには殿《しんがり》が必要で、それができそうなのはノゾム一人だったというだけの話。

「他になかった？　残るのは私でも良かったでしょう！　私が原因なんだからむしろ私が残るのが筋でしょう！」

ノゾムの言葉はどうしようもないほどの正論だったが、それが逆にシーナの激高を招く。

彼女とて、理性では理解している。自分一人では足止めすらできないのだと。

激しく噴き出すネガティブな感情。なにより、自らが危機を招いたという事実が、張り詰めるように生きてきた彼女の心の糸を、完全に切ってしまった。

「大体、貴方十階級でしょう！　どう考えても逃げ切れるわけないじゃない！　死ぬって分かってて
なんでそんなことするのよ！」

「い、いや、こうして生きてるし……って、ちょ、ちょっと！」

目を吊《つ》り上げたシーナが、ノゾムの胸倉に掴みかかり、息がかかるほど顔を近づけてくる。

ノゾムはシーナのいきなりの行動に驚くも、彼女の瞳に溜《た》まった玉石のような涙に気づき、何も言えなくなる。

「ええ！　確かにあなたは何もできなかった私と違った！　学年最弱なんて言われていたけど実際は強かった！　でもあの獣はそれ以上に危険なのよ。何で貴方はそんな無茶するのよ！」

殿を務めたノゾムにトラウマを重ねてしまったが故の、支離滅裂な言動。

一方、ノゾムは激発するシーナの瞳の奥にある暗い感情に、目を奪われていた。

それは、張り詰めた糸が切れた彼女の心に広がり始めた、自分自身に対する失望、そして諦めの色。

「なんで、なんで……」

彼女は俯き、涙と共に呟き続ける。その言葉が誰に対して向けられたものなのか、彼女自身にも分からないまま。

†

ノゾムに胴体を断ち切られ、滅光衝で吹き飛ばされた『灰色』は、朦朧《もうろう》とした意識のまま、上半身

のみで地面を這《は》い、その場所に辿り着いた。

ヴェイン川に流れる支流。その河原。彼の家族が埋葬された場所だ。

掘り返されて真新しい土の上に、『灰色』は身を横たえる。

命が零《こぼ》れるように、体から漏れ出した汚泥のような血が、地面へと染み込んでいく。

「クルル……」

流れ出す血で全身を染めながら、『灰色』は穏やかな声で鳴いた。まるで、家族が眠る場所で眠れることに、安堵したように。

紅に染まっていた彼の瞳はいつの間にか元に戻り、その体からは急速に力が失われていく。

既に彼の体は、死体も同然だった。

元々心臓を潰されていたのだ。その上、今では胴体を真っ二つにされている。

もう長くない。これ以上は動けない。

新たな縄張りを得るための生存戦争。なにより、殺された家族の仇討《あだう》ちのために挑んだ戦いだったが、それも無為に終わった。

命と共に消えていく憎しみと、生きるという本能。代わりに去来するのは、後悔と死の間際の安堵。

『灰色』は既に、己の死を悟っていた。彼がこの河原に来たのも、せめて最後は家族が眠る場所で終わりたかったからだった。

己の流す血に濡《ぬ》れながら、彼はゆっくりと目を閉じていく。

だが、彼の体に同化した『存在』は、『灰色』の死を許さなかった。

突如として、『灰色』の血が染み込んだ地面が盛り上がる。

姿を現したのは『灰色』の家族であり、既に死んでしまったダイアウルフ達だった。

「キュウウ、クウウ……」

突然蘇《よみがえ》った家族達に、『灰色』は驚きの声を漏らす。

だが、蘇ったダイアウルフ達は、明らかに異質な空気を纏っていた。

先ほどまでの『灰色』と同じように、紅に染まった眼。かつてのリーダーに向ける視線はどこまでも空虚で、到底身内に向けるものではない。

「グルルル……」

家族の亡骸《なきがら》が向ける瞳。その奥に潜む『存在』に気づき、『灰色』は唸《うな》り声を上げる。

その『存在』は、死ぬはずだった彼を生かしたもの。

戦えなくなった……否、戦う意志を捨てた『灰色』に、その『存在』は憎しみの目を向けている。


『……なら、もういらない。餌になれ』


『灰色』の脳裏に響く宣言。次の瞬間、蘇ったダイアウルフ達が『灰色』を取り囲み、次々にその牙を『灰色』に突き立て始めた。

「ギャウ、グウウウ、ギウウウウウ……！」

激痛を伴う『灰色』の呻きが、夜の闇に流れる。

『灰色』に食らいついたダイアウルフ達は、ミシミシと肉を食い千切りながら、その頭を『灰色』の体内へと潜らせる。

めり込んでいくダイアウルフの体は溶け、紅い瞳だけが、メリメリと『灰色』の体に捻《ね》じ込まれていく。

それに伴い、『灰色』の肉体にも変化が訪れた。

ノゾムに断ち切られた下半身が再生を始める。

切断面の肉が盛り上がり、赤黒い筋肉むき出しの後ろ足が形成される。

背骨の椎弓《ついきゅう》が剣のように鋭く伸び、尾てい骨が分裂して肥大化。三本の巨大な尾に変化する。

さらに、ノゾムの幻無で断ち切られた下顎も、食らいついたダイアウルフが融合する形で再生。

そして、全てのダイアウルフが融合した時、『灰色』の意識は完全に消え去り、そこには全身に無数の紅眼を宿した、異形の獣がいた。

「ヴオオオオオォォォォ！」

スパシムの森に響く、幾重にも声を重ねたような咆哮。

異形の獣は全身から絵の具をぐちゃぐちゃに混ぜたような、どす黒い源素の光を撒き散らしながら、森の中へと駆け出す。

その先には、ノゾム達が避難している、シノの小屋があった。

泣き続けていたシーナだが、やがて落ち着きを取り戻し、すっと身を離す。

「……ごめんなさい。いろいろ変なこと言っちゃって」

「い、いや。別に……」

そのまま二人は小屋の屋根の上に座りながら、空を見上げる。

二人の間には、寄り添うわけでも、突き放すわけでもない、人一人分の微妙な距離が空いている。

その隙間を、静寂の風が流れていた。

「ありがと。私の愚痴、何も言わずに聞いてくれて……」

「え？」

沈黙を破ったのは、お礼の一言。その言葉に、ノゾムは当惑する。

「別に、俺が何かしたわけじゃ……」

「そんなわけないでしょう？　アイツから私達を逃がしてくれた。私達の体を気遣って食事を作ってくれた。おまけに私の汚い愚痴、何も言わずに聞いてくれたわ」

「……汚くなんて、ないだろ？　誰だって心が沈む時はある。折れる時だって……」

多少の疲れを残すものの、笑みを浮かべるシーナ。だがノゾムには、その笑顔が表面上のものでしかないことはよくわかった。

それは、抱えてしまった重りを、必死に押し隠そうとする者の表情。ノゾム自身も未だに取り去ることのできない仮面と同じものだった。

偽りの笑みと、自分に対する諦観と失望の眼差《まなざ》し。ノゾムの胸に、言い表せない不安が湧き上がる。

「本当にありがとう。それと、ごめんなさい。今まで貴方に散々酷いことを言ってしまって」

「なあ、もしかしてあの魔獣、君と何か関係があるのか？」

何か話をしなくてならない。そう思い、咄嗟に口にした言葉に、ノゾムは思わずしまったと自らの口に手を当てる。

ノゾムの質問にシーナは数秒沈黙したのち、ゆっくりと口を開いた。

「あの変化したガルム、私の家族と友達を殺して、ネブラの森を滅ぼした魔獣と同じだったの」

「え？」

「もちろん、私達の故郷を滅ぼした魔獣とは別個体。どうしてこのスパシムの森にいるのかは分からないけど、あの紅の瞳は見間違いようもないわ」

押し出すように語られたシーナの過去。よく見れば遠くを見つめる彼女の瞳は、零れ落ちそうなほどの涙を湛《たた》えていた。

涙を流すまいと必死に耐えるその表情に、ノゾムは言葉を失う。

「貴方も、誰か亡くしたの？」

「え？」

「お墓。この小屋の傍にあったわ」

ノゾムの視線が、小屋の傍にあるシノの墓に向けられる。

「俺の師匠だ。睡死病で、ついこの間……」

「大事な人だった？」

「……ああ、恩人だ」

「辛《つら》いわよね。大事な人を亡くすのは……」

弱々しい彼女の独白ののち、再び、二人の間に沈黙が横たわる。

静かな風が少しずつ強くなり、ザワザワと枝葉を鳴らし始めた。

ざわめく風の音につられるように、浅くなる呼吸。

ノゾムは少しずつ、己の不安感が増していくのを感じていた。

「君の家族やかつての友達も……」

増していく不安感をごまかすように始めようとした会話の続き。

しかし、シーナはまるで彼の声を制するように立ち上がると、スッと身を翻してしまう。

「私、そろそろ戻るわ。食事、ありがとう……」

冷めきってしまったスープを手に、シーナは屋根から降りてしまう。

ノゾムは知らず知らずのうちに、拳を固く握りしめていた。

彼がシーナに感じていたのは、ある種の同族意識と憧れ。しかし同時に、自身と彼女の違いもまざまざと感じていた。

互いに他人に対して高い壁を作り、人には言えない秘密を抱え、そして周囲からは冷ややかな目で見られた者同士。

しかし、ノゾムは自身を守るために逃避に走り、シーナは抗《あらが》い続けた。

自らの目標を本当の意味で見失わず、前に進もうとする彼女の姿勢は、現実から目を背けたノゾムには眩《まぶ》しかった。

だが、今の彼女は、以前のノゾムと同じ諦観の気配を纏い始めている。

それが、自身のことではないにもかかわらず、ノゾムに焦燥を抱かせる。

だが、同じような迷いと闇を抱えていても、ノゾムとシーナの想《おも》いは交わらない。

二人とも、まだ本当の意味での最初の一歩を踏み出せていないから。

耐えることに精一杯で、一人で抱えることに慣れてしまっているせいで、本当に大切な勇気をまだ持てていないから。

そして、ノゾムの予感は最悪な形で的中した。

翌日の朝、ノゾム達が見つけたのは空になったシーナの毛布と「後は任せて、ミムル達をお願い」という彼女の書き置きだけだった。

✝

ジャラララ、ギシギシ……。

闇の湖畔。魂の深奥で、巨龍は再び己にかけられた鎖を、忌々《いまいま》しそうに睨みつけていた。

まさか、ティアマット自身も、人間ごときに敗れ、取り込まれることになるとは思っていなかった。

予想外の事態。しかし、この奇妙な環境が、あの世界で数千年間封じられて白濁の沼に沈んでいた巨龍の思考に、一筋の光をもたらしていた。

人間に取り込まれたことは不快の極みではあるが、これは僥倖《ぎょうこう》である。

天文学的な確率で、巨龍を捕らえることはできたのだろうが、封印の器は所詮人間である。

ほんの少し、力と心のバランスを失っただけで容易く自壊するだろう。そうなれば、本当の意味で、ティアマットは復活できる。

「グルルル……」

（ならば、今は鎖の縛に甘んじよう。どの道、この脆弱《ぜいじゃく》な宿主が運命から逃げることはできないのだから。そして、その時こそ……）

ジャラリと、ティアマットを縛る鎖の一本が解かれる。

現世への復活。その未来を確信し、ティアマットは静かに待つ。

絶妙なバランスで成り立つこの封印を崩す、その時を。

†

「何考えてんだアイツ！　人に無茶するなと言っておいて自分はこれかよ！」

シーナの独断行動を知ったノゾムは、茫然とするミムルとケヴィン達に負傷者の護衛を頼み、一人、で後を追いかけていた。

あの魔獣と何らかの因縁《いんねん》を持っていた彼女。昨日の様子からも、シーナが一人であの魔獣と決着をつけに行ったことはすぐに分かった。

忘れたくても忘れられない過去と、友人達を巻き込みたくないという思い、そして自分自身が招いた仲間達の危機に対する罪悪感。

全てが複雑に絡み合った結果の独断行動。

（なんて、面倒くさい奴だ！）

心の奥で悪態を漏らしながらも、ノゾムの脳裏には、シノの小屋で思わず溢れた感情を吐露してしまった彼女の姿が思い起こされていた。

確かに、突き放した態度は、冷淡な性格に見えるだろう。だがそれは、彼女が自分の心を守るための仮面だった。

確かに、考えが硬く、融通が利かないのだろう。だがそれは、彼女が自分の夢を見失わないようにするためにはめ込んだ枠だった。

優しいのに厳しい言葉しか言えない少女。弱いのに必死に強くなろうとしていた女の子。

(……面倒くさいのは俺も同じか)

黒い魔獣との決着に他の人を巻き込むのが怖くて、ミムル達に話せなかったシーナ。ノゾムもまた内に宿した力の暴走を恐れてアイリスディーナ達に自身の秘密を話せていない。

実のところ、二人はこの点において非常によく似ていた。だからこそ、ノゾムはシーナが気になって仕方がなかった。自分の言葉を信じてくれないシーナに反発しながらも、アンバランスで危うい彼女の身が心配で仕方なかった。

彼女があの魔獣と決着をつけるつもりなら、向かった先はおそらく昨日あの魔獣と遭遇した場所。

彼女が出て行った時間を考えれば、猶予はない。

「くそ、間に合えよ!」

とにかく彼女の元に行くのが先決と足を速める。今はただ気持ちよりも遅い自分の足がもどかしかった。

CHAPTER 8

第八章――影の澱にて光を繋ぐ

Ryuusa no Ori
Kokoro no
Naka no Kokoro

「ここね……」

シーナは昨日、あの魔獣と遭遇した場所に戻ってきていた。

仲間を傷つけた漆黒の獣と決着をつけるために。何より、自分自身の意地のために。

あの魔獣は故郷で見たものとは違う存在ではあったけど、あの危険な魔獣を、この世に残しておくことは、彼女にはできなかった。

「ふう、ふう、ふう……」

自然と呼吸が浅く、荒くなっていく。心臓はバクバクと耳鳴りがするほど激しく鼓動し、背中には冷や汗が流れていく。

（やるのよ、今度こそ……）

自分自身にそう言い聞かせながら、彼女は魔力を解放して周囲に拡散させた。

散った魔力に反応した精霊達が、光の粒となって集まってくるのを確かめると、彼女は精霊達に語りかける。

（みんな。お願い答えて。あの黒い、穢《けが》れた獣。アイツを倒すために力を貸して）

『精霊契約』

精霊と契約するための契約魔法。その場にいる精霊達と魔力で精神を繋《つな》げ、精霊種のみに許された精霊魔法を、行使できるようになる魔法でもある。

だが、契約を成立させるには、精霊との極めて高い相性が必要となる上、契約を保持できる時間や、行使できる精霊魔法の規模も、契約した精霊次第という不安定なもの。

元来は魔法の一つとして数えられているものの、生来精霊との相性が他の種より遥《はる》かに優れているエルフにしか使いこなせず、他の種族がこの魔法を成功させるには、入念な下準備が必要となる。

そのため、実質的にエルフが持つ異能のような扱いを受けている魔法だ。

(なんで……。みんな、どうして答えてくれないの?)

だが、やはりシーナは、精霊の意志を感じ取ることができなかった。

必死に呼びかけても、精霊達は応えてくれない。

焦りが募り、落ち着けと、自分の心に必死に言い聞かせようとしても、焦りは焦りを呼び、解放した魔力の流れが雑になっていく。

遠巻きにシーナを眺めていた精霊達との距離が遠のき、それがさらに彼女の焦燥感を煽《あお》っていく。

(昔は、話しかければみんな喜んで応えてくれたのに……)

何も知らず、幸せだった時のことを思い出し、彼女の瞳に涙が浮かぶ。

(ラズ……)

消えたかつての精霊の友を想《おも》う。

昔は同じエルフの友達と一緒に遊んで、木の上で一緒におやつを食べて、一緒に眠った。

美しい外見とは裏腹に口の悪い精霊だったが、思い返せば気の利く、かけがえのない友だった。

今ではもう記憶の中にしかいない。

胸の奥が軋《きし》むように痛む。

(お願いよ！　ミムル達をこれ以上危険な目には遭わせたくないの！　お願いだからみんな手を貸して！)

その痛みすら己を鼓舞する原動力にして、彼女は精霊達に訴え続けた。

ミムルとトム。特にミムルとは何かにつけて衝突してきたけど、その時だけは、二十年前の傷の痛みは和らいでいた。思いっきり言いたいことを言えていた。

張り詰めていた糸を、ほんの少しだけでも緩めることができていた。

脳裏に大切な友達のことを思い返しながら、必死に魔力を引き出し続ける。その時、彼女の脳裏に、もう一人の男性の姿が浮かんできた。

(なんで、彼の顔が頭に浮かぶの……？)

ノゾム・バウンティス。人でなしと罵り、拒絶し続けた相手。

実際にシーナは、彼の不義の現場を目の当たりにしている。

同情すらしないし、そもそも信用のできない相手だと思っていた。

でも彼は、険悪な関係だったはずのシーナを、命懸けで助けてくれた。

殿《しんがり》を名乗り出た時の彼の姿は、あまりにも凛々《りり》しく、かつて自分が見た人と同一人物とは思えなかった。

(何で、助けてくれたの？)

聞きたいことができた。

そして、一度浮かんだ疑問はいくつもの関心となり、こんな時にもかかわらず、彼女の心を湧き立たせる。

でも、それは多分確かめることはできないのだろうと確信し、彼女は名残惜しそうに大きく息を吐く。

ザワ……。

周囲の空気が、一変した。突然満ちた穢れた源素の気配に、シーナの周りに集まっていた精霊達が蜘蛛《くも》の子を散らすようにいなくなっていく。

決して忘れられない気配。生い茂る茂みの奥から、無数の紅眼が彼女を射抜いていた。

「グルルルル……」

「随分と、醜く成長したわね……」

姿を現した異形の獣。昨日遭遇した時よりも、その姿は大きく変容していた。

ガルムとしての容姿を残すところはほぼなくなり、体躯《たいく》は肥大化。

下半身にはむき出しの筋肉が露出し、全身に無数の眼球が開き、ギョロギョロと蠢《うごめ》いている。

尾は三本に分裂した上に巨大化。鋸《のこぎり》のようにギザギザの刃が生えたそれは目の前のシーナを獲物と定めたのか、ユラユラと揺れながらその切っ先を彼女に向けていた。

外見からも、元がガルムだったとは思えない容貌。だが何よりシーナを恐怖させるのは、異形の獣から噴き出す異質な源素の光だった。

（やっぱり、この獣は精霊の力を……）

この世のものとは思えないおぞましさが、シーナの心を委縮させる。

そもそも、源素の力を扱えるのは、この世界を支える精霊種のみ。エルフですら、魔力を対価に力を借りるしかない。

その力を、この獣は無秩序に全身から振り撒《ま》いていた。

「ふうふうふう……」

シーナは震える足を叱咤《しった》し、唇を固く噛《か》み締めて矢筒から複数の矢を引き抜いて弓を構える。

もう精霊契約をしている余裕はない。

チャンスは一度。黒い魔獣が距離を詰める前に、今まで培った力を全て使って奴を倒さないといけない。

力を目一杯込めて弦を引くと、ギリギリという音を立てて弓がしなる。

弓が限界まで引き絞られ、番《つが》えていた矢に全力で魔力が送り込まれる。

最初から全力全開。

後先考えずに送り込まれる魔力で矢に彫られていた刻印が光を放ち始め、同時に詠唱による術式が展開される。

陣式による強化魔法が矢の強度を高め、眩《まばゆ》い光を放ち始める。

そして、詠唱式による魔法が螺旋《らせん》の風を生み出し、強化魔法の施された矢を包み込む。

陣式と詠唱式、異なる二つの術式を利用した、魔法の同時展開である。

アルカザムで使われている陣式と詠唱式の魔法は、どちらもこの大陸では最新式の魔法展開方式。

同時に、精霊からの助力で戦ってきたエルフにとっては異端の技術である。

しかし、その異端の技術こそが、精霊魔法を失ったシーナ・ユリエルが、この街で研鑽《けんさん》してきた力であった。

その精度は、大侵攻で戦った各国の精兵と比べても、決して見劣りするものではない。

「ガアアアアアア！」

「しっ！」

咆哮《ほうこう》を上げながら、突進してきた魔獣めがけて、シーナは用意していた矢を放つ。

光を帯びた矢は、螺旋の風に加速され、一直線に魔獣へと突き進む。

だが魔獣は首を捻《ひね》りながら、牙でシーナの矢を受け止めた。

一瞬の拮抗の後、ミシミシと軋みを上げながら、風を纏《まと》った矢が潰されていく。

「まだ！」

だがシーナも、一矢では通用しないのは想定済みだった。

彼女は一気に三本の刻印矢を取り出し、一気に魔力を充填して放つ。

「グ、オオオ……！」

立て続けに刻印矢が撃ち込まれた。一矢、二矢、三矢。

瞬く間に四倍に増した口内の圧力に、『異形の魔獣』が呻《うめ》き声を上げる。

「これで！」

さらにシーナはダメ押しの一矢を叩《たた》き込む。

今までで最も大量の魔力を注ぎ込まれ、加速を得た刻印矢は、大気を震わせながら魔獣の口内に飛び込むと、一気に秘めた魔力を解き放った。

既に撃ち込まれていた四矢の魔力も合わさり、ズドオオオン！　と、強烈な爆風が吹き荒れる。

「きゃあああ！」

全身が千切れるような爆風が、シーナの体を吹き飛ばす。

地面に叩きつけられ、肺から空気が漏れる。

「やった……？」

ギシギシと痛む全身に鞭《むち》を打ち、何とか上体を起こして魔獣を確認する。

「グルルル……」

蒼《あお》色の魔力残滓《ざんし》が舞う中、異形の獣の姿が露《あら》わになる。

口の中で魔力の炸裂《さくれつ》を受けても、傷一つない。

よく見れば、『異形の魔獣』の口腔には源素の光が集まっている。

シーナの刻印矢が炸裂する瞬間、その衝撃破から守るために源素の力を使ったのだろう。

「フシュウウウ……」

牙の隙間から漏れる、殺意の吐息。無数の紅眼が、再びシーナを睨《にら》みつける。

『異形の魔獣』の四肢に力が入り、体が沈み込む。明らかに、攻撃の意図のある体勢。

一方、彼女は地面に叩きつけられた時の痛みで身体がうまく動かない。

指先は震え、弓を持つ手にも力が入らず、フルフルと震えるだけだった。

（……だめ、か……）

逃れようのない死を目の前にして、シーナは一度だけ大きく息を吐いた。

逃れられない現実を前に、襲いかかる脱力感。大侵攻から凍りつき、張り詰めてきた気持ちが挫《くじ》け、
彼女の全ての気力を奪い去っていく。

戦い続けてきた彼女の心が、初めて折れた瞬間だった。

(終わっちゃうんだ、私……)

今際《いまわ》の際に脳裏に浮かぶのは、数多くの後悔。

命を賭《と》して私を逃がしてくれた両親と姉の想いを無駄にしてしまったこと。故郷を取り戻せなかったこと。こんな私に付き合ってくれたミムル達と仲直りできなかったこと。そして昨日、私の責任を負って逃がしてくれた彼の尽力を無駄にしてしまったこと。

『異形の魔獣』が、地を蹴る。死が目前に迫っているせいなのか分からないが、シーナには向かってくる獣の動きが、やたらとゆっくりに見えていた。

(ごめんなさい……)

思わず口から出た謝罪。誰に向けたかも分からぬ言葉を口にしながら、シーナは迫りくる死を受け入れるように、そっと瞳を閉じようとする。

その時、霞《かす》む彼女の視界の中で、一粒の小さな瑠璃色の光が舞った。

ユラユラと浮かぶ光は、狂乱したかのように明滅を繰り返しながらも、まるでシーナと魔獣の間に立ち塞がるように飛び回る。

(精霊？　みんな、逃げたはずなのに……)

『異形の魔獣』が放つ異質な源素に怯《おび》え、周辺の精霊達は既に姿を消していたはず。

突如として現れた一体の微細精霊だが、その光は他の精霊達と比べても、今にも消えそうなほど弱々しい。

しかし、その微細精霊は、まるで『シーナに近づくな』というように、魔獣とシーナの間に立ちはだかる。

その儚《はかな》くも強い意志が、彼女にかつての友の姿を思い起こさせる。

「ラズ……？」

思わず口から出た、消えたはずの友人の名前に、瑠璃色の微細精霊が震える。

「グオオオオ！」

だがその言葉を確かめる間もなく、既に黒い魔獣は彼女の目前に迫っていた。

その巨大な顎が開かれ、彼女の体を引き裂こうとしている。

そして、鋭い牙の群れが、今まさにその口が閉じられようとした時。

「うおおおおおお！」

雄叫《おたけ》びと共に『彼』がシーナと魔獣の間に割り込んできた。

その体に、見たこともないほど強力な気を纏い、ほのかに精霊の香りを漂わせながら。

✟

「まずい！」

ノゾムがようやくシーナを発見した時、今まさに魔獣の牙が彼女を捉えようとしていた。

「うおおおおおおお！」

考えている暇などない。ノゾムは己を縛る鎖を引き千切り、全力で瞬脚を発動する。

昨日残っていたダメージと膨大な気の反動で、足の筋肉が断裂し、皮膚が裂けたが、構わずシーナと魔獣の間に割り込み、抜刀する。

気術・塵断《じんだん》。

『幻無』が斬り裂く斬撃なら、こちらは抉《えぐ》り取る斬撃。放たれた気刃が無数の針状に膨張し、炸裂することで、相手の肉体をヤスリにかけたようにそぎ落とす気術である。

「ガビャアウ！」

ノゾムの塵断は『異形の魔獣』が纏う源素を斬り裂き、その口内を大きく抉り取った。

魔獣は頭を振り乱し、抉られた口から大量の血を撒き散らす。

その間にノゾムはシーナの襟首を掴《つか》んで引きずるように後退した。

「あ、貴方《あなた》！　何でこんなところに来てるのよ!?」

自分が助かったこと、何よりノゾムがここにいることが信じられず、眼を大きく見開いて固まるシーナ。だが、状況が飲み込めていくうちに目尻が吊《つ》り上がっていく。

「それはこっちのセリフだ、ド阿呆《あほう》！　何一人で勝算なく突っ込んでんだよ！　お前の方がよっぽど無茶苦茶じゃないか！」

「な、何よ、阿呆って！　ちゃんと勝てる方法は考えていたわよ！」

「じゃあ、何であんな絶体絶命になってんだ！」

「う、うるさいわね！　ちょっと失敗したのよ！」

「失敗した!?　それって、結局意味ないじゃないか！」

飛び交う罵倒。売り言葉に買い言葉。感情が一周回ってネジが外れた二人は、後悔とか懺悔《ざんげ》とか、色々抱えていたわだかまりを一時忘れ、ぎゃあぎゃあと喚《わめ》き散らす。

「ガギャアアア！」

魔獣の咆哮が森に響き渡る。その声に我を取り戻したノゾムは、武器を構えつつ、『異形の魔獣』と睨み合う。

「…………」

ミシミシ、ブチ……。耳にこもる、体の奥で何かが千切れる音に、ノゾムは内心臍《ほぞ》を噛んだ。

(もう、あまり長く解放していられない……)

昨日から立て続けに行った、能力抑圧の解放。蓄積したダメージは既に無視できないレベルになっており、いつ決壊してもおかしくない状態だった。

「ウオオオオ！」

「クッ……」

ノゾムが抱えたダメージを察してか、次の瞬間、『異形の魔獣』が三本の鋸状の大尾を振り上げながら、襲いかかってきた。彼が与えた傷は、既に再生している。

「ちい！」

迫る大剣のような尾を前に、ノゾムはあえて踏み込み、刀を振るう。

避けようとすれば、後ろにいるシーナがやられるからだ。

空気を震わせ、唸《うな》りを上げて迫りくる尾の連撃を、ノゾムは退くことなく逸《そ》らし、弾《はじ》き返す。

背後のシーナが息を飲む音を耳にしながらも、ノゾムは一歩も引かずに打ち合う。

幸い、魔獣はノゾムを脅威とみなしており、シーナの方には目もくれない。

(時間がない。なら、こちらが壊れる前に倒すしかない！)

「ふっ！」

突き込まれた三本の尾先を最小の動きで弾くと、そのまま踏み込み、気術・塵断の連撃を叩き込む。

一撃、二撃、三撃、四撃。

一瞬のうちに放たれた四撃は、再び魔獣が纏う源素を斬り裂くと、炸裂して魔獣の肉を広範囲で抉り取る。

「グオオオオ！」

魔獣が苦し紛れに、二本の尾を薙《な》ぎ払う。

挟み込むように薙ぎ払われた尾を、ノゾムは高速の斬り上げと逆袈裟《けさ》斬りで両断した。

巨大な尾が宙を舞う。

「グォ……」

「はあああああ！」

茫然《ぼうぜん》とする魔獣を前に、ノゾムは一気に攻勢をかける。

相手の再生能力は半端ではない。間違いなく、ノゾムがフランシルト邸で倒したルガトをも凌《しの》ぐ。

であるなら、再生不能になるまで攻撃を叩き込まなければならない。

抉った傷跡にさらに斬撃を叩き込みながら、魔獣の右側面に回り込み、右側の前脚と後ろ脚を一太刀で斬り落とす。

「おおおお！」

さらに、両手を腰だめに構えながら、バランスを魔獣の脇腹に、崩した気術・震砲を叩き込む。噴き出した強烈な気の圧力に、魔獣の巨体が吹き飛ばされた。

「ギャン！」

数本の木をその巨体でへし折りながら、魔獣は地面に倒れ込む。

ノゾムは今度こそトドメを刺そうと、刀の切っ先を魔獣へと向け、これまで以上の気を『無銘』に叩き込む。

注ぎ込まれる気に、刀身が眩いばかりの光を放ち始めた。

（これで……最後！）

そして、ノゾムが瞬脚を発動して、一気に仕留めようとした瞬間。

「がは！」

込み上げてきた強烈な吐き気と激痛に、足を止められた。

思わず口に手を当てれば、真っ赤な血がべったりと付着している。

（まずい、息が……）

呼吸が止まり、高めていた気が霧散する。

呼吸は、気を扱う上で非常に重要だ。同時に、気自体が元々肉体に依った力であるために、体の変調は気術の精度に直結してしまう。

ノゾムの猛攻が一瞬停滞した隙を突き、魔獣は斬り落とされた脚を再生させながら、ノゾムに跳びかかろうと、体を沈ませる。

「グルルル！」

「させない！」

だが、その隙をシーナが補う。

彼女は全力で引き絞った弓で魔獣の再生中の前脚に狙いを定めて矢を放つ。

放たれた矢は再生中だった魔獣の左前脚に突き刺さり、炸裂。右前脚を再び破壊し、突進を阻む。

「逃げて、今すぐ！」

ノゾムに撤退を促すシーナだが、彼女の叫びにノゾムは反応できない。彼の体内に蓄積した負荷は、予想以上に重かった。

「ゲホ、ガハ、ヒューヒュー……」

呼吸が明らかにおかしい。

いくら息を吸っても、消えない息苦しさに、ノゾムの頭に嫌な予感が浮かぶ。

(まずい、肺に穴が開いたのか？)

肺に穴が開くと、呼吸の際にそこから空気が漏れて肺を圧迫し、呼吸障害を起こしてしまう。

最悪の場合、肺だけでなく心臓、そして内臓各所に障害が発生し、死に至ることになるだろう。

さらに、彼の意志とは関係なく膝が折れ、ノゾムはその場に崩れ落ちた。

「ぐ、が、あ……」

制御しきれないティアマットの力が、彼の全身を食い破らんと荒れ狂う。

肺に穴が開いた時と同じ激痛が、今度は全身を蝕《むしば》み始めた。

これ以上はまずい。しかし、魔獣は再生中だが、まだ健在だ。

その時、茂みの奥から、ズン！　ズン！　と、地鳴りのような足音が響いてきた。

「グルル……」

「な、何？」

次の瞬間、茂みをかき分けながら、人の身長の三倍はあろうかという巨大な土のゴーレムが姿を現した。ゴーレムの上には、シノの小屋で分かれたはずのミムル、トム、ケヴィン、そしてカランティの姿がある
「なっ……！」

「いっけえええ！」

ミムルの雄叫びに従うように、土を押し固めて作られた巨大なゴーレムは、魔獣に向かって突進。そのまま一気に魔獣を押し込み、巨木に叩きつける。

「ギャン！」

「とう！」

トムを背負ったミムルがゴーレムから飛び降り、ケヴィンとカランティが後に続く。

ケヴィンとカランティは地面に蹲《うずくま》っていたノゾムを回収。一方、ミムルはトムを背負ったまま茫然としているシーナに向かっていく。

「え、え、え？」

「シ――――ナァァァァ！　こんの、馬鹿エルフ――――――！」

エルフの少女に突撃したミムルは、シーナを押し倒し、彼女の白く、柔らかい頬を抓《つね》り上げた。

「い、いひゃい、いひゃい！　ひゃひぇひぇ――――！」

「誰がやめるか、馬鹿エルフ！　勝手に先走って、勝手に落ち込んで、勝手にいなくなって……。心

配した私とトムの鬱憤をくらえ――――！」

ケヴィンがノゾムを見下ろしながら口元を吊り上げ、カランティが頬を膨らませながらノゾムを見下ろしてきた。

「よう、生きてるみたいだな？」

何故ここに来たのか、疑問を込めたノゾムの無言の視線を受け、ケヴィンは皮肉げに鼻を鳴らす。

「まあ、あのエルフに啖呵《たんか》を切り続けてきた手前、群れの頭としてここで逃げるわけにはいかないのさ」

「ノゾム君、今手当てするから、少し気を落ち着かせてくれる？」

上半身に包帯を巻いたトムが、ノゾムの元に駆け寄り、懐に手を伸ばす。

ノゾムは擦《かす》れる息を漏らしながら、能力抑圧を自分の体にかけ直した。昂《たか》ぶっていた気が、鎮まっていく。

ノゾムの気が落ち着いたことを確かめたトムは、手早く治療を開始する。マントのポケットに入れていたポーションを飲ませ、回復魔法をかける。

「なんでここに……」

「二人を置いていけないでしょ。それに僕たちもシーナに一言文句言いたかったし……」

「俺のパーティーも、お前の小屋で休ませてもらったからな」

消えていく痛みと不快感。落ち着きを取り戻していく呼吸に、ノゾムは安堵《あんど》した。

「あ、ありがとう」

「いいよ、それにノゾム君には世話になりっぱなしだし、ノゾム君のおかげでシーナも無事だった。

もちろん、ミムルのお仕置きは受けてもらうけどね」

怒気を滲《にじ》ませながらニコニコと笑うトムに、ノゾムは思わず頬を引きつらせる。

「トム、あの巨大なゴーレムは……」

「ケヴィン達のパーティーメンバーから魔力を分けてもらって作ったゴーレムだよ。単独であの魔獣の相手は無理だけど、再生能力を付与したから、時間稼ぎはしてくれる」

「ウオオオオン！」

魔獣の雄叫びと共にゴーレムが吹き飛ばされた。しかし、トムの言葉通り、倒れたゴーレムは衝撃でぐしゃりと崩れたものの、すぐさま再生を始める。

「ぐっ……」

「怪我《けが》人は大人しくしてな。ここは俺達の出番だ」

「ちょっと待ちなさい。貴方、他のパーティーメンバーは……」

「まだ動けん。アイツらの退避はもう間に合わない。だからここで、この魔獣をどうにかするしかねえんだよ」

そう言うと、ケヴィンはスッとノゾム達を庇《かば》うように前に出た。

「しかし、俺が仕留めそこなったガルムが、こんな怪物になるとはな……」

軽い口調とは裏腹に、その表情には緊張感が満ちていた。

腰を落とし、拳を握りしめる。全身に満ちた気が蒸気のように立ち上り、握りしめた手甲の革紐《かわひも》がミシリと軋む。

彼の隣では、寄り添うようにカランティが構えを取り、ミムルが短剣を引き抜いている。

「ふう……」

次の瞬間、三人の体から筋肉が軋む音と共に、その体が変化し始める。

体毛が伸び、瞳が細まり、爪が伸びて、より獣に近い形へと変貌していく。

『獣化』

獣人達が持つ『異能』であり、己の肉体を変化させ、元々優れた身体能力をさらに引き上げる能力。

異能とは、アビリティのような個人発現の能力と違い、各種族が持つ、特徴的な能力の総称だ。

かつてノゾムが戦った吸血鬼の『蝙蝠《こうもり》になる』という能力も、この異能にあたる。

獣人達の異能である『獣化』は、非常に強力な能力である。

劇的に増加した身体能力は、生命力を源とする気の能力も増幅し、結果的に本人の戦闘能力を指数関数的に上昇させる。

さらにケヴィンは、アビリティ『練気雷変』までも使い、紫電をその身に纏わせ始めた。

異能とアビリティの併用である。

「「「オオオオオオオオ！」」」

獣のごとき咆哮を上げながら、ケヴィン、カランティ、ミムルの三人が異形の魔獣に飛びかかる。

ケヴィンが腰だめにした雷の拳を突き出し、カランティとミムルが脚撃を放った。

「グゥウウ……」

ズドン！　と、空気が弾け、森の木々を震わせるような衝撃が走る。

息を合わせたような三位一体の一撃は、体格にして倍以上の異形の魔獣を、僅かに後ろに下がらせていた。

一撃を放った勢いそのままに、三人は異形の魔獣に躍りかかると、雄叫びを上げながら、その四肢を魔獣に叩きつけ続ける。

「馬鹿……。撤退すら、できなくなるぞ……」

問題は、異能の発現には、場合によっては大きなデメリットが存在すること。

獣人達の異能『獣化』は、その身体能力を大きく伸ばす反面、それに引きずられるように、恐怖心などが麻痺《まひ》し、結果として理性的な判断力を著しく減退させてしまうのだ。

故に、その戦闘行動は直線的で、己の身を顧みなくなる。

そして、獣化しようが、素のポテンシャルでは『異形の魔獣』には及ばない。

現に、ケヴィンは獣化だけでなく、『練気雷変』までをも使っているのに、魔獣にダメージを与えられていなかった。

「グオオオオオ！」

雄叫びを上げた魔獣が、邪魔だというように風を巻き起こす。

体から漏れ出す源素の光を帯びたそれは、黒色の風となって、ケヴィンたちを吹き飛ばした。

さらに、魔獣は、鋸のような巨大な尾を変化させ、三人めがけて槍《やり》のように突き出す。

「グウウウ！」

「シャアアアア！」

未《いま》だ空中で無防備な三人に迫る、漆黒の槍。増幅された身体能力と、獣人の優れたバランス感覚を活かして空中で体勢を整えるも、回避は間に合わない。

「ブウン……」

だが、三人の隙を、復活したゴーレムが補う。

突き出された三本の尾の進路に割り込み、異形の魔獣の攻撃をその巨体でもって受け止める。
ズ、ズズン！　と、衝撃が走り、ゴーレムの頭部と胴体が大きく損壊する。
しかし、トムが付与した再生能力により、ゴーレムはすぐさま再生を開始。

逆に自らに突き刺さった尾を再生した自分の体で固定し、その間に、ケヴィンたちが再び魔獣へと攻勢をかける。

全てを攻撃に特化させた三人と、再生能力にものを言わせたゴーレムの防御により、彼らは綱渡りのように、異形の魔獣との戦いをこなしていた。

「無理よ……。それじゃあ、あの獣には勝てない……」

シーナの力のない声が響く。

現に、ケヴィン達の戦いの行き着く先は見えていた。

彼らの攻撃はシーナの刻印矢と同じように、異形の魔獣が纏う源素に阻まれ、一切有効打を与えられていない。

しかも、魔獣が身に纏う源素の影響が、ゴーレムの体を構築している魔力を吸い出し始めた。

防御を支えていたゴーレムの再生能力が、徐々に追いつかなくなっていく。

「シーナ、時間がない。こっちへ」

そんな中、トムはシーナを戦闘の余波が届かない後方に連れていくと、近くにあった石で、彼女の周囲の地面に陣を描き始めた。

「トム、何を……」

「シーナ、単刀直入に聞くよ。あの魔獣、精霊種の力を持っているね？」

「え、ええ……」

「やっぱり。ってことは、ここでみんなが生き残るには、シーナが精霊魔法を使えるようになるしかない、か」

六大源素を元にした六芒星《ろくぼうせい》。それを囲むように円環を模した陣を複数。

それはなんとなく、ティマ・ライムの魔法陣によく似ていた。

「精霊は魔力も気も糧にできる。その上、あの魔獣はかなりの大食らい。僕のゴーレムじゃ相性が悪いし、長くはもたない」

さらにトムは、六芒星の各頂点に、赤、青、緑、黄、白、黒の六属性を帯びた魔石を置いていく。

それはまさに、魔法陣と祭具を使った祭壇だった。

精霊との契約は、エルフが最も得意とするところである。しかし、人間も精霊と契約できないわけではない。

本当に限られたごく一部の人と、適した儀式を行うことで、精霊の力を一時的に借り受けることはできるのだ。そのためにトムは、この場所に簡易ながらも祭壇を作った。

「シーナはこの陣の中心で精霊に呼びかけて」

「ね、ねえ……」

「とにかく、精霊に話しかけることに集中して。僕がサポートするから」

「だ、だから……」

「大丈夫、ミムル達が戦える限り、シーナには指一本触れさせないから」

「違う、そうじゃないわ！　なんで来たの！　私、みんなのことをあれだけ傷つけたんだよ！」

シーナの口から、今まで抑えてきたものが堰《せき》を切ったように溢《あふ》れ始めた。

過去に縛られた少女の叫びが木霊《こだま》する。

「私があんな無茶しなかったらみんな無事だった！　いつも強がって、人に何だかんだ言っているくせに、いざとなったら何もできない私を何で助けようとするの!?」

ひとしきり叫び終わり、下を向きながらハア、ハアと荒い息を漏らす。

そんなシーナを穏やかな表情で眺めながら、トムは「ミムルからの伝言があるよ」と一言述べてから、ゆっくりと口を開いた。

「納得できないからだよ。特にミムルが……」

「え？」

「もやもやするのが嫌だから動く、追いかける。好きな相手を気にするのに、理由なんて考えてない。シーナもよく知っているでしょ」

「………」

「だから、彼女は止まらない」

シーナは驚きと納得がまぜこぜになった複雑な表情を浮かべながら、未だに異形の魔獣と戦い続けるミムルへと視線を移す。

遠目から見ても、既にミムルの体には無数の切り傷が刻まれていた。

致命傷こそ追っていないが、戦いの趨勢《すうせい》は明らか。

それでも、彼女は戦いをやめない。

己の確固たる意志を体現するように地を駆け、降りかかる厄いから友を守ろうと奮闘している。

その時、シーナとミムルの視線が交差した。

ミムルの口元が僅かに吊り上がり、笑みを浮かべる。

危機的状況に似つかわしくない笑顔。だが、その笑みがシーナの耳に聞こえないはずのミムルの声を届ける。


『これが終わったら、洗いざらい話してもらうからね！　絶対に逃がさないよ！』


言葉でなくとも、伝わってくる親友の熱が彼女の心を優しく温め、覆った氷を溶かしていく。

ちょうど春の陽光が、冬の間に積もった雪を溶かしていくように。

「ミムル……」

「シーナと友達でいたいから、仲間でいたから、もっと知りたいから、ミムルはここに来たんだ。もちろん、僕もね。まあ、一番最初に動いたのは彼だけど」

「あっ……」

シーナの視線がミムル達からトムへ、そしてノゾムへと向けられる。

まだ息が苦しいのか、彼は蹲ったまま、荒い呼吸を吐いていた。

そう、誰よりも最初に、シーナを助けに来たのは彼だった。

身を削り、命を懸けて、二度も。

「あ、あの……」

「俺のことは、いいから、今は、戦っている彼女達を……。まだ、間に合う。終わっていない……」

「……うん」

まだ、間に合う。ノゾムのその言葉に、シーナは小さく、しかし万感の想いで頷《うなず》いた。

鼻の奥がツンと染みて、涙が自然と溢れ出す。

そう、まだミムル達は死んでいない。今もこうして、シーナ達のために全身全霊で戦ってくれている。

二十年前のように、まだ終わってはいないのだ。

目元に浮かんだ涙を拭いながら、彼女は立ち上がる。

「トム、お願い」

怯えて、凍りついていた心の檻《おり》が、優しくほどけていく。

溶けた氷水は新たな糧となり、彼女に再び立ち上がる理由を与えた。今のこの仲間たちの想いに応えたいという願いを。

「うん。任せて」

静かな、しかし力強いシーナの声に、トムが頷く。

再び顔を上げた彼女の顔は涙の跡を残しながらも、まっすぐに前を見つめていた。

†

本当は分かっていた。自分はまだ、あの恐怖を乗り越えていなかったんだってことを。

本当は楽しかった。ミムルと言い合うことも、三人で過ごす時間も。

でも、自分の口からは言えなかった。

もし口にしたら、過去の無力感と悔しさが薄れてしまう気がしたから。

まだ恐怖を乗り越えられていない弱い自分を、認めてしまうことになるから。

怖い心は消えない。弱さは、なくなってくれない。

それでも、このままにしたくない。悲劇を繰り返したくない。

私を守ってくれたみんなを、守ってくれた人達を、今度は自分が守りたい。

周りには大切な人達がいる。私のために戦ってくれている。

ミムル、トム、そしてこの森の精霊達。

自分を助けてくれた人がいる。

やけに自信過剰なケヴィンと、いけ好かないカランティ。

そして、大嫌いだった人。ノゾム・バウンティス。

今の印象は……お人好しだろうか？

少なくとも、他の人に比べて優しすぎるのは確かだった。あれだけ罵倒した人間を逃がすために、あそこまで自分の身を張れる人はいないと思う。少なくとも私はできそうにない。

彼を嫌うきっかけとなった光景も、今だからこそ分かる。あれは絶対に、彼本人ではないと。

今までの嫌悪感が一気に反転し、何とも言えない、甘酸っぱい感情が込み上げてくる。

チラリと横目で彼を覗《のぞ》き見ると、彼は驚きと共に熱の籠《こも》った瞳で、見つめてくれていた。

歓喜と共に、熱い想いが一気に湧き出す。

これ以上、変な格好は見せられない。そのためにも……。

「ラズ、いるんだよね？」

幼い頃の友達。一緒にネブラの森で育った精霊の名前を呼びながら胸に手を当て、かつて感じていた繋がりを思い出すように、深く深く、意識を集中させる。

すると、糸よりも細く、儚い魔力の流れが、自分の体の中で分岐しているのが分かった。

慎重に、その糸を辿《たど》る。

気がつけば手の平に、小さな、今にも消えそうな微細精霊が震えながら漂っていた。

「ゴメンね、気づいてあげられなくて……」

『ピュリリリ……』

擦れた、しかしながら必死さが伝わってくる声。

震えるその小さな精霊を、そっと両手で包み込む。

「傍《そば》にいて、守ろうとしてくれたんだよね。私がずっと、怖がっていたから……」

この小さな友人は、消えていなかった。

力を失い、意識の大半を失っても存在し続け、そして私を守ろうとしてくれていた。

だけど、私の怯えや緊張に過剰に反応してしまい、同族すら敵として威嚇し続けてしまっていた。

契約しようと放っていた、私の魔力に自分の敵意を乗せて。

だから、私は精霊との契約ができなくなり、私の魔力に隠れてしまっていたために、ラズの存在に誰も気づけなかったのだ。

細くなっていたラズワードとの繋がりに、魔力を注ぎ込んでいく。

瑠璃色の精霊の震えが収まり、その光が強くなってくる。

「ありがとう、もう大丈夫だから……」

全ては、私の至らなさが理由。

過去に囚《とら》われたまま、先ばかり見て、『現在《いま》』を見ようとしなかった。

前に進んでいるつもりで、大切なことに気づかず、その場で足踏みを続けていた。

だけど、それも終わりにしないといけない。

「こんな私だけど、まだ、一緒にいてくれる?」

次の瞬間、光の玉がパン！　と弾けた。

瑠璃色の羽が広がり、長い尾羽を持つ一羽の小鳥が姿を現す。

胸元から腹部は雪のように白く、体の側面に向かうにつれて、羽の色が艶やかな黄色へと変わっている。

『………』

ラズワード。精霊の中でも極めて珍しい、風、水、土の三属性の力を持つ小精霊。

復活したラズワードが、差し出した私の手に乗り、そっと頬ずりしてくれる。

それだけで、彼が何を言いたいのかすぐに分かった。

「ありがとう」

私のお礼に答えるように、ラズワードはクルルル！　と鳴くと、私の手から飛び立ち、肩の辺りで滞空し始めた。

「さあ、行こう……」

魔力を解放し、周囲に漂う精霊達に意識を繋ぐ。

枝の隅々まで行き渡った魔力が、背筋が凍るような感覚をもたらしてきた。

それは、精霊達が感じている恐怖。

力の弱い微細精霊達は、あの異質な魔獣が放つ源素に、本能的に怯えていた。

そんな彼らに向けて、私は自分の気持ちを、魔力に乗せて伝える。

(やっぱり怖いよね……。でもいいよ、怖くてもいい……)

怯える幼子をあやすように、優しく語りかける。

彼らが抱える恐怖は、今の私にもあるもの。だから、捨てなくていい。

(でも、私は変わりたい……ううん、私は変わる。この怖さを抱えたまま、前に進むための最初の一歩を踏み出す)

一人で強くなろうとしていた自分を変えて、今度こそ、大切な人達を守れるようになるために。

だから……。

(ほんの少しだけでいい、力を貸して。怖くてもいい。いきなり強くなんてならなくていいから……)


今ここで、みんなで、最初の一歩を踏み出して、ほんの少しだけ、強くなろう。

次の瞬間、私の呼びかけに応えるように、無数の精霊達が集まり始めた。

集った精霊達は私とラズワードを中心に、まるで竜巻のように立ち上りながら、踊り回る。

「ありがとう、みんな」

万感の想いと共に、呼びかけに答えてくれた彼らにお礼を言いながら、前を見据える。

恐怖はある。でも、心と体はもう、囚われてはいなかった。

†

シーナの魔力が再び解き放たれ、宙を舞う。

燐光《りんこう》が集うその姿を、ノゾムは貴いものを見るような瞳で見つめていた。

魔力を介して、精霊へと伝わっていくシーナの想い。

多数の精霊が彼女の心と同調しているためか、たとえ声は聞こえずとも、無数の蛍のような輝きと温《ぬく》もりが、少し離れて見守るノゾムにも、彼女の願いを伝えてくる。

臆病な自分を自覚し、それでも立ち上がろうと決意したエルフの少女の姿は凛々しく、そして息を飲むほど美しかった。

凄《すご》い……綺麗《きれい》だ。

思わず見惚《みと》れたノゾムは、そんな感想を胸に抱く。

何よりも彼が心惹《ひ》かれたのは、たとえ切れても、ぶつかり合っても、再び繋がる絆《きずな》の強さ。

心が本当の意味で成長し、一歩を踏み出した彼女の尊さだった。

逃避を自覚しながらも、停滞した今のノゾムにはない勇気を示したシーナ。

彼女の想いは、精霊を介して広がり続ける。

集う精霊にお願いするように、彼女がスッと手を掲げる。彼女が指し示す先には、黒い魔獣を必死に足止めし続けるミムル達がいる。

トムのゴーレムはとっくに破壊され、他の三人の表情にも疲労の色が濃い。ただ鼠《ねずみ》のように、追い詰められるだけの戦況だった。

だが、シーナが魔獣を指差した瞬間、一気に戦況に変化が訪れた。

「ラズ、みんな」

地面が隆起し、ミムル達と魔獣を隔てるように壁が生み出される。

必然として、シーナと魔獣が正面から相対する形になった。

再び脳裏に蘇《よみがえ》るトラウマ。

その時、表情が強張《こわば》るシーナの頬を、鳥型の精霊、ラズワードが『大丈夫』とでもいうように、優しく撫《な》でた。

「ありがとう。お願いね」

絆を取り戻した精霊達の励ましに、シーナは笑みを浮かべ、再び視線を魔獣に戻す。

「ガアアアア！」

魔獣が咆哮を上げ、地を揺らしながらシーナめがけて突進していく。

だが魔獣の突進は、突如として出現した光の壁に阻まれた。

布のように薄い、頼りなく見える壁。

しかし、光の薄壁はその外観的な脆弱《ぜいじゃく》さとは裏腹に、魔獣の巨体を難なく受け止め、逆に弾き返す。

「ガウ、グルルルッル……」

弾き飛ばされた魔獣に向けて、シーナのしなやかな指が宙を滑り、その軌跡を追うように、ラズワードが宙を舞う。

溢れる燐光の渦。次の瞬間、光の障壁は瞬時にその姿を無数の槍へと変え、魔獣に向けて殺到した。

「グオオオン！」

殺到してくる光の槍に対して、魔獣はその巨大な口を広げ、咆哮と共にどす黒い球体を打ち出した。

黒い咆哮と光槍《こうそう》の群れが激突し、周囲に轟音《ごうおん》と土煙、そして源素の光を撒き散らす。

攻撃の代償として消える光壁。

シーナを守っていた光の壁がなくなったことを確かめ、魔獣は再び彼女に向った突進していく。

だが魔獣の突進は、今度は突然地中から飛び出したものに再び阻まれた。

「ガギャアアウ！」

地面から飛び出したものは無数の木の根。まるで網のように幾重にも重なり合った根は、真正面から魔獣の突進を受け止め、絡みつき、その巨体を凄《すさ》まじい力で締め上げていく。

黒い魔獣は自分の体に巻きついている木の根に食らいつき、その顎で食い千切り始めた。体を縛りつけている木の根も、拘束から逃れようとする魔獣のもがきでブチブチと千切れていく。

この辺一帯の精霊達の力を借りているにもかかわらず、魔獣は徐々にその拘束を解いていく。

だがシーナの表情に焦りの色はない。

彼女が空中に指を走らせると、再度地中から木の根が飛び出し、自分の拘束を解こうと開いた魔獣の巨大な顎に巻きつき、その口を無理やり閉じる。

「ふう……」

大きく深呼吸をしながら、シーナが弓を構えて矢を番えた。弦を引き絞り、狙いを定める。

彼女の意志に応えるようにラズワードがその体を源素へと変え、彼女が番えた矢と同化していく。

番えた矢に光が満ち始める。

今まで彼女が使っていた刻印矢よりも、遥かに鮮烈な輝き。

まるで闇夜を斬り裂く彗星《すいせい》を思わせる光の矢は、シーナが魔力を流し始めるとともに、さらに数多くの精霊達が集い始める。

そして、もはや彗星どころではなく、太陽のような極光を放ち始めた。

「ギ、ガァアアアア！」

眩い光に恐れをなしたのか、魔獣はその身に溜《た》め込んだ源素を全身から噴き出し、根の拘束を吹き飛ばす。

さらに吐き出した源素を再収集。集めた力を口腔に溜め込み、迫りくるであろう明確な死を拒絶しようと、限界を超えた力を引き出し始める。

それはさながら、星を飲み込む宙の黒点を思わせた。

極光の矢と、澱《よど》んだ黒点。

そして、集約した二つの力が、ついに解放された。

放たれる極光の彗星と、黒点から放たれる漆黒の奔流。

激突した両者はせめぎ合い、破壊の渦を周囲に撒き散らす。

「きゃあああ！」

「うおおおう！」

精霊が作り上げた土壁を破壊し、激突の余波に巻き込まれたミムル達が悲鳴を上げる。

「くっ……」

「グルルル……ウオオオオオン！」

拮抗する両者だが、徐々にその趨勢が傾き始める。シーナの矢が、少しずつその輝きを失い始めたのだ。逆に魔獣の砲撃は、勢いを増していく。

「これは……。もしかして、シーナの精霊の力を奪っているの？」

トムが、茫然とした表情で呟く。

精霊は、魔力や気を己の糧にできるが、『異形の魔獣』が精霊の力を奪えることを、おそらく彼も予想していなかったのだろう。

このままではシーナの精霊の力が食い尽くされる。そうなれば、漆黒の砲撃が、彼女と彼女の元に集った精霊達を消滅させてしまう。

黒の激流に飲まれ始める彗星。その時、もう一つの彗星が、極大の力がせめぎ合う激突点へと飛翔《ひしょう》していった。

劣勢に追い込まれ始めたシーナを前に、ノゾムは全身に残る痛みを忘れ、一歩を踏み出していた。

師の形見を携え、己を縛る不可視の鎖を握りしめながら駆ける。

このままでは、シーナと精霊達の絆は再び断ち切られ、闇に飲まれて今度こそ完全に失われる。

それは、ノゾムは絶対に肯定できない。

自分とは違う選択をして、困難を乗り越えた彼女達。その命は、なんとしても繋がなくてはいけない。

鎖に搦《から》め捕られたままのノゾムの心と体に、再び熱が蘇る。

全身に残る痛みと、あの力を使うことへの恐怖。鎖のように絡みつくそれを、猛《たけ》る心は振り払うように、体を前へと推し進める。

「ヒュ、ヒュ……ッ！」

再び闇に飲まれそうになっている絆を繋ぎ止めたい。

その一心でノゾムは能力抑圧の鎖を引き千切り、力を解放する。

塞がっていた傷が開き、全身を激痛が襲うが、知ったことかと痛覚からの警告を一切無視する。

肺の中で再び出血が起こり、呼吸が乱れるが構いやしない。

必要なのは、魔獣の吸収能力を上回る攻撃。だからこそ、一撃に全てを叩き込む。

右手で刀を保持し、全力で気を叩き込み、極圧縮。あまりに膨大な気が注ぎ込まれたことで、刀身がミシミシと悲鳴を上げ始める。

「うおおおおおお！」

乱れる呼吸を無視しながら左手で狙いを定め、瞬脚を発動。せめぎ合うシーナの矢と魔獣の砲撃の激突点に飛び込み、破城弓のように引き絞った刃《やいば》を一気に突き出す。

「打ち貫け！」

気術・芯穿《うが》ち。

それは、『幻無』と『塵断』の合わせ技。突き入れた気刃が相手を貫いたところで、無数の針状に炸裂し、相手を内側から爆散させる極めて殺傷力の高い技。

発動した『芯穿ち』は漆黒の砲撃を貫通し、さらに魔獣の口内に突き刺さり爆散。

無数の針状に炸裂した気刃は魔獣の吸収力を、まるで無意味だというように貫き、頭部を抉りながら吹き飛ばす。

そして、抵抗のなくなったシーナの矢が、彗星のように一直線に飛翔していく。

「────行って」

シーナの呼びかけに答えるように、彗星の矢はノゾムの『芯穿ち』によって開かれた傷跡に飛び込むと、その身に秘めた力を解放。閃光《せんこう》と共に、魔獣の体を消し飛ばした。

「やった、か……」

体の八割を吹き飛ばされた魔獣は、もはや復活する兆候を見せず、グジュグジュと音を立てて崩れていく。

ノゾムはようやく戦いが終わったことに安堵し、肩を落とした。小指の先に引っかかっていた刀が地面に落ち、カランと音を立てる。

「はあ……」

シーナは大きく息を吐いて構えを解くと、全身傷だらけになったノゾムを見つめる。

その瞳には、今までになかった深い親愛の色が灯《とも》っていた。

「貴方、戦う度に全身傷だらけね」

ふふふ……と微笑《ほほえ》むシーナに、ノゾムは「仕方ないだろ」と無愛想な口調で返す。

自然な笑みを浮かべる二人。その間を、穏やかな風と共に、瑠璃色の小鳥が飛び回っていた。

「シーナ！」

呼ばれた声にふと目を向ければ、ミムル達が手を振って駆け寄ってくる。

シーナがふと周りを見渡せば、嬉《うれ》しそうに飛び回るラズワードと、それに釣られるように踊り、はしゃいでいる精霊達の姿が見えた。

再び取り戻した絆と、力を貸してくれた全てに感謝しながら、彼女は駆け寄ってくる仲間達を出迎える。その顔に満面の笑みを浮かべて。

「ありがとう、ラズ。それに、みんな……」

蒼髪の少女の時間が、本当の意味で動き始める。

涼やかな森の風の祝福を受けて。

✝

異形の魔獣を倒し、アルカザムに帰還したノゾム達は、痛む体を引きずりながらも、すぐさま黒い魔獣についてギルドに報告した。

その話は当然、学園にも伝えられ、ノゾム達は学園側とギルド側の代表者の前で詳細な説明を行うことになる。

場所は冒険者ギルドの支部長室。そこには二人の男性が、ノゾム達を待っていた。

学園側の代表者は、ジハード・ラウンデル。大侵攻における人類の反抗作戦で活躍した英雄。そして、大陸でもほとんどいないSランクに相当すると認められた戦士でもあった。

もう一人はカールヴィス。冒険者ギルド、アルカザム支部の支部長である。

どちらも、この街における要人であり、アルカザムを実質的に運営する議会の議員でもある。

「以上が、私達が倒した魔獣の詳細になります」

一同を代表して説明をするのはシーナだ。

精霊との繋がりを取り戻し、自身のトラウマを乗り越えた彼女は、二十年前の英雄やこのアルカザムの要人を前にしても、気負いはない。

スパシムの森で遭遇した、黒い魔獣。二十年前にネブラの森で酷似した魔獣を見たこともふまえながら、的確に、スラスラと説明していく。

「事の次第は分かった。よく無事だったな。この件と魔獣ついては、ギルドや警備隊に周知徹底させておくが、お前達はこのことを不必要に口外するな」

「……それは、かの魔獣が私の故郷を滅ぼした魔獣と酷似しているからですか？」

「そうだ。あの大侵攻による傷は未だに根深い。不必要に口外して下手に不安を煽ってしまえば、混乱を招いてしまうだろう」

有無を言わさぬジハードの言葉に、ノゾム達も頷く。二十年という月日が経《た》っているため、大侵攻を直接経験しない世代も増えてはいるが、それでも大陸各国に残った爪痕は大きい。

「今までは、この森でそのような魔獣の目撃例はない。故に、しばらくは調査して情報を集める必要性がある。お前達が持ち帰った魔石や森に残してきた魔獣の死体も含めて、多方面から調査していく」

ノゾム達がかの魔獣を倒した後、まるで粘土細工のように崩れ去った魔獣の後には、グチャグチャに混ざり合った肉塊とメチャクチャにねじ曲がった骨、そして巨大な魔石が残っていた。

肉塊と骨については一部ダイアウルフの痕跡が残されていたものの、そのほとんどが歪《いびつ》に融合しており、また強い臭気を放っていたため、トムの魔法で土に埋めた。

今回あの魔獣から出てきた魔石は、保有している魔力の純度、量共に市場ではほどんど出回らないほどのものであり、その魔石を学園に渡す対価として、ノゾム達には臨時収入というにはちょっと高すぎるお金が入ってくることになった。

また、ギルドでの評価点も大きく加算され、シーナはAランクに、ノゾムはCランクへの昇格が決まった。

つまるところ、今回の一件に対する口止め料であるが、ノゾムとしては、これでスパシムの森に入ってもお咎《とが》めなしということで、大きな一歩である。

「一つ、聞きたいことがあります。ジハード先生はかの魔獣についてご存知なのですか？」

シーナがジハードに、さらに一歩踏み込んだ質問をぶつける。

普通に考えれば、答えてくれるはずのない問いかけ。しかしシーナとしても、この件については引き下がるわけにはいかなかった。

シーナとジハードの視線が衝突する。

彼もまたエルフであるシーナの事情を知っているのか、しばしの間、ジッと彼女を見つめると、静かに息を吐く。

「……全てを知っているわけではない。かの魔獣については不明確なところが多すぎるのだ。ただ大侵攻の際と、その後のフルークトゥス作戦で数件の目撃情報があり、当時連合軍に参加していたクレマツォーネ帝国軍との戦闘となったことがある」

「倒せた、んですか？」

「ああ、多くの犠牲を出して、なんとかな」

クレマツォーネ帝国軍と戦った魔獣は、戦闘後に今回と同じように崩壊し、消滅。

ただ、その時の魔獣の姿形、性質は今回の獣型ではなく、鳥型。黒く瘴気《しょうき》を放つ体表と無数の紅《あか》い瞳くらいしか、共通点がなかったらしい。

「名をアビスグリーフ。その生態も一切解明されていない、正体不明の魔獣だ。ただ、大侵攻と何らかの関わりがあるのではないかという推測がされている」

改めて、ジハードはノゾム達を見渡す。その威圧感を伴う視線に、その場にいた全員が息を飲む。

「もう一度言うが、この件については生徒達には口外しないようにしなさい」

ジハードがその場にいた者達に改めて念を押す。

内容が内容なだけに、彼としても慎重にならざるをえない。

少なくとも、議会やギルド、警備隊に話を通し、対処できるようにしておかなくてはならないのが、上に立つ者の仕事だ。

そして、ノゾム達としても、自分達のせいでパニックなど真っ平ごめんだった。

話が纏まり、ノゾム達が支部長室を後にすると、ギルドの廊下で二人の女性が待っていた。

彼女達はノゾム達が出てきたことを確かめると、真剣みを帯びた表情で駆け寄ってくる。

「ノゾムく～ん、大丈夫だった～～？」

「ノゾム、生き残っていた特別討伐対象の魔獣に襲われたと聞いたんだか……」

彼を待っていたのはアイリスディーナとアンリだった。どうやら今回の一件について、話を聞いている様子。

心配そうな表情を浮かべている二人を安心させようと、ノゾムは笑みを返す。

「大丈夫だよ。森で遭遇した魔獣について、少し話す必要があって……」

「でもでも～ケガしたんだよね～」

「も、問題ないですよ。ちょっと全身の筋肉が断裂して、肺に傷がついただけで……」

二人の顔から、サーっと血の気が引いていく
「問題大ありだろうが！　アンリ先生、すぐに医者を！」

「うん、すぐにノルンのところに連れて行くから～！」

「い、いえ、傷自体はもう塞がってって……だあああぁ！」

アンリは慌てふためくノゾムを担ぎ上げ、そのまま駆け出した。気術を使っているのか、土煙を上げながら爆走するその速度は、人一人を背負っているとは思えない速度である。

そして、アイリスディーナがアンリの後を追って駆け出そうとした時、彼女の手を掴んで呼び止める者がいた。

「ちょっと待てよ」

アイリスディーナの手を掴んできたのはケヴィンだった。アイリスディーナは怪訝《けげん》な表情を浮かべて振り向く。

「……なんだケヴィン。少し急いでいるのだが？」

「ああ、悪いな。時間は取らせない。アイリスディーナ、お前、アイツの『力』を知っているのか？」

沈黙が二人の間に流れる。爛々《らんらん》と瞳を輝かせるケヴィンに、アイリスディーナは冷たい色を帯びた瞳で答える。

「知っているなら、なんだというのだ？」

「……いや、なに。世話になったからな。この借りは必ず返すと伝えておいてくれ」

それだけを言うと、ケヴィンは大人しくアイリスディーナの手を離して背を向けた。

妙にノゾムを意識した言葉に眉を顰《ひそ》めながらも、アイリスディーナはノゾムを連れて行ったアンリが気になり、後を追う。

一方、ケヴィンはシーナの前に足を進める。

「シーナ・ユリエル」

「……何？」

「謝っておこうと思ってな。今までお前の誇りを足蹴にしてすまなかった」

深々と頭を下げるケヴィンに、シーナは意外そうに眼を見開く。彼の隣では突然のリーダーの行動に、カランティが驚きの表情を浮かべていた。

「意外ね。誇り高い銀狼《ぎんろう》族のリーダーが頭を下げるなんて……」

「ああ、悪かったと思っている」

「ねえ、どうしてあんなに私に突っかかってきたの？」

「群れには役割がある。頭を張る者、戦う者、生まれた子供の世話をする者。各々がそれぞれの役割を全うしてこそ、群れは生きていける」

それは、家族単位での生活を旨とする狼《おおかみ》族の特徴だ。

彼らは基本的に、人のように国などの大きな集団で定住することがない。

狩猟と採集を行いながら家族単位で行動し、戦の時は一族の代表の者達が集まり、戦いに備える。故に、家族の中でそれぞれの役割が明確に決まっている。

家長として、一族を纏める者、狩人として獲物を取る者、獲物を処理し、道具を作る者、家を作り保つ者。そして……。

「アンタは、産む者だと思っていた。数を減らしてしまったエルフ。その種を繋ぐために。だから、アルカザムにいるべき人間ではないと思った」

「余計なお世話ね」

「ああそうだ。だが、実際そう言ってくるエルフはいたんじゃねえか？」

「そうね、でも……」

「ああ、分かってる。アンタは俺が考えるより、遥かに器が大きく、強い女だった。完敗だよ」

参ったというように、ケヴィンは両手を上げる。

「そういえば、貴方は大丈夫なの？　異能とアビリティの併用なんて、無茶をしていたけど」

「ああ、万事問題なし、と言いたいが、生憎《あいにく》とそうもいかん。気の消費が激しすぎた。しばらくは、実技授業すらまともにできないだろうな……」

彼は上げていた手を下ろし、何度か拳を握ったり開いたりを繰り返していたが、ふと意味深な笑みを浮かべながら、シーナの顔を覗き込む。

「なあ、もしよかったら、俺の妻にならないか？」

「……は？　ちょ、リーダー！」

カランティが大声を上げる。

「俺には一応、婚約者がいるが、アンタはいい女だ。意思が強く、こびず、逆境にも立ち向かう。実に俺好みなんだが……」

「ないわね」

「くくく、だろうな」

「ぐるるる……」

バッサリと告白を斬り捨てられたにもかかわらず、ケヴィンは心底面白そうに笑う。

一方、彼の背後ではカランティが、ケヴィンに一方的に告白されたシーナに向かって、歯をむき出しにして唸っていた。

「今言ったことは忘れてくれ。じゃあな」

軽い調子で手を振りながら立ち去る銀狼族の若頭。警戒心むき出しのカランティはまだ不満そうだったものの、渋々リーダーの後を追っていった。

残されたミムルとトムが、乾いた笑みを浮かべる。

「あはは、それじゃ、帰ろっか」

「ごめん、ちょっとまだ用事があるの。二人は先に帰ってて」

「いいけど、なんの用事？」

「その、まだちょっと……」

先ほどまでの清々《すがすが》しく、キリッした表情が崩れ、戸惑うような顔を浮かべるシーナ。その頬に浮かんだ朱の色に、ミムルとトムが笑みを浮かべる。

「あ、ああ、そういうこと。分かったよ」

「頑張ってね！」

ブンブンと手を振る友人二人に見送られながら、シーナはケヴィン達が向かったのとは逆の方へと歩き始める。ギルドを出て、大通りを北に抜ける。その行先を、明るい太陽が照らしていた。

†

爆速で拉致られ、保健室に放り込まれたノゾムだが、怪我が治っていることが確認できると、直ぐに解放となった。ちなみに、街中を爆走したアンリはノルンに説教を食らっている最中である。

「はあ、ここ数日は本当に色々あった……」

保健室を出て、黄昏《たそがれ》の校舎を横目で眺めながら、寮を目指して進む。

非常に濃い数日だった。魔獣との逃走劇と戦い、能力抑圧の解放。鉛のような重い疲労感があるが、ノゾムの表情は晴れやかだった。

「凄かったな……」

脳裏に蘇る精霊魔法。ティアマットの暴力的で、地震や嵐のような力とは違う、清涼な風を思わせる、穏やかな力。本当の意味で心が繋がった者同士が放つ輝きは、とても鮮烈だった。

何より、一度失われた絆が再び結ばれる瞬間。それは停滞を自覚した今のノゾムには、あまりにも眩しく、同時に羨ましいと思えてしまうもの。

「ノゾム君」

突然かけられた声に振り返り、ノゾムは思わず目を見開く。

そこには、少し息を弾ませ、顔を赤らめたシーナがいた。

今しがた思い返していた人物。アイリスディーナとは違うが、ある種の憧れに近い感情を抱いていた人の登場に、ノゾムの心が波打つ。

「シーナ、さん？　どうしてここに？」

「少し話をしたかったの。ちょっと時間、取ってもらっていいかしら？」

穏やかに話しかけてくる彼女には、今まであった氷柱《つらら》のような冷たさはなくなっていた。

代わりに、春の木漏れ日を思わせる暖かな空気を身に纏っている。

その時、彼女の隣に光が集まり、瑠璃色の小鳥が姿を現す。

「あれ、この鳥って……」

「ふふ、ラズもノゾム君と話をしたかったみたいね」

姿を現した小精霊、ラズワードはパタパタと羽ばたきながら、ズイッとノゾムの目の前に近づくと、涼やかな声色でさえずり始める。

『チュイ、チュ、チュチュ！（よう！　シー嬢が世話になったな！　しかし驚いたぜ、人間がここまでできるとはな！）』

「ラズ、恩人に対して言葉遣いがなっていないわよ」

『チチュ！　チュチュチュ！（いいじゃねえかよ！　この兄ちゃんとは付き合いが長くなりそうなんだから、余計な気づかいは互いになしの方がいいぜ！）』

「もう、二十年経っても口が悪いんだから……」

小気味いい鳴き声とは裏腹に、小精霊が口にする言葉は、神秘の体現者である精霊にしては妙に軽い。

どうやらこのラズワードという精霊は、契約者であるシーナとは似ても似つかない性格の持ち主のようだった。

現にシーナの方はラズワードの軽すぎる口調に、少し呆《あき》れている様子。

一方、ノゾムは、会話を続けるラズワードとシーナの姿に、なんとも言えない、微妙な表情を浮かべていた。

そのノゾムの乏しい反応に、シーナとラズワードは首を傾げる。

「ええっと、何言っているの？」

『チュイ？（ありゃ？）』

「もしかして、ラズが何を言っているのか、分からないの？」

シーナの言葉にノゾムは頷く。

「おかしいわね。精霊が自分の意志で声を伝えようとすれば、たとえ言葉を話せなくとも声が聞こえるはずなのに……」

精霊は源素で構築された純粋なエネルギー体であることから、人間や普通の生物が行うような、声やフェロモンによるコミュニケーション方法は取らない。

彼らは会話したい相手の魂に直接語りかけることで、意志の疎通を行う。一種の念話である。

だが、ノゾムには何故か、精霊の方がその意思があるにもかかわらず、念話による意思疎通ができなかった。

『チュ～、チュチュチュ。チュイチュイ！（ふ～ん、気づいていないのか。あの魔獣の体を貫いた技といい、随分と面白い兄ちゃんじゃないか）』

ラズワードはトン、とノゾムの肩に止まりながら、興味深そうに彼の顔を覗き込む。

ガラス細工を思わせる瞳が、見透かすような視線をノゾムに向けていた。

小さな小鳥の意味深な視線に、ノゾムは思わず息を飲む。

傍で二人の様子を見守っていたシーナも、友人の奇妙な行動に首を傾げていた。

「ラズ、どうかしたの？」

『チュ――イ、チュチュ、チュン、チュン！（いや、なんでもない。ところで兄ちゃん、番《つがい》はいるのか？）』

「ちょっとラズ、何を聞いているのよ？」

ノゾムの耳元でさえずり始めたラズワードに、シーナが怪訝な表情を浮かべる。

精霊の声が聞こえないノゾムには瑠璃色の小鳥が何を言っているのかさっぱり分からないが、困惑するノゾムを他所《よそ》に、ラズワードはペチャクチャと早口でしゃべり始めた。

『チュンチュン、チュ、チュイチュイ……（知っていると思うが、シー嬢は一途《いちず》な奴だからな。兄貴分として中途半端な奴に任せるわけにはいかねえし……）』

「誰が兄よ。貴方みたいなお兄さんを持った覚えはないわ。むしろ森にいた時、お世話をしていたのは私でしょ」

「ねえシーナさん、彼……でいいのかな？　何を言っているんだろう？」

「おしゃべり好きの小鳥のことは気にしないで、意味もなくさえずっているだけだから」

『チュチュンチュイチュイ、チュ～チュチュ、チュンチュイ……チュ！（ちぇ、やっぱり聞こえてねえか。それにしてもシー嬢、意味もなくってことはないだろ。もしかして恥ずかしがっているのか？）』

次の瞬間、シーナの脳裏に鮮烈な光景が弾ける。

それは、ラズワードが契約のパスを通じて送ってきた映像。

それを目の当たりにした瞬間、シーナの顔がまるで茹蛸《ゆでだこ》のように真っ赤になった。

「っ！　……っ！　っっっ！」

「あ、あれ？　シーナさん？」

突然口元を押さえて悶絶《もんぜつ》し始めたシーナに、ノゾムが狼狽《うろた》える。

一体何が起こっているのだろうか？

ノゾムのそんな疑問を他所に、事の元凶であろうラズワードはノゾムの肩の上で溜息《ためいき》を漏らしながら、呆れたような様子でその長い尾羽をパタパタと揺らしていた。

「チィチュユンチュ……チュ？　チュイチュイ！　ギゥウ――――イ！（やっぱり、恥ずかしいだけか。なんで気にするのかね。お前の両親も同じことしてた……って何するおい！　ぐえええええ！）』

むんず、と白い手がラズワードを鷲《わし》掴みにして、細い指がギリギリと小さな鳥を締めつける。

雑巾を絞ったような軋む音が響き、濁音塗《まみ》れの鳴き声が響く。

赤鬼のような形相のシーナはそのまま腕を振りかぶると、空に向かって友達を放り投げた。

投げ飛ばされたラズワードは一直線に校舎を飛び越え、空の彼方《かなた》へと消え去ってしまう。

あまりに現実離れした光景に、ノゾムは冷や汗を浮かべて頬を引きつらせた。

「あ、あの、シーナさん？」

「はあ、はあ、気にしないで……」

「いや、だけど……はい、気にしません」

頬を紅く染め、涙目で睨んでくるシーナに、ノゾムは降参するように両手を上げる。

「ええ、そうして。もう、ラズのせいで、変に意識しちゃうじゃない……」

後半のセリフを聞こえないように小声で呟きながら、シーナは恥ずかしさを誤魔化すように顔を逸らす。

熱くなった頬を隠そうと頬に手を当てながらも、その視線はチラチラと、目の前のノゾムに向けられていた。

交差する視線。隠したシーナの頬が、一層深い紅色に染まる。

「ねえ、本当に大丈夫？」

「え、ええ！　大丈夫、大丈夫だから！」

胸に手を当て、シーナは大きく深呼吸をする。

一度、二度、三度。昂ぶる熱が、少しずつ、体の奥へと戻っていく。

「それで、話って？」

「お礼を言いたかったの。まだちゃんと言ってなかったから……」

自然に浮かべられた笑みに、ノゾムの心臓がどきんと跳ねた。

彼女は初めて出会った時の冷淡な雰囲気は微塵《みじん》もなく、思わず目を逸らせなくなるほど、魅力的な雰囲気を漂わせている。

全てを失い、凍りついていたシーナの胸に戻った暖かな熱がもたらす、彼女本来の笑顔だった。

「お礼なんて……別に」

実際、彼らが再び絆を取り戻せたのは、彼らが自ら行動したから。

ノゾム自身は、自分はただ必要な時間を稼いだに過ぎないという認識だった。

「いいえ、私は貴方に助けられた。貴方がいなかったら、もう一度ミムル達と言葉を交わす機会すらなかった」

だが、そんなノゾムの言葉を、シーナは首を振り、はっきりと否定する。

見つめ返してくるシーナの瞳はどこまでも澄んでいた。

「貴方のおかげで、私は親友を守れた。友達と再会できた。私自身を……失わなくて済んだ」

まっすぐに見つめてくる彼女の視線と贈られる感謝の言葉に、ノゾムは意識が吸い込まれるように硬直した。

「本当に、ありがとう……」

口元が自然と緩み、散々言い合ったわだかまりが、砂糖のように溶けていく。

「……なら、よかった」

互いに笑い合うノゾムとシーナ。穏やかな風が、二人の間に流れる。

「それにしても、あの魔獣を二度も一人で相手にしようとするなんて。貴方、本当にお人好しね」

「そう、かな?」

恥ずかしそうに頬を掻《か》くノゾムに、シーナは覗き込むように顔を近づけて笑みを深める。

「ええ、そうよ。それとごめんなさい。貴方のこと、誤解していたわ」

「いや、いいよ。分かってくれただけで、十分さ」

穏やかな時間。心が繋がる感覚。

まるで、冬の暖炉を思わせるような、暖かな熱が伝わってくる感覚に、二人は自然と笑みを浮かべていた。

だがそんな穏やかな時間の中、シーナは突然、その表情を真剣みを帯びたものへと変える。

一体何かとノゾムが怪訝な表情で首を傾げる中、彼女はゆっくりと口を開く。

「それともう一つ、伝えておくことがあるの。私が見た、リサさん達のこと。今だから気づけたこと……」

突然出てきたリサの名にノゾムは驚き、息を飲む。だがすぐに表情を改める。

そして、数秒後。シーナが口にした言葉に、彼は目を見開いた。

CHAPTER 終章

沈む影、黒い思惑

Ryuusa no Ori Kokoro no Naka no Kokoro

「ふう……」

学園にある自分の執務室に戻ってきたジハードを、一人の女性が出迎える。

名をインダ・メティス。学園におけるジハードの右腕であり、そして一階級及び二階級の担任を受け持っている教師だ。

「いかがでしたか？」

「間違いなく、アビスグリーフだ。遺体を回収したら、グローアウルム機関に運ぶ予定だ。資料はここに……」

「失礼いたします」

ジハードから手渡された資料を、インダはパラパラと素早く捲《めく》りながら目を通す。

「シーナ・ユリエルが精霊との繫《つな》がりを取り戻したとは。喜ばしいことです。しかしこれは……」

「ノゾム、バウンティスか。どう思う？」

「私には何とも……。ただ、能力抑圧持ちがあのアビスグリーフと戦って生きていられるとは、正直信じられません」

「ああ、普通はそうだろう。つまり彼は、そんなハンデを埋めるだけのものを持っているということだ。この学園の教師としては、嬉《うれ》しい限りじゃないか」

元々、大侵攻で失われた人材を育成するためのソルミナティ学園だ。

そして、能力抑圧を埋めるだけのもの。それはひとえに技術や経験であり、それは人に伝えることができるもの。報告が正しいのならば、ジハードがノゾムを気にするのも当然だった。

一方、インダはジハードの言葉の端々に既知の色を感じっていた。

「ジハード先生は彼について、既に知っていたのですか？」

「一応、昔の知り合いから少しな。それで、君はどう思う？」

ジハードの視線がインダから逸《そ》れ、執務室の一角へと向けられる。そこには学生服を着た男子生徒が、気怠《けだる》そうに壁に背を預けていた。

「さ～てね。だけど、おもろそうな奴やとは思うで。あの黒髪姫にも気に入られとるみたいやしな」

男子生徒の言葉に頷《うなず》くと、ジハードはインダへと視線を戻す。

「特総演習の準備は？」

「その辺りは全て問題なく、予定通りに行えるかと」

「分かった。では、そのまま進めてくれ」

「はい。それでは、私はこれで……」

インダは一礼して執務室を出ていく。残された二人のうち、男子生徒が肩を竦《すく》めながらジハードに尋ねる。

「ワイはどうすればいいんや？　探ればいいんか？」

「いや、今は良い。観察する程度で構わない。まだスパイである可能性は低いからな。そうであっても、行動を把握できるのであれば問題ない」

ジハードにとって、ノゾムがスパイであるかどうかはさほど問題ではない。そもそも、スパイなどこの街には既に何人も入り込んでいる。

だが、その構成員も協力者も、アルカザムは把握している。

それは、各国が対諜報《ちょうほう》機関組織を有するように、この都市にもその手のカウンター組織がある。

組織の名を『星影《ほしかげ》』という。そしてこの男子学生も、そんな『星影』に属する生徒だった。

「ま、いいで。ワイも正直、気になって仕方なかったんや。お墨付きも出たんやし、さっそく動くとしますか。報酬はよろしゅうな」

手を振り、執務室を出ていく男子生徒。その耳にはピンと立つ三角の耳が生え、腰からは金色の尾が伸びていた。

†

倒れた木が折り重なり、痛々しく地面が抉《えぐ》られた森の奥。

新しい土が被《かぶ》せられたその場所に、灰色のローブが、まるで影のように佇《たたず》んでいた。

「これが現れるとは……。確かに、ありえない話ではないが、よりによってこの時に……。もしや、奴に触発されたか？」

灰色のローブは足元の地面を見つめながら、ボソリと呟《つぶや》く。

そこはノゾム達が倒したアビスグリーフが埋められた場所だった。

土の下に埋められているにもかかわらず、土の下からは鼻を突くような臭気が漂っており、周りの空気も心なしか、重苦しい雰囲気に満ちている。

「とにかく、今は手が足りん。ここにきての不確定要素は、できるだけ排除しておかなければ……」

ローブの下から一本の杖《つえ》が伸び、その先がトンと地面を叩《たた》く。

次の瞬間、白い光が溢《あふ》れ出し、土の下へと染み込んでいく。

クァ――！　クァ――！

突然発生した光に驚いたのか、寝ていた烏《からす》達がバサバサと森の木々を鳴らしながら、次々と飛び去っていく。

「烏か、不吉な……」

灰色のローブは、突然飛び立った烏の群れを見上げる。

光が収まると、先ほどまでの臭気は完全に消え去っていた。

「これで良し。後は、あの忌むべき滅龍か……」

背を向ける灰色のローブ。その背中は、ピリピリと空気を割くような緊張感に満ちている。

誰も知らないの森の中。逃げなかった一羽の烏だけが、木の枝に隠れ、その紅の瞳で、灰色のローブを見つめていた。

†

金髪の青年が、スパシムの森を歩いていた。

木々の合間を迷いなく進む彼の手には、一枚の便箋が握られている。

彼が辿《たど》り着いたのは、木々が生い茂るスパシムの森の中で、不思議なほど広く草木が刈り取られた場所。

周囲の木々には誰かが剣で斬りつけたと思われる傷跡が数多く残されている。その跡を、ケンは眉を顰《ひそ》めて眺めていた。そして、広場を囲う一本の木に視線を向ける。

「ノゾム、どういうつもりかな？」

出てきたノゾムを、冷たい声で出迎えるケン。

そんな彼を前に、ノゾムはゴクリと息を飲み、重苦しい口調で話し出す。

「ケン、お前に聞きたいことがある」

止まっていたノゾムの歯車が、かちかちと回り始めた。

CHAPTER

特別篇

柑橘が香る朝

Ryuusa no Ori
Kokoro no
Naka no Kokoro

瞼《まぶた》を通る朝日の光に導かれながら、目が覚める。

「ん……」

晩春を超えて、一層強くなっていく日差し。手を掲げて目を細めながら窓の外に視線を向ければ、既に日は屋根の上に顔を出していた。思った以上に、長く寝てしまっていたみたい。

「ふぁ……」

少しだらしないあくびを漏らしながら、心地よいベッドから身を起こす。

あの森での戦いから二週間。悪夢はもう、ほとんど見なくなっていた。

たまに見ても、どこか遠く、ガラス越しに見ているような感覚のみ。

かといって気持ちが離れたのかと言えば、そうではない。心は今でも、あの故郷の森を求めている。

ただ、無力だった『過去』に囚《とら》われることはなくなった。まだ分からない『未来』に怯《おび》えることも。

『チュイチュ……（ようシー嬢、目を覚ましたか？）』

「おはよう、ラズ。ミムルはもう起きたの？」

『チュン、チュチュン（ああ、焼きたてのパンを買いに行くとか言ってたぜ）』

「そう。じゃあ、朝食を用意しないと……」

枕元でパタパタと尻尾を揺らす友人に微笑《ほほえ》みながら、朝の挨拶を交わす。

ベッドから起きると、私は寝巻を脱いで着替え始めた。

アルカザムの寮は、基本的に二人一部屋。生徒達の生活スタイルに幅を持たせるために、家事を行うのに必要な物もきちんと共有スペースに備えつけてあるが、今の私なら上手《うま》く工夫すれば、部屋でも簡単な料理くらいなら作れる。

制服とエプロンを身に着けたら、ちょっと水の精霊にお願いして、鍋の中に水を満たしてもらう。

続けて火の精霊に鍋をゆっくり熱してもらいながら、スープを作り始める。

使えなくなっていた精霊魔法も、今ではきちんと使えるようになった。

「ふふ、ありがとう」

そう言いながら手に魔力を込めて、手伝ってくれた微細精霊にお礼として渡す。

手伝ってくれた精霊達は、嬉《うれ》しそうに私の魔力に寄り集まると、クルクルと私の周りを回り始めた。

『チュイチュイ（おいおい、その程度、俺に頼めばいいだろ）』

「あらラズ、嫉妬してるの？　大丈夫よ、学園では頼りにしているから」

『チチチ……（けっ、知らね……）』

野菜を切ってシチューの用意をしながら、イジけたラズを宥《なだ》める。

ほんの少し前まで失くしていた心地よさと穏やかさ。そして、友達との繋《つな》がり。

自分が取り戻したものを改めて自覚し、思わず笑みが零《こぼ》れる。

『チュンチュン！　チュチュン！（それで、メニューは何だ！　フレンチトーストか？　それとも、ロシュ牛のクリーム煮か？　プランタフルーツの砂糖漬けなら最高だな！）』

プランタフルーツとは、スマヒャ連合の最南端で取れる果物の総称である。

総じて色彩豊かで甘味、酸味が強く、フルーツとしては非常に美味であり、同時に高級品として扱われている。

「朝からそんな高いもの食べられるわけないでしょ。それに、お金は節約しないと」

『チュ〜チュン（ええ〜。そんなつまんないこと言うなよ〜）』

「我がまま言わないの」

『チ、チチチ……（ちぇ、せっかく美味《うま》いもんを感じられると思ったのに〜）』

私の幼馴染《おさななじみ》の精霊はどうも、復活してから人間達の高価な食べ物をねだるようになってきた。特に砂糖をたくさん使った、甘いものが多い。以前はもうちょっと慎ましかったような……。

「いえ、そうでもないわね。森にいた時も熟れて一番甘い実を選んで食べさせに来ていたわ」

精霊は普通の肉体を持つ存在とは違う。

彼らは純粋な源素の塊のため、精霊として現界しても、その感覚は普通の生物とは異なる。

一番顕著なのは味覚だ。彼らは私達が食べて美味《おい》しいと思うものを食べても、何も感じない。物理的な肉体を持たず、世界に満ちる源素を取り込んでいる彼らには味覚が必要ないからだ。

ただ、例外もある。私のように直接契約を結んだ場合も、その一つだ。

深い繫がりを持つようになった一部の精霊と契約者は、その感覚を共有できる。つまりラズも、私の舌を通して人が食べる料理を楽しめるのだ。

まあつまるところ、この食いしん坊精霊、自分が人間世界の料理を楽しみたいがために、私の胃を砂糖とハチミツとミルク塗《まみ》れにするつもりだったのだ。

「そもそもプランタフルーツなんて、ネブラの森にはなかったじゃない。そんな知識、どこでつけてきたのよ……」

『チュ？　チュンチュン（ん？　いや、この街をあちこち散歩していたら、たまたま聞いた商人達の話に出てきたんだ）』

アルカザムには、大陸から数多くの商人が訪れる。確かに精霊であるラズなら、商人達の商談を盗み聞くくらいわけないだろう。

しかし、それにしたって、この友人は随分と人間世界に染まってきているような……。

「あのね、一応学園から補助ももらっているし、この前の魔獣討伐の報奨金もあるけど、無駄遣いしていいわけじゃないの。節約はしないといけないし、自分でできることは自分でしないと……」

『チチチュ～（俺は楽できるなら楽したいんだけどな～）』

べちゃっと腹ばいになってあくびをしながら、ラズはそんなことをのたまっている。

確かに二十年も守ってくれていたことは嬉しいけど、それにしたって、ちょっと怠けすぎじゃないかしら？

「ラズ、ちょっと怠け癖が酷《ひど》くなっていないかしら。こうなったら働かない限り、感覚の共有を制限して……」

『チチ、チュンチュン！（おいこらやめろ、俺の僅かな娯楽を奪うんじゃない！）』

「大丈夫よラズ。働くって、悪いことじゃないわ」

『チュン、チチュン、ヂヂヂヂ！（やめろ、俺は人間達と違って、別に働かなくても生きていける精霊だぞ。ただそこにいるだけの精霊に勤労精神を叩《たた》き込もうとするんじゃない！）』

契約して娯楽を覚えた精霊は、割とその娯楽を奪われることを嫌がる。最近ちょっと羽目を外しすぎな気もするし、大人しくさせる必要があるような……。

「たっ、だいま〜〜！」

ラズとそんなやり取りをしていると、ミムルが帰ってきた。

香ばしい小麦の香りが、寮室の中に満ちる。彼女が抱えているバスケットの中には茶色に色づいたロールパンやらバゲットなど、色々な種類のパンが入っている。

「ミムル、お帰りなさい。またたくさん買ってきたわね」

「私は体が資本だからね、チビチビ食べるのは性に合わないよ」

「まあ、いいわ。シチューもそろそろできるから、朝ごはんにしましょう」

私はできたシチューを食卓に置いて皿に取り分けると、棚の奥からいくつか瓶を取り出す。

中に入っているのは、スパシムの森で取れたベリーを潰して作ったジャムだ。他には街で買ってきたものもある。

机の上に並べられた食事を前に、さっそくミムルが飛びついた。

並べられたパンにこれでもかとべっとりとジャムをつけて頬張る。

ちょっとミムル、そのジャム、昨日作ったばかりなんだから、もう少し抑えなさい。

「う〜ん美味しい！　あ、ラズワードも食べる？」

『ヂヂヂ……（おい、それは俺への当てつけか？）』

さっき感覚制限で脅したせいか、いざ食事となってラズが妙に気が立っている。

ちょっと気が立ちすぎよ。羽根が逆立って毛玉になってるわ。それから、尾羽根が邪魔。食事中なんだから、ちょっと大人しくしなさい。

「あ、そうか、精霊ってもの食べられないんだった。じゃあシーナ、はい、あ〜〜ん」

「どうしてそこで私に食べさせようとするの？」

「ラズワードに味わってもらうには、シーナが食べるしかないじゃん。だからはい、あ〜〜ん」

「あのね、私の分もあるのよ？　どうしてミムルに食べさせてもらう必要が……」

「あ〜ん」

「……もう」

仕方なく、髪を掻《か》き上げながら、顔を寄せてミムルが差し出したパンを頬張る。

口の中に焼きたてのパンの香りと、ほどよく酸味のきいたジャムの味が広がる。

「どう？」

「美味しいけど、ちょっとジャムつけすぎじゃない？」

『ヂヂ、ヂヂヂ！　チュンチュン！（おい、早く俺にも味わわせろ！　精霊差別反対！）』

我慢できなくなったラズが、ついに横から跳びかかってくるようになった。

餌をねだる雛のように、頭の中でピーピーとラズの叫びが木霊《こだま》する。

あまりにうるさく言ってくるから、仕方なく切っておいたラズとの感覚共有を戻してあげる。

『チュ〜〜〜〜！（むほ〜〜〜〜！）』

さっきまでパリパリに逆立って毛玉になっていたラズが、あっという間にふやけていく。

ほけ〜っと口を開けて恍惚《こうこつ》な表情を浮かべているけど、傍《はた》から見るとちょっと危ない感じ。やっぱり、後で切っておきましょう。

「じゃあシーナ、アタシにもあ～～ん……」

そんなことを考えていたら、ミムルが「今度は私に食べさせて」と言わんばかりに口を開いていた。

苦笑を浮かべながら、手にある軽くジャムをつけたパンを、ミムルの口に運ぶ。

「ん～美味しい！　シーナに食べさせてもらったからかな～」

「そう？　いつも作っているものだから、味は同じのはず……」

「ううん、美味しいよ。砂糖の味とあったかいミルクの香りが広がるような感じかな？　トムに食べさせてもらった時は、甘酸っぱいレモンの感じだったけど」

「そのジャム、使っているのはハチミツだし、ミルクも砂糖も使っていないはずだけど……」

元々保存用ではないし、砂糖もレモンも高いから使っていない。リンゴは少し入れたけど……。

それでもこのアルカザムでは食材にはそれほど困らないし、種類も豊富。正直、私もここに来てから色々とレパートリーが増えた。

「一緒に食べる相手で、味が変わるってことだよ。というわけでシーナにも、もう一回」

再びミムルが突き出してきたパンを頬張る。

「どうだった？」

「さあ、どうかしら」

すまし顔を返すと、ミムルが不満そうな顔を浮かべた。

「むう、エルフってにぶいのかな……」

失礼な。森で生きていたんだから、味覚が悪いわけないでしょ。食べられないものとか判別できないといけないんだから！

そんなこんなで、私達は朝食を続ける。

ミムルが何度もスープをお代わりするから、気がついたら鍋の底が見え始めていた。

はあ、夕食の分も考えた量だったんだけど、学園から帰ってきたら、また作らないと駄目ね。

そんなことを考えながら、自分のパンを頬張る。

ちょっと煮込む時に混ぜ方がたりなかったのかな？　それとも、時間が経《た》ったからかな？　ジャムの味が、いつもより少し甘いような気がする。

そうこうしているうちに、穏やかに朝食の時間は過ぎていく。

「そういえば、ノゾムのスープ、美味しかったよね」

「え？」

「ほら、あの黒い魔獣に追われた時。彼、小屋に避難した私達にスープを作ってくれたじゃない」

「ああ、そういえば……」

「素朴な味だったけど、悪くなかったな～。なんとなく、シーナの料理にも似ていたような気がするけど」

「そう、だったかしら……」

あの時は、色々と追い詰められていたこともあって、正直味を全く覚えていない……。

あの危機を超えられた今思い返してみると、ちょっともったいなかったな……。

「彼はどうしているのかしら……」

思わず窓の外に目を向ければ、朝日に照らされた家々の屋根の中で、ひときわ大きな建物が目に映る。ソルミナティ学園の男子寮。彼が住んでいる場所だ。

トクン、トクン……。

なぜか高鳴る心音。気がつけば、自然と目が、遠くへ遠くへと吸い込まれていく。

「ん？　シーナ、どうかしたの？　ボーっと窓の外眺めちゃって」

「い、いいえ、なんでもないわ。それより、急ぎましょ。あまり時間をかけていると、授業に遅れてしまうわ」

「あっと、いけない！」

ミムルは慌てて食事を口に押し込むと、バタバタと今日の授業に必要な教科書や道具を鞄《かばん》に詰め込み始めた。

基本、彼女は時間ギリギリになってから準備をする。だからいつも、寮を出る時はバタバタだ。

私は昨日のうちに用意していたから、幾分朝はゆっくりできる。

「よし、準備完了！　シーナ、行こ！」

「ええ、そうね」

最後のパンの欠片《かけら》を頬張りながら、食器を片づけて、鞄を持つ。

(彼も、そろそろ登校する頃かしら……)

同じ通学路を歩いてくるであろう彼の姿を思い浮かべ、思わず笑みを浮かべる。

気がつけば口の中に、ほのかに強い柑橘《かんきつ》系の香りが漂っていた。

あとがき

祝！　第二巻！　ということで、本書を手に取っていただき、ありがとうございます！

去年十一月に第一巻を出してから一年近く、ようやく第二巻をお届けすることができました！

今回はエルフであるシーナの回ということで、またＷＥＢ版を色々と弄くり倒した挙句に、今度は闇鍋のごとく煮込んでみましたが、いかがだったでしょうか？

え？　醤油と酒と砂糖と鷹の爪とワインをぶち込んで隠し味にシュールストレミングスを入れた感じ？　それは良かった……（ニッゴリ。

冗談はともかく、随所でＷＥＢ版とはまた違う人間関係が構築されていますので、私も書いていて非常に楽しかったです。

漫画版もスタートし、色々と広がっていくお話にアタフタしながらも、充実した日々を過ごさせていただきました。

そして、今回もイラストを担当してくださったｓｉｍｅ様、本当にありがとうございます！　相も変わらず繊細で綺麗な絵、感謝に絶えません。

また、本書の担当として一緒に頑張ってくださったＳ様、校正担当、そして漫画担当を含めた一迅社の皆さま、再びお世話になりました！

最後に、アンティーク氏が描く『漫画版・龍鎖のオリ』も連載中ですので、小説版と共に、引き続き応援いただければ幸いです。それでは。

龍《りゅう》鎖《さ》のオリⅡ－心《こころ》の中《なか》の“こころ”－

2021年10月5日　初版発行

初出……「龍鎖のオリ－心の中の“こころ”－」
小説投稿サイト「小説家になろう」で掲載

【　著　　者　】　cadet《キャデット》
【イラスト】　sime《シメ》

【　発　行　者　】　野内雅宏

【　発　行　所　】　株式会社一迅社
〒160-0022
東京都新宿区新宿3-1-13　京王新宿追分ビル5F
電話　03-5312-7432（編集）
電話　03-5312-6150（販売）

発売元：株式会社講談社（講談社・一迅社）

【印刷所・製本】　大日本印刷株式会社
【　D　T　P　】　株式会社三協美術

【　装　　幀　】　AFTERGLOW

ISBN 978-4-7580-9403-0

Printed in JAPAN

おたよりの宛先
〒160-0022
東京都新宿区新宿3-1-13　京王新宿追分ビル5F
株式会社一迅社　ノベル編集部
cadet先生・sime先生